Rosha Reads

This ain't love

dead soft

Impressum

http://www.deadsoft.de

Cover: Irene Repp
http://www.daylinart.webnode.com/

Bildrechte:

1. Auflage
ISBN 978-3-945934-84-5
ISBN 978-3-945934-85-2 (epub)

Kapitel 1 – Finn

Finn bohrte seinen Kopf tiefer in das Kissen. Doch das half nichts. Motorenbrummen, das Schrillen einer Hupe und aufgeregte Stimmen drangen durch das gekippte Fenster, hatten sich in seinen Traum geschlichen und ihn nun endgültig geweckt. Finn stöhnte genervt auf. Ein Augenlid auf Halbmast, linste er zum Wecker. Acht Uhr! Für einen Samstag war das mitten in der Nacht. Er drehte sich auf den Bauch und zog die Decke über den Kopf. Zwecklos. An ein Weiterschlafen war nicht zu denken. Jetzt meldete sich auch noch seine Blase.

„Verflucht!" Finn strampelte sich frei. „Ist heute Idiotentag?" Er setzte sich auf und rieb sich übers Gesicht. Ein herzhaftes Gähnen folgte. Die Nacht war eindeutig zu kurz gewesen. Leider auch noch völlig unergiebig. Mit geschlossenen Augen schlurfte er ins Badezimmer und stieß sich dabei prompt den Fuß. Die Sporttasche vom Donnerstag stand immer noch im Flur herum.

Nach der Begegnung mit kaltem Wasser aus dem Hahn und einem unfallfreien Besuch der Toilette waren Finns Lebensgeister so weit geweckt, dass er nun wissen wollte, was draußen los war. Die Fliesen auf seinem Balkon waren bereits angenehm warm. Ein weiterer Sommertag mit verschwenderischen Temperaturen kündigte sich an. Auf die Brüstung gestützt, lugte Finn nach unten. Ein Umzugslastwagen verstopfte die Straße. Anscheinend hatte jemand die Sperrung der Parkplätze vor dem Nachbarhaus nicht ernst genommen und dort seinen PKW abgestellt. Der Laster konnte nicht parken, hinter ihm warteten bereits zwei

Autos, die sich nicht am LKW vorbeiquetschen konnten. Mehrere Menschen liefen aufgeregt hin und her, debattierten. Wie reizend. Finn war froh, dass ihn das alles nichts anging. Allerdings interessierte er sich durchaus für die neuen Mieter. Die Wohnung im Haus gegenüber, die wie seine, ganz oben im vierten Stock lag, war in den letzten Wochen renoviert worden. Zuvor hatte sie monatelang leer gestanden. Vermutlich hatte der Eigentümer eine zu hohe Mietvorstellung, an der er stur festhielt. Sie befanden sich hier zwar nicht in der nobelsten Wohngegend – die hätte sich Finn auch gar nicht leisten können – aber diese spezielle Wohnung war anders. Wie ein Loft, völlig ungeeignet für eine Familie mit Kindern. Finn rechnete damit, dass ein gutverdienendes Ehepaar einziehen würde.

Der Anflug von schlechter Laune war vorüber. Pfeifend schlenderte Finn in seine Küche und schaltete die Kaffeemaschine ein. Er würde sich jetzt um die Ecke Brötchen und eine Zeitung holen und dann das Wochenende mit einem gemütlichen Frühstück auf dem Balkon einläuten.

Anderen Leuten bei der Arbeit zuzusehen machte keinen Spaß. Finn fühlte sich dadurch nur daran erinnert, dass er selbst aktiv werden sollte. Mal wieder saugen wäre nicht schlecht, das Bett neu beziehen und vielleicht, eventuell, den Kühlschrank putzen. Lebende Organismen sollten, wenn überhaupt, nur im Joghurt vorkommen und nicht außerhalb. Finn seufzte und stemmte sich aus dem Liegestuhl hoch. Der neue Mieter scheuchte die Leute vom Umzugsunternehmen ganz schön hin und her. Wie ein Feldwebel stand er vor der geöffneten Ladeklappe des Lasters und gab Anweisungen, wohin und in welcher Reihenfolge die Möbel und Kisten hochgeschleppt werden sollten. Selbst machte er keinen Finger krumm. Ekelhafter Lackaffe! Der nächste Minuspunkt auf der Liste, auf der schon dick und fett ‚nächtliches Randalieren' stand. Um acht Uhr früh zum Aufstehen gezwungen zu werden, war definitiv unverzeihlich. Von einem Kerl, der beim Umzug ein weißes Hemd trug. Unfassbar. Die werte Frau Gattin hatte Finn noch nicht ausmachen können. Vermutlich saß sie gerade im Nagelstudio und ließ sich tunen. War wahrscheinlich viel zu sensibel für den Umzugsstress, die Tussi. Leute mit Geld konnten sich so einiges erlauben.

Die Aussicht auf Hausarbeit ließ ihn immer muffig werden, stellte er wieder einmal fest, denn eigentlich war es ihm egal, was die neuen Nachbarn taten oder nicht. Ging ihn nichts an.

Finn kämpfte gerade mit dem Bettlaken, als sein Handy klingelte. Ein Blick aufs Display verriet ihm, dass Ivo anrief. Das Bett musste warten. Telefonate mit seinem besten Freund waren nie kurz.

„Hey, Ivo", nahm Finn das Gespräch entgegen. Er ging in die Küche und begann den Kühlschrank auszuräumen.

„Uuuuh, Finni-Baby, wie geht's dir heute? Ist das nicht ein wunderbarer Tag und das nach so einer herrlichen Nacht? Hast du gesehen, mit was für einer Sahneschnitte ich nach Hause gegangen bin? Der war so *hot* und keine Mogelpackung! Ich sag dir! Der hatte einen Schwanz, so prächtig anzuschauen wie die Niagarafälle bei Vollmond.

Ich kann heute kaum sitzen, so geil hat der mich geknallt …"

„Stopp, Ivo! Das will ich alles gar nicht wissen", grummelte Finn.

„Das sagst du jedes Mal, Schatz. Und genau wie sonst nützt das auch heute nichts. Das weißt du doch. Ich MUSS dir das einfach erzählen. Aber meine nächste Frage hat sich schon erledigt. So mies, wie du drauf bist, hast du die Nacht wieder alleine verbracht. So geht das einfach nicht weiter! Wir haben das doch besprochen. Du wolltest dir Mühe geben, Finn!"

„Ja, Mama."

„Spar dir deinen Sarkasmus. Ich muss schließlich deine miese Laune ertragen! Du führst ein Leben wie ein Mönch, das ist doch nicht normal! Du bist 28 und nicht 88!"

„Ach …"

„Nix ach! Was war denn los? Der große Blonde hat dich im Club schon förmlich mit den Augen vernascht. Wie hast du es nur geschafft, das wieder zu vergeigen? Echt, Finn. Das wird schon langsam zur Gewohnheit bei dir." Ivo hörte sich tatsächlich ärgerlich an.

Finn knallte das Glas mit den Essiggurken auf die Arbeitsfläche seiner Küche. Ein Wunder, dass es nicht zersprang. Ivo war schon seit Urzeiten sein bester Kumpel, sein Kindergartenfreund. Geheimnisse gab es nicht zwischen ihnen. Trotzdem brauchte sich Ivo nicht immer und überall einzumischen.

„Es hat einfach nicht gepasst. Aus." Finn taxierte die zerdrückte Senftube in seiner Hand und warf sie in den Müll.

„Du solltest den Kerl nicht hei-ra-ten, sondern flachlegen. Oder dich mal wieder ordentlich durchnudeln lassen. Ich versteh dich nicht, Finn. Du bist jung, dir muss doch auch das Feuer durch die Adern jagen!“

Damit traf Ivo ziemlich genau ins Schwarze. Niemand fühlte das mehr, als Finn selbst. Er war geradezu ausgehungert nach Zärtlichkeiten und Sex. Aber One-Night-Stands waren nicht sein Ding. Sich auf einen völlig Fremden intim einzulassen brachte Finn nicht fertig. Er hatte nicht vor, sich deshalb auf die Couch eines Hirnklempners zu legen, nur weil Ivo das nicht normal fand. Für Sex brauchte er ein Mindestmaß an Vertrauen und wie sollte er das bei einem Fremden aufbringen?

Kapitel 2 – Kyle

Was für ein Tag! Trotz sorgfältiger Planung war genug schief gelaufen. Damit musste man immer rechnen, das wusste Kyle, aber er war trotzdem genervt. Der Badezimmerschrank hatte einen tiefen Kratzer abbekommen, an der Wand im Eingangsbereich war ein Loch im Putz und in einer der Kisten mit Geschirr hatte es verdächtig geklirrt, als er sie vorhin zur Seite geschoben hatte. Aber alle Möbel standen an ihren vorgesehenen Plätzen. Sogar ein Teil der Kisten war bereits ausgepackt. Das Wichtigste: Fernseh- und Internetanschluss waren geregelt. Seine Börsengeschäfte verlangten es, dass er jeden Tag die Lage verfolgte. Auch jetzt flimmerten die Aktienkurse auf CNN über den Bildschirm. Den Ton hatte er leise gestellt. Kyle streckte sich und gähnte dabei herzhaft. Zeit, sich um eine kleine Ablenkung zu kümmern. Die hatte er sich redlich verdient. Ein Bereich seines Körpers war heute eindeutig noch zu kurz gekommen. Ein Grinsen schlich sich auf sein Gesicht, als er mit der Hand über seinen Schritt fuhr. In seinem Handy scrollte er durch die spezielle Kundenkartei. Georg wäre perfekt. Unkompliziert, schnell und meistens hatte er Zeit. Er schickte ihm eine SMS: *Heute, 21.30 Uhr?* Die Antwort kam umgehend: *Ja. Perfekt.*

Die letzten Sonnenstrahlen des Tages lugten durch die Panoramascheiben seines neuen Domizils. Die Luftigkeit aufgrund der großen Glasflächen und die üppige Dachterrasse hatten großen Anteil daran, dass er sich für diese Wohnung entschieden hatte. So kurz die Sommer in Deutschland auch waren, er hatte vor, sie ausgiebig zu nutzen und ebenso in den kälteren Jahreszeiten jedes Fitzelchen Licht ins Innere zu lassen.

Die Glastür gab ein Flüstern von sich, als er sie aufschob. Die Holzbohlen des Dachgartens waren warm. Die geriffelte Oberfläche fühlte sich angenehm an seinen nackten Fußsohlen an. Kyle trat an die Brüstung und legte die Hände auf das Geländer. Automatisch schaute er zuerst auf den Balkon gegenüber. Während der Renovierungsarbeiten in seiner neuen Bleibe hatte er bisweilen einen Blick auf den Mieter gegenüber werfen können. Alleinstehend, vermutete er. Jedenfalls hatte er nie eine weitere Person drüben gesehen. Besonders groß dürfte die Wohnung nicht sein, schätzte Kyle, der Dachform nach zu urteilen. Wie auch immer, das war der einzige Pferdefuß gewesen: Die Einsehbarkeit seiner Wohnung und des Außenbereichs durch den Bewohner gegenüber. Nun ja, nichts im Leben war perfekt. Kyle hatte seine Innenarchitektin längst damit beauftragt, die Gestaltung der Terrasse inklusiv Sichtschutz vorzunehmen. In zwei Wochen waren diese Arbeiten angesetzt.

Eine Bewegung gegenüber ließ Kyle genauer hinsehen. Sein Nachbar lag schlafend auf der Liege. Er trug Shorts und ein Tanktop, das ihm bis zum Nabel hochgerutscht war. Dieses Stück freie Haut zog Kyles Blick auf sich. Doch er war zu weit weg, um Einzelheiten erkennen zu können. Stark behaart war der Bauch jedenfalls nicht, das zumindest konnte er sehen.

Unten in der Straße hupte ein Auto. Das Geräusch weckte den Schlafenden. Kyle beobachtete ihn, wie er träge einen Arm hob und sich mit den Fingern die Augen rieb.

Langsam, als würde er sich unter Wasser bewegen, setzte der Mann sich auf. Seine halblangen Haare standen wirr vom Kopf ab. Sie hatten die Farbe von Vollmilchschokolade und passten zu seiner hellen Haut. Kyle, der es gewohnt war, andere Menschen blitzschnell zu taxieren, nahm diese Informationen automatisch auf und speicherte sie ab. Etwa zehn Meter trennten die beiden Balkone voneinander. So nah hatte er seinen Nachbarn noch nicht gesehen. Erst jetzt fielen Kyle dessen ausgeprägte Wangenknochen auf. Sie verliehen seinem Aussehen etwas Exotisches. Anscheinend hatte der Mann die Müdigkeit nun abgeschüttelt, denn er erhob sich. Er schaute auf seine Armbanduhr und Kyle musterte seine Statur, die weder besonders schlank, noch extrem durchtrainiert schien. Normal eben.

Alles andere als normal war jedoch der Blick, der ihn nun traf. Aufmerksam und durchdringend empfand ihn Kyle und er war versucht, wegzuschauen. Das passierte ihm sonst nicht leicht. Noch ehe er sich entschlossen hatte, ob er etwas sagen, winken oder sich schlicht umdrehen sollte, nickte der Mann ihm ernst zu und verschwand in seiner Wohnung. Kyle runzelte die Stirn. Er hatte das Gefühl, diese Situation nicht in der Hand gehabt zu haben und das gefiel ihm gar nicht.

Kapitel 3 – Finn

Er war tatsächlich eingeschlafen auf der Liege! Die kurze Nacht und die Wärme des Sommertages hatten das Ihre dazu beigetragen. Trotzdem war es Finn peinlich. Erst recht, dass ihn der Schnösel von nebenan beobachtet hatte. Wie lange mochte der dort schon gestanden haben? Hatte er etwa geschnarcht? Nun ja, gelacht hatte der Typ nicht. Ganz im Gegenteil. Er hatte eine Miene aufgesetzt wie aus Beton gegossen. Nein, nicht aus Beton. Wie eine Marmorskulptur hatte das Gesicht ausgesehen. Unbewegt und makellos. Vielleicht sollte er darüber nachdenken, eine Bastmatte an das Balkongeländer zu binden. Sonst konnte er sein lauschiges Plätzchen vergessen. Er war schließlich kein Zootier!

Auf der Suche nach seinem Handy stellte Finn fest, dass er sein Bett noch nicht fertig bezogen hatte. Nach dem Telefongespräch mit Ivo hatte er es einfach vergessen. Finn knüllte das Kissen in einen neuen Bezug und grübelte. Ivo. So unrecht hatte er nicht mit seinen Vorhaltungen. Er lebte schon viel zu lange allein. Seine letzte Beziehung lag beinahe zwei Jahre zurück. Seither hatte sich nichts Nennenswertes getan in Sachen Liebe und Sex. Irgendwo in dieser großen Stadt musste es doch einen Mann geben, der zu ihm passte! Er würde heute noch ausgehen, ohne Ivo oder sonstigen Anhang. Entspannt und ohne Druck jemanden kennenlernen, ein bisschen quatschen, ein Bier miteinander trinken und vielleicht Telefonnummern tauschen. Immer nur auf der Suche nach schnellem Sex, so konnten doch nicht alle ticken. Es musste auch Männer geben wie ihn, die sich eine echte Partnerschaft wünschten. Finn sprang in die Dusche, zog anschließend eine helle Stoffhose und ein dunkelgraues, enges Shirt an und war zufrieden mit dem, was er sah. Klar, einen geilen Sportbody hatte er nicht, aber was er zu bieten hatte, war ehrlich. In jeder Hinsicht. Mit ein wenig Gel brachte er seine Haare in Form, zog eine Ponysträhne ins Gesicht. Das sah lässig aus, fand er. Beschwingt lief er die Treppen hinab. Geld und der Wohnungsschlüssel klimperten in seinen Hosentaschen.

Finns Zuversicht und gute Laune gingen irgendwo zwischen einem Monolog über Sojamilchprodukte und dem Cocktail, der versehentlich auf seiner Hose landete, verloren. Dabei hatte der Typ zunächst so einen vielversprechenden Eindruck gemacht! Kurze, gepflegte Haare, ein freundliches Lächeln, kein Mundgeruch und saubere Klamotten. Dass er dann zum kompletten Volllangweiler mutierte, war nicht abzusehen gewesen. Auch nicht, dass er beim Reden seine Flossen nicht still halten konnte. Die tausendfachen Entschuldigungen, begleitet von dem aufdringlichen Versuch, die Flecken auf seiner Hose mit einer Serviette wegzutupfen, insbesondere im Schritt, machten nichts besser. Der lüsterne Blick, den Mister-ich-liebe-Tofu dabei aufgesetzt hatte, erstickte bei Finn alle Ambitionen im Keim. Gereizt hatte er seine Getränke bezahlt und war nach Hause gefahren. Die unangenehm feuchte Hose war eine bequeme Entschuldigung gewesen sich rasch loszueisen. Gegen seinen Willen war er immer viel zu nett und nahm auch noch auf die Gefühle des letzten Idioten Rücksicht.

Jetzt saß er auf seinem Balkon, hatte ein Bier in der Hand und starrte in den Himmel. Wenn er sich anstrengte, konnte er ein paar Sterne ausmachen. In der Wohnung gegenüber ging plötzlich das Licht an. Finn schloss geblendet die Augen. Er blinzelte und als er sich an die Helligkeit gewöhnt hatte, lag die Wohnung wie eine perfekt ausgeleuchtete Theaterbühne vor ihm. Mit dem Schönling als Hauptdarsteller. Er trug einen dunklen Anzug. Das Hemd war nicht bis oben hin zugeknöpft, sodass der Kontrast des weißen Stoffes zur gebräunten Haut besonders deutlich hervortrat. Die Bewegungen des Mannes strotzten vor Selbstbewusstsein, gerade so, als wäre er sich der Blicke bewusst, die auf ihm lagen. Ob er Schauspieler war? Das wäre eine Erklärung für sein Auftreten. Finn merkte, wie er verächtlich den Mund verzog. Mit solchen Schicki-Micki-Typen konnte er nichts anfangen.

Ob er wohl doch nicht verheiratet war? Von einer Frau fehlte bisher jede Spur. Links neben dem Wohnraum lag abgetrennt das Schlafzimmer. Licht flammte auf, als der Mann es betrat und dabei sein Jackett auszog. Die gigantische Glasfront zog sich über die ganze Breite und bot Finn genaue Einblicke. Das Schauspiel, das sich ihm jetzt bot, ließ seinen Puls in die Höhe schnellen. Der Typ knöpfte das Hemd auf, streifte es von seinen Schultern und zog es aus dem Hosenbund. Er warf es auf das Kingsize-Bett. Während er die Gürtelschnalle öffnete, trat er sich die Schuhe von den Füßen. In einer fließenden Bewegung entledigte er sich der Hose und hängte sie über einen Bügel. Ebenso das Jackett. Trotz der ungefähr zehn Meter, die sie voneinander trennte, konnte Finn die gut ausgearbeitete

Muskulatur des Mannes erkennen. Breite Schultern, eine kräftige Brust, klassischer Sixpack, schmale Hüften. Er sah aus, wie einem Hochglanzmagazin entstiegen. Nein, besser. Was er sah, war definitiv echt, nicht mit dem Computer nachbearbeitet.

Als der Kerl sich bückte, um seine Socken auszuziehen, ließ er Finn einen ausgiebigen Blick auf seine Kehrseite werfen. Der perfekte Hintern steckte in engen Pants. Ein Anblick, der ihn nicht gleichgültig ließ. Wie hypnotisiert schaute er auf den fremden Mann. Dieser drehte sich um und starrte durch die Scheiben. Finn zuckte zurück, sein Herz klopfte schneller. Hatte er ihn beim Spannen erwischt? Denn nichts anders war es, was er gerade tat. Doch Finn beruhigte sich gleich wieder. Nein, der Kerl konnte ihn gar nicht sehen. Er saß im Dunkeln. Das Licht in der Wohnung musste die Scheiben wie schwarze Spiegel aussehen lassen. Genau, der Typ schaute sich selbst an. Bewunderte er gerade die Früchte seiner harten Arbeit im Fitnesscenter? Finn hätte es nicht überrascht. Mit Sicherheit war das ein selbstverliebter Egomane. Trotzdem konnte Finn nicht vermeiden, dass ihm gefiel, was er sah.

Kapitel 4 – Kyle

Die erste Woche in seiner neuen Wohnung war im Dauergalopp an ihm vorbeigerauscht. Dafür hatte er nun tatsächlich bereits alle Kisten ausgeräumt, die Lampenschirme montiert und die Regale an die Wand gedübelt. Nun gut, er hatte die Arbeiten beaufsichtigt. Die Zeiten, in denen er sich selbst mit diesen mühseligen Alltagsplagen beschäftigen musste, waren gottlob vorbei. Er verdiente mit seiner Arbeit, die er gut und gerne machte, weitaus mehr, als er mit Do-it-yourself einsparen könnte. So war gleich mehreren Leuten geholfen.

Es war Samstagvormittag und Kyle räkelte sich zufrieden in seinen Laken. Gestern Abend war es spät geworden. Aber das hatte er bereits zuvor gewusst. John war ein Genießer und zelebrierte den Sex stets ausgiebig. Nicht zu seinem eigenen Schaden, dachte Kyle, als er die vergangenen Stunden Revue passieren ließ. Er lächelte.

Nun knurrte ihm aber der Magen, er verlangte ebenfalls seinen Teil an Zuwendung. Kyle erhob sich. Nach einer kurzen Runde im Bad schlüpfte er in Anzughose und Hemd. Er liebte schöne Kleidung und sah nicht ein, warum er zum Brötchenholen eine ausgebeulte Jogginghose tragen sollte, wenn er auch gut aussehen konnte. Pfeifend trabte er die Treppenstufen hinunter. Nur in Ausnahmefällen benutzte er den Fahrstuhl. Das minimierte die Zeit, die er zusätzlich für seine Fitness einplanen musste.

Die Bäckerei war ziemlich voll, aber das machte Kyle nichts aus. So konnte er den herrlichen Duft nach Frischgebackenem länger genießen und Menschen beobachten.

Etwas, das er gerne tat. Deshalb fiel ihm auch auf, dass sich ein griesgrämig dreinblickender Mann vordrängte.

„Moment", mischte Kyle sich ein. „Die kleine Lady ist noch vor Ihnen dran. Das haben Sie vermutlich übersehen." Erst sah es aus, als wollte der Mann pampig werden, doch gegen Kyles strahlendes Lächeln kam er nicht an. Ohnehin hatte sich die Verkäuferin längst nach den Wünschen des Mädchens erkundigt. Zufrieden verschränkte Kyle die Arme vor der Brust. Er hasste rücksichtslose Menschen, die ohne Skrupel die Rechte Schwächerer mit Füßen traten.

Als das Mädchen bezahlt hatte, lächelte sie ihm schüchtern zu. „Danke schön", sagte sie leise und ihre Zöpfe wippten, als sie aus dem Laden tänzelte.

Kyle schaute hinterher. Als die Tür zufiel, streifte sein Blick schokoladenfarbenes Haar. Er sah genauer hin und erkannte seinen Balkonnachbarn. Jener kramte umständlich in seiner Hosentasche – Jogginghose! – und schaute nicht hoch. Kyle wollte ihn ansprechen, aber gerade in diesem Moment kam er selbst an die Reihe.

Als er mit seinem Einkauf fertig war, konnte er seinen Nachbarn nicht mehr entdecken. Komisch, er hatte doch nach ihm die Bäckerei betreten. Hatte er sein Geld vergessen? Schade, das wäre ein gute Gelegenheit gewesen, sich endlich offiziell einander vorzustellen.

Gesehen hatten sie sich während dieser Woche mehrmals. Das schöne Wetter hatte seinen Nachbarn häufig auf den Balkon getrieben. Und abends, wenn die Lampen brannten, konnte Kyle problemlos in dessen Wohnung hineinsehen. Entweder besaß sein Nachbar keine Vorhänge oder Jalousien oder er benutzte sie nicht. Er hatte sich ein paar Mal dabei ertappt, dass sein Blick unweigerlich zu seinem Gegenüber wanderte, wenn er am Schreibtisch saß und arbeitete.

Der Mann schien geregelte Arbeitszeiten zu haben. Zumindest ging er früh aus dem Haus und kam gegen 18 Uhr zurück. Was er wohl beruflich machte? Aber eigentlich interessierte Kyle das nicht wirklich. Wurde nur langsam Zeit, dass seine Innenarchitektin aktiv wurde. Der Sichtschutz wurde unumgänglich.

Kapitel 5 – Finn

Finn wusste nicht so genau, warum er die Bäckerei fluchtartig verlassen hatte. Es hatte ihn erstaunt, wie sich sein Schnösel-Nachbar für das Mädchen eingesetzt hatte. Trotzdem wollte er nicht mit ihm reden. Der Mann ging ihn nichts an. Dass er die vergangene Woche immer wieder wie automatisch auf die Terrasse und in die Wohnung hinübergeblickt hatte, ärgerte ihn. Er wollte das gar nicht. Heute würde er endlich Bastmatten für den Balkon und Jalousien kaufen.

Der Typ war bestimmt ein Idiot. Wer so gut aussah, konnte nur ein Arschloch sein. Hatte Finn noch nie anders erlebt. Schöne Menschen bildeten sich ein, der Nabel der Welt zu sein und alles und jeder hätte sich ihren Wünschen zu beugen. Darauf konnte er gerne verzichten.

Als er in Gedanken die Haustür aufstieß, lief er geradewegs in jemanden hinein. Reflexartig packte er die Person bei den Oberarmen, sonst wäre sie gestürzt. Erst jetzt merkte er, dass es seine eigene Schwester war.

„Svenja, entschuldige! Ich habe dich nicht gesehen."

„Na, das wäre mir jetzt fast nicht aufgefallen, du Spinner!" Sie rieb sich die Schulter, an der er sie anscheinend angerempelt hatte. Da sie lächelte, war der Schmerz wohl nicht zu schlimm.

„Allerdings hast du nun meinen diabolischen Plan durchkreuzt: dich aus dem Bett zu klingeln. Wo warst du denn um diese nachtschlafende Zeit?" Ihr Blick glitt an ihm herab.

Da Finn seine Flip Flops trug, konnte er schwer behaupten, er hätte gejoggt.

„Ich wollte Brötchen kaufen, hab aber das Geld vergessen“, behauptete er schnell. Auf eine Diskussion, warum er aus der Bäckerei geflohen war, wollte er sich bestimmt nicht einlassen. Seine Schwester hatte einen Röntgenblick und unglaubliche Fähigkeiten, psychologische Details herauszukristallisieren. Er wollte gar nicht hören, was sie über sein kindisches Verhalten dachte.

„Warum bist du überhaupt da?“, lenkte er ihre Aufmerksamkeit in andere Bahnen. „Habe ich eine Verabredung vergessen?“ Finn wusste genau, dass das nicht der Fall war. Er mochte vielleicht nicht der ordentlichste Mensch sein, aber ein Treffen mit seiner Schwester hatte er noch nie verschwitzt. Dafür war sie ihm viel zu wichtig. Sie waren Zwillinge. Svenja war sechs Minuten älter als er. Optische Ähnlichkeiten waren kaum vorhanden, aber die emotionale Verbundenheit war enorm. Auch jetzt noch, als Erwachsene. Es gab keinen Menschen auf der Welt, dem Finn so sehr vertraute wie seiner Schwester. Obwohl zugegebenermaßen Ivo mehr pikante Details über ihn wusste. Aber das war nicht zu vergleichen.

„Ich muss mit dir reden, Finn“, sagte Svenja ernst. Aus ihrem Gesicht war jede Lockerheit gewichen.

Finn krampfte sich der Magen zusammen. Das klang nicht gut! „Gehen wir in meine Wohnung.“ Er drückte auf einen Knopf an der Wand. Der Fahrstuhl befand sich noch im Erdgeschoss und die Türen öffneten sich sofort.

Erst als er Gläser aus dem Schrank geholt und sie gemeinsam mit einer Flasche Wasser auf den Tisch gestellt hatte, forderte Finn seine Schwester auf zu sprechen.

„Es geht um Rainer. Ich glaube, er betrügt mich", kam Svenja ohne Umstände zur Sache.

Finn riss die Augen auf. Er hatte mit vielem gerechnet, aber garantiert nicht damit. Das konnte einfach nicht sein! Rainer liebte Svenja abgöttisch. Manchmal war Finn regelrecht eifersüchtig auf das Glück der beiden gewesen. Das ständige Geturtel auf Familienfeiern konnte er kaum ertragen.

„Wie … ich meine, hast du was gesehen oder …", stotterte er.

„Ich kann es nicht beweisen. Es ist nur so ein Gefühl. Rainer distanziert sich von mir. Er küsst mich nicht mehr so oft wie früher, ist abwesend, hat keine Lust mehr auf spontane Aktionen. Wenn ich mit ihm sprechen will, weicht er aus. Da stimmt was nicht, Finn! Ich weiß es einfach." Svenja knibbelte an dem Etikett der Flasche herum. „Ich komme mir so schäbig vor, weil ich ihm nicht vertraue", gab sie mit leiser Stimme zu.

„Ach, mein Herz, das ist Quatsch!" Finn war aufgestanden und umarmte nun seine Schwester von hinten. Sein Kinn stütze er auf ihrer Schulter ab, hielt seine Wange an ihre.

Svenja seufzte. „Was ist Quatsch?", hakte sie nach.

„Na, dass du dir Schuldgefühle einredest! Wir müssen das klären, herausfinden, ob an deinem Verdacht etwas dran ist. Was der Grund für Rainers Veränderung ist. Ich kenn dich doch! Wenn jemand merkt, dass etwas im Busch ist, dann du.“

Svenja streichelte seinen Unterarm. „Ich bin froh, dass ich dich habe.“

Finn löste die Umarmung, küsste sie auf den Scheitel. „Und ich erst, Schwesterherz“, beteuerte er. „Trotzdem habe ich einen Mörderhunger. Lass uns zusammen frühstücken und dabei einen Plan aushecken. Du holst Brötchen und ich richte alles Übrige her. Deal?“

„Deal“, antwortete Svenja. Sie brachte sogar schon wieder ein Lächeln zustande.

Kapitel 6 – Kyle

Interessant! Der Nachbar hatte Damenbesuch. Heute bedauerte Kyle es, dass er noch keine Terrassenmöbel besaß. Zu gerne hätte er ebenfalls im Freien gefrühstückt, wie die zwei Menschen auf dem Balkon gegenüber. Zumindest hatte Kyle die Glastüren so weit geöffnet wie möglich. Der Duft der blühenden Bäume, die die Straße säumten, strich ihm um die Nase. Sein Nachbar und die Frau unterhielten sich angeregt. Er konnte die Stimmen, manchmal einzelne Wörter verstehen, erriet aber nicht, über was sie sprachen. So wie sie sich verhielten, kannten sie sich schon länger. Ein Paar waren sie wohl trotzdem nicht. Sonst würden sie zusammen wohnen, vermutete Kyle. Bisher hatte er die Frau jedoch noch nie gesehen. Sie war hübsch. Sehr sogar. Wenn er auf Frauen stünde, hätte er sich um sie bemüht. Allein wegen ihrer Art sich zu bewegen. Anmutig, in sich ruhend, gezielt und doch agil. Anders als der Nachbar, dessen Bewegungen eckig wirkten, manchmal regelrecht unbeholfen oder tapsig. Vermutlich stieß er sich häufig irgendwo das Bein. Kyle schmunzelte. Er fand Chaoten amüsant. Heute in der Bäckerei hatte er einen genaueren Blick auf das Gesicht des Mannes werfen können. Die feingeschnittenen Züge hatten nicht so recht zu den strubbeligen Haaren und den grobmotorischen Bewegungen gepasst. Ein reizvoller Gegensatz. Insbesondere die feine, helle Haut hatte Kyle gefallen. Ob sie weich war?

Kyle ertappte sich dabei, wie er schon seit einigen Minuten auf den Mann gegenüber starrte. Was war nur los mit ihm? Der war doch überhaupt nicht seine Kragenweite. Er bevorzugte Männer mit Stil. Ohnehin, ein Nachbar! Keine Chance. Das roch geradezu nach Komplikationen. In diese Überlegungen hinein klingelte das Telefon. *Jasper Stern* stand im Display. Kyle war versucht, nicht dranzugehen. Eigentlich hatte er heute keine Lust auf eine dominante Nummer. Aber er hatte Jasper nun schon mehrmals vertröstet. Außerdem zahlte er immer einen üppigen Tarif. Und er hatte helle Haut … Kyle schüttelte den Kopf über sich selbst. Was war denn das für ein Gedanke?

„Hallo Jasper, schön, dass du anrufst." Kyle hörte ihm zu. Eigentlich war der Grund des Anrufs klar. Jasper wollte Sex. Aber er brachte es nie fertig, das gleich anzusprechen. Als müsste er erst den notwendigen Mut finden, betrieb er Small Talk.

Einmal hatte Kyle versucht diese Prozedur abzukürzen, mit dem Effekt, dass Jasper – völlig aus dem Konzept – zu stottern anfing und ganz auf ein Treffen verzichtet hatte. Also ließ Kyle ihn reden. Mit dem Handy am Ohr schaute er weiterhin auf den Nachbarbalkon. Der Mann war aufgestanden, zog sein T-Shirt über den Kopf. Die Frau erhob sich ebenfalls und schaute auf eine Stelle am Rücken, auf die der Mann mühsam versuchte mit dem Finger zu zeigen. Der nackte Oberkörper seines Nachbarn wirkte elektrisierend auf Kyle. Breite Schultern, leichte Brustbehaarung kombiniert mit solider, aber keinesfalls übertriebener Muskulatur. Griffig, so sah er aus. Fest und weich zugleich.

„Hörst du mir noch zu, Kyle?", drang Jaspers quengelnde Stimme in sein Bewusstsein.

„Äh, ja, natürlich." Schuldbewusst drehte Kyle sich weg vom Fenster. In der Tat war er sehr abgelenkt gewesen. Schnell machte er Uhrzeit und Treffpunkt mit Jasper aus und erteilte ihm einen Auftrag. Er sollte sich im Genitalbereich rasieren. Damit war er beschäftigt und ausreichend vorgeheizt, bis Kyle zu ihm kam. Jasper liebte solche Spielchen. Als Manager einer großen Firma, mit Hunderten von Mitarbeitern, hatte Jasper in seiner Freizeit ein geradezu flehendes Verlangen sich unterzuordnen.

Soweit Kyle wusste, lebte er in einer Beziehung, aber dort bekam er nicht das, was er wollte. Davon lebten die Arrangements mit Kyle. Früher, als er noch darauf angewiesen war, stellte Jasper eine hervorragende Einnahmequelle dar. Kyle hatte ihm einiges zu verdanken.

Kapitel 7 – Finn

Was für ein Scheißtag! Termindruck bis zum Äußersten und ausgerechnet dann ging der CNC-Fräser kaputt. Fieberhaft hatte Finn mit seinem Kollegen Daniel daran gearbeitet, die Produktion wieder aufnehmen zu können. Sie hatten es geschafft. Was ihnen drei weitere Überstunden auf dem ohnehin schon gut gefüllten Zeitkonto einbrachte.

„Mann, was für eine Ochsentour!“, sagte Daniel, als sie in der Umkleide standen. Er zog sich gerade seinen Pullover über den Kopf, seine Stimme klang dumpf darunter hervor.

„Da hast du recht. So schnell brauchen wir das nicht mehr.“ Er band sich die Schuhe zu. „Zum Glück hat der Supermarkt bis 22 Uhr offen, sonst müsste ich mich jetzt noch hetzen oder – schlimmer – verhungern. Das einzig Essbare zu Hause ist das Mäusefutter und das kann ich mir gerade noch verkneifen.“

„Na, da würde ich dich schon retten. Wenn du willst, kannst du mit zu mir kommen. Ich koch’ uns was. Und ich kann das wirklich gut, ehrlich.“ Hoffnungsvoll blickte Daniel ihn an.

Es war nicht das erste Mal, dass sein Kollege ihm ein derartiges Angebot machte. Bisher hatte er immer abgelehnt, denn dass Daniel mehr wollte, ließ dieser immer wieder durchblitzen.

Im Gegensatz zu ihm selbst, transportierte Daniel völlig offen nach außen, dass er schwul war. Die Kollegen hatten das leidlich akzeptiert, was ihn eigentlich verwunderte, aber trotzdem hatte er bislang seine eigene sexuelle Orientierung nicht zum Thema gemacht. Und dabei sollte es auch bleiben. Es war schon irritierend genug, dass Daniel ihn *durchschaut* hatte. Aber nachdem dieser ihn direkt gefragt hatte, ob er schwul sei, hatte er ihn nicht anlügen wollen. Zum Glück kam er seiner Bitte nach und hängte das nicht an die große Glocke. Hier auf der Arbeit wollte er einfach nur seine Ruhe haben, keine Frotzeleien und dummen Witze hören, wie Daniel sie durchaus kassierte. Was er privat machte, war seine Sache. Er fand Daniel ganz nett, aber eine Beziehung mit ihm, einem Arbeitskollegen, kam nicht infrage.

„Danke, ist nett gemeint vor dir, Daniel, aber mir ist nur noch nach 'ner Pizza und Abhängen auf der Couch. Ich wäre 'ne ziemlich miese Gesellschaft heute. Vielleicht irgendwann mal. Danke, wirklich."

Daniel seufzte. „Hab ich mir fast schon gedacht. Aber irgendwann krieg ich dich noch rum", scherzte er und zwinkerte ihm zu.

Finn zwang sich zu einem Lächeln.

Brot, Käse, eine Salatgurke, Tomaten, Salami, eine Packung Bier und natürlich die Tiefkühlpizza landeten im Einkaufskorb. Bei den Süßigkeiten zögerte er kurz, legte dann aber doch schokolierte Erdnüsse zu den anderen Sachen. Die hatte er sich heute verdient!

So unglaublich es ihm auch erschien, erwischte er tatsächlich die Kasse, an der nicht der Idiot mit kaputter Bankkarte, die überforderte Mutter mit einem quengelnden Kleinkind oder der schwerhörige Opa mit Bewegungen in Zeitlupe anstanden. Schnell wurde Finn bedient, er bezahlte und marschierte in Richtung Auto. Vom weichen Licht des Supermarkts tauchte er in das diesige Grau eines Regenschauers. Schnell verstaute er seine Tüten und war froh, ins trockene Auto flüchten zu können. Zum Regen hatte sich ein unangenehmer Wind gesellt, der sich unter die Kleidung schob und Finn frösteln ließ.

Er pfiff und räumte die Einkäufe weg, als ein Knall ihn zusammenfahren ließ. Sein Herz klopfte wie wild, so sehr hatte er sich erschrocken. Irgendetwas war gegen seine Balkontür gedonnert. Misstrauisch näherte er sich und schaute durch das Glas. Für einen Vogel war das Geräusch viel zu laut gewesen. Was war passiert? Automatisch blickte er auf den Boden des Balkons und erkannte erst nicht, was dort lag. Nach einem kurzen Moment der Besinnung funktionierte das Zusammenspiel seiner Augen mit den Synapsen und der formlose Klumpen entpuppte sich als Schuh.

„Was zum Henker …“, murmelte er. Aus den Augenwinkeln heraus nahm er eine Bewegung wahr. Er hob den Blick und schaute auf den Balkon gegenüber. Dort stand sein Nachbar und winkte wie verrückt und rief ihm etwas zu. Finn öffnete die Balkontür.

„Endlich! Ich dachte schon, ich muss hier erfrieren. Sie müssen mir helfen! Meine Balkontür geht nicht auf. Ich komme nicht mehr in die Wohnung. Sie müssen den Schlüsseldienst verständigen. Bitte schnell, mir ist so ka-kalt.“ Und tatsächlich, der Mann zitterte wie Espenlaub. Seine Kleidung klebte klitschnass an ihm.

„Ich komme!“, rief Finn und wandte sich um. Mit Schwung schloss er seine Balkontür und ging in den Flur. Dort kramte er kurz im Schrank und holte einen kleinen Koffer heraus. Sein Vater betrieb einen florierenden Schlüsseldienst und war der Ansicht, dass eine Standardausrüstung in jeden Haushalt gehörte. Zumindest was seine Kinder betraf. Finn hatte oft genug mitgeholfen, sodass er wusste, wie die Werkzeuge zu bedienen waren. Er hatte bloß nicht gedacht, diese Fähigkeiten bei einem Fremden zum Einsatz bringen zu müssen. Er wägte kurz ab, dass es vielleicht doch besser wäre, eine Firma kommen zu lassen. Nicht dass er noch Schwierigkeiten bekam. Bei diesen reichen Stinkern wusste man ja nie so genau. Allerdings hatte der Nachbar erbärmlich ausgesehen und wer weiß, wie lange es dauern würde, bis ein offizieller Schlüsseldienst vor Ort aufschlagen würde. An der Entstehung einer massiven Lungenentzündung wollte Finn sich nicht beteiligen.

Er schlüpfte in seine Jacke und trabte die Treppe hinunter. Neugier und Hilfsbereitschaft hielten sich die Waage und verdrängten mühelos jeden Zweifel.

Kapitel 8 – Kyle

Seine Zähne schlugen aufeinander. Kyle konnte das Zittern nicht mehr kontrollieren. Sein Körper wehrte sich mit allen Kräften gegen das Auskühlen. Als er nun durch die Fensterscheiben seinen Nachbarn auf sich zukommen sah, hätte er am liebsten vor Erleichterung getanzt. Endlich! Der Mann ruckte und zog an den Griffen, doch die Schiebetür bewegte sich keinen Millimeter. Was auch immer es sein mochte, es war gründlich kaputt gegangen. Statt es weiter zu versuchen, ging sein Nachbar weg.

Nein! Kyle hämmerte verzweifelt an das Glas. Er durfte doch nicht so schnell aufgeben! Der Mann deutete auf das Schlafzimmer und Kyle begriff. Natürlich. Statt sich mit der kaputten Tür abzumühen, brauchte er nur nebenan die intakte Balkontür zu öffnen. Schon hörte er das charakteristische Schaben der Gleitmechanik.

„Ich bin so froh … mir ist kalt … danke, vielen, vielen Dank, ich …“ Mehr brachte Kyle nicht hervor, die Wärme der Wohnung, die ihn plötzlich umgab, ließ seinen Körper weich werden wie Gummibärchen in der Sonne.

„Am besten gehen Sie ins Bad unter die Dusche oder in die Wanne zum Auftauen. Sie haben schon ganz blaue Lippen.“

Kyle nickte und stellte sich dem nachdenklichen Blick seines Nachbarn.

„Warten Sie, ich helfe Ihnen.“

Er musste absolut fertig aussehen, wenn er derartige Hilfsreflexe auslöste. Kyle schlurfte hinter seinem Retter her. Kaum im Bad machte dieser sich schon an den Armaturen der Badewanne zu schaffen.

„Ich glaube, wir sollten das Wasser nicht zu heiß machen. Nicht dass Ihr Kreislauf überfordert wird. Schön langsam anfangen, ja?“ Mit schief gelegtem Kopf schaute der Mann ihn an.

Kyle nickte. Er versuchte die Knöpfe seines Hemdes zu öffnen, doch durch die Kälte waren seine Finger steif und plump. Außerdem zitterte er immer noch, sodass es ihm nicht gelang.

„Ich glaube, Sie müssen mir helfen.“ Seine Stimme war belegt. Der Schnupfen, den er sich bereits vor ein paar Tagen eingefangen hatte, würde sich zu einer fetten Erkältung entwickeln.

Kurz zögerte sein Nachbar, doch dann trat er heran. „Ich heiße Finn. Finn Fabian.“ Seine Finger huschten über die Knopfleiste.

„Kyle Sander.“ Sonst in gesellschaftlichen Gepflogenheiten aufs Eleganteste versiert, brachte Kyle in diesem Moment nur das Nötigste heraus. Er starrte in das Gesicht des Mannes, der ihm nun das Hemd aus der Hose zog, um an die untersten Knöpfe zu gelangen. Er roch nach einer eigentümlichen Mischung: Schweiß, Maschinenöl und einem Hauch, der wie Harz anmutete, vermutlich sein eigener Körpergeruch war. Kyle holte tief Luft. Finns dichte Wimpern warfen ihre Schatten auf seine Wangenknochen, während er nach unten sah.

„Heben Sie mal Ihren Arm“, forderte Finn ihn auf.

„Du. Nach so einer Aktion müssen wir uns duzen.“

„Okay, dann streck du mal deine Arme vor, damit ich die Manschetten aufknöpfen kann.“ Als sie offen waren, trat Finn um ihn herum und zog am Hemdkragen. Er schälte Kyle aus dem nassen Kleidungsstück, das widerlich auf seiner Haut klebte. Gänsehaut breitete sich am ganzen Körper aus. Kyle erschauerte einmal mehr.

„Mit der Hose kommst du alleine zurecht, nicht wahr? Während du in die Wanne steigst, mache ich dir einen Tasse Tee. Wenn du nichts dagegen hast?“

Anscheinend war es eine Marotte seines Nachbarn, bei Fragen den Kopf leicht schief zu legen, denn er tat es gerade wieder. Dass ihm so etwas in seinem Zustand überhaupt auffiel, lag daran, dass ihm diese Geste gefiel.

„Nein, natürlich habe ich nichts dagegen. Im Gegenteil, das wäre großartig!“ Kyle brachte sogar ein Lächeln zustande.

Das Klappern der Küchenschränke und das Summen des Wasserkochers drangen durch die offene Tür zu ihm herein, als er sich aus der Hose kämpfte. Die Geräusche hatten etwas Beruhigendes an sich. Kyle konnte sich eines tiefen Seufzers nicht erwehren, als er in das warme Wasser glitt. Tat das gut! Mit geschlossenen Augen lehnte er den Kopf an den Wannenrand und spürte der Wärme nach, die förmlich in seinen Körper hineinzukriechen schien. Er schaute erst auf, als er ein Räuspern hörte.

„Äh, ja, ich habe den Tee fertig.“ Finn war an der Badezimmertür stehengeblieben.

„Prima! Darauf freue ich mich jetzt. Wärme von außen und innen, perfekt.“ Er streckte auffordernd seine Hand Richtung Tasse. Er bemerkte sehr wohl Finns Zögern, ehe er sich in Bewegung setzte. War es seinem Nachbarn peinlich, dass er nackt war? Kyle konnte sich gerade noch ein Schmunzeln verkneifen. Das würde er genauer überprüfen. Der Abend versprach doch noch amüsant zu werden.

Er pustete auf die Oberfläche des Tees, trank einen Schluck. „Kamille? Du hast mir allen Ernstes einen Kamillentee gemacht?", fragte er erstaunt.

„Warum nicht? Wenn du das Zeug nicht mögen würdest, hättest du es wohl kaum im Schrank, nicht wahr?" Finn überkreuzte die Arme vor der Brust. Nachdem er ihm die Tasse überreicht hatte, war er gleich wieder an die Tür zurückgewichen.

Kyle nippte erneut an dem Tee. Obwohl das Zittern schon merklich nachgelassen hatte, musste er sich trotzdem anstrengen, sich mit dem Porzellan nicht die Zähne auszuschlagen. Eigentlich hatte er den Kamillentee bisher nur für Sitzbäder benutzt, aber das wollte er Finn nicht verraten. Noch nicht. Wer weiß, bei passender Gelegenheit mochte das eine lustige Anekdote abgeben. Jetzt war er nur froh, etwas Heißes trinken zu können.

„Darf ich warmes Wasser nachlaufen lassen?" Über den Rand der Tasse blickte er Finn an. Dieser zuckte mit den Schultern.

„Ich denke schon. Der Experte im Auftauen von fremden Männern bin ich auch nicht gerade."

„Na sowas. Ich dachte, du machst das gewerblich. Aber was heißt hier fremd? Wir haben uns doch bereits oft genug gesehen."

„Ich kann mir ja schlecht die Fenster schwarz anstreichen.“ Eine tiefe Furche grub sich in Finns Stirn. Sie unterstrich seinen grimmigen Gesichtsausdruck.

Kyle hätte gerne gelacht, ließ es aber bleiben. Sein Nachbar war wirklich kein Small Talker. Eine Herausforderung. Das Rauschen des Wassers lullte ihn ein. Er schloss die Augen und lehnte sich zurück.

Kapitel 9 – Finn

Das durfte doch nicht wahr sein! Der Kerl war eingeschlafen. In der Badewanne mit der Tasse in der Hand. Den Tee hatte er ins Wasser gekippt, der Kopf war zur Seite gerollt. Das warme Wasser lief immer noch. Das Rauschen verstärkte die Stille.

Er verlagerte sein Gewicht von einem Bein auf das andere und starrte auf Kyle hinunter. Keinen Mucks machte der. Mit einem lauten Räuspern hoffte er, ihn zu wecken. Fehlanzeige. Er konnte doch jetzt nicht einfach abhauen. Was, wenn der Typ in der Wanne ertrank? Na ja, das würde wahrscheinlich nicht passieren. Allerdings konnte er Wasserverschwendung gar nicht leiden und die Wanne war längst voll, der Überlauf gurgelte gefräßig. Ein paar schnelle Schritte, eine energische Bewegung und es war ruhig wie in der Wüste bei Sonnenaufgang. Wie festgenagelt stand er da und schaute auf den nackten Mann vor sich.

Das Gesicht im Schlaf entspannt und so makellos, dass er beinahe wie gemalt wirkte. So schön konnte doch niemand in echt sein! Aber er hatte den Beweis vor sich. Noch nie hatte er im wirklichen Leben so einen gutaussehenden Menschen gesehen. Unfassbar. Und auch der Rest des Körpers hielt genau das, was er an jenem Abend aus der Entfernung schon versprochen hatte. Exakt definierte Muskeln, schlank, wohlproportioniert und … ja, perfekt. Glattrasiert, gebräunt.

Er schluckte hart, konnte nicht widerstehen, den Blick tiefer gleiten zu lassen. Dieser Körper war die pure Sünde!

Rundum. Ausgleichende Gerechtigkeit wäre es gewesen, wenn der Penis einer schrumpeligen Gurke geähnelt hätte. Aber nein, auch dieser Teil des Körpers war perfekt proportioniert, im entspannten Zustand. Und er hegte keinen Zweifel daran, dass das erigierte Glied ebenso perfekt aussehen würde. Was er in tausend Jahren nicht zu Gesicht bekäme. Er wusste sehr wohl, wo seine Grenzen lagen. Angesichts dieser überirdischen Perfektion war er sich seiner eigenen, körperlichen Unzulänglichkeiten mehr als bewusst. Das Leben war nicht gerecht.

Dieser Mensch war reich und gutaussehend, selbstbewusst und unverschämt, eine Mischung, die Wut in Finn hochkochen ließ. Grob packte er Kyle an der Schulter und schüttelte ihn.

„Hey, aufwachen! Erst willst du erfrieren und dann absaufen. Den Spaß kannst du dir alleine gönnen, ich gehe jetzt."

Kyle war unter seiner Hand zusammengezuckt und schaute einen Moment orientierungslos umher. „Was? … Ich bin eingeschlafen."

„Ja, das habe ich gemerkt. Ich muss jetzt los."

„Natürlich. Äh, vielen Dank für deine Hilfe. Ich …" Ein kräftiges Niesen folgte. Noch eins und noch eins.

„Kannst du mir mal …?" Kyle deutete auf das Klopapier. Finn zog einen Streifen davon ab und reichte ihn ihm. Lautstark schnäuzte Kyle und blickte ihn mit tränenden Augen an.

„Ich glaube, ich habe mir was eingefangen."

„Gut möglich. Du solltest nicht mehr länger im Wasser bleiben. Leg dich ins Bett."

Kyle machte Anstalten, aus der Wanne zu steigen. Hastig drehte sich Finn um und floh regelrecht aus dem Badezimmer.

„Ich schreibe dir meine Handynummer auf. Falls du Hilfe brauchst“, rief er über die Schulter zurück. In der Küche hatte er ein Klemmbrett mit Papier und Stift gesehen. Er kritzelte die Zahlen darauf, rief noch einen Abschiedsgruß Richtung Badezimmer und schlüpfte durch die Haustür. Die Zeit, auf den Aufzug zu warten, nahm er sich nicht. Seine Schritte hallten im Treppenhaus wider und er ärgerte sich jetzt schon, seine Nummer hinterlassen zu haben.

„Was habe ich mir nur dabei gedacht“, murmelte er.

Kapitel 10 – Kyle

Ein Elefant saß auf seinem Kopf. Und auf seiner Brust. Und in den Hals war ein Stachelschwein gekrochen. Ganz bestimmt. Anders konnte er sich seinen Zustand nicht erklären. Es ging ihm erbärmlich. Schon ein Augenlid zu heben erschöpfte ihn. Die Nacht war vorbei, das konnte er zumindest erkennen. Es war hell im Zimmer. Viel zu hell. Er stöhnte und zog sich die Decke über den Kopf. Die Luft heizte sich auf unter dem Stoff, das Atmen fiel ihm schwerer. Durst quälte ihn. Er riss die Decke weg und stand auf, Schwindel erfasste ihn. Um nicht zu stürzen, setzte er sich wieder. Die Karussellfahrt in seinem Kopf ließ jedoch nicht nach. Er erhob sich erneut, diesmal darauf bedacht, sich festzuhalten. Er hangelte sich an Möbelstücken und Wänden entlang und als er endlich im Bad stand, war er nassgeschwitzt. Ein Blick in den Spiegel zeigte ihm rote Flecken auf den Wangen und glasige Augen. Als er sich zum Wasserhahn hinunterbeugte, verstärkte sich das Schwindelgefühl. Ohne zu trinken begab er sich wieder in die Aufrechte. Er befeuchtete einen Waschlappen und hielt ihn sich an die heiße Stirn. Das tat gut. Er lehnte am Waschbecken und kramte mit der freien Hand im Spiegelschrank. Irgendwo mussten doch noch Tabletten gegen das Fieber sein. Allerdings … er war schon seit Ewigkeiten nicht mehr krank gewesen. Vor dem Umzug hatte er sämtliche abgelaufenen Medikamente entsorgt. Es war nichts da. Er schlurfte in die Küche, um sich ein Glas zum Trinken zu holen. Konnte er nicht zum Wasser aus dem Hahn gelangen, musste das Wasser zu ihm kommen. Die

Gier nach der kühlen Flüssigkeit verdrängte beinahe die Schmerzen, die er beim Schlucken hatte. Als sein Durst gestillt war, wurden sie jedoch wieder sehr präsent. Eindeutig, er war krank. Diese verdammte Balkonmisere! War ihm gerade noch heiß gewesen, begann er nun zu frösteln. Er brauchte dringend etwas gegen das Fieber. Aber allein der Gedanke, sich anziehen zu müssen, erschöpfte ihn. Daran, das Haus zu verlassen, war nicht zu denken.

Alena! Sie musste ihm helfen. Doch genauso schnell wie der Gedanke aufgeblitzt war, konnte er ihn auch wieder begraben. Alena machte Urlaub auf Hawaii. Er hatte noch andere Bekannte, aber mit ihnen traf er sich immer auf neutralem Boden. In Restaurants, Kneipen, auf Events, aber niemals bei ihm zu Hause. Nur Alena wusste, wo er wohnte. Das sollte so bleiben. Sein Zuhause war sein Rückzugsort, seine sichere Burg. Da wollte er von niemandem belästigt werden. Sein Blick fiel auf den Zettel, der auf der Arbeitsplatte lag. Finn. Das war die Lösung. Er hatte seine Hilfe angeboten. Zwar widerwillig, aber genau das war perfekt. Finn würde ihn auch zukünftig nicht nerven. Das Zittern wurde schlimmer, sodass sich Kyle das Papier und sein Handy schnappte und zurück unter die Bettdecke schlüpfte.

„Ja, Fabian hier?“ Es klang wie eine Frage.

„Hallo Finn, hier ist Kyle. Ich … mir geht's nicht gut …“ Er musste husten, sein Kopf schien zu explodieren und der Hals stand in Flammen. Er atmete tief durch. „Könntest du mir etwas gegen das Fieber besorgen und vorbeibringen?“ Er presste die Worte an dem Feuerball in seinem Hals vorbei. Seine Hand, die das Mobiltelefon hielt, zitterte.

„Hm, ja, kann ich machen. Aber ich bin noch auf Arbeit."

„Kein Problem."

„Bis später." Finn hatte aufgelegt. Enttäuschung machte sich in Kyle breit. Nicht einmal nachgefragt hatte sein Nachbar, was mit ihm los war. Er hatte sich genervt angehört, seine Hilfe nur notgedrungen zugesagt. Kyle fühlte sich seltsam zurückgestoßen und ein Gefühl allumfassender Einsamkeit bemächtigte sich seiner. Er wollte, dass sich jemand um ihn kümmerte, wie damals, als er noch klein war. Wie ein Königskind hatte seine Mutter ihn hofiert, wenn er mit einer Krankheit das Bett hüten musste. Sie brachte ihm Tee und Limonade, kochte Suppen für ihn, schüttelte die Kissen und Decken auf, maß Fieber und überwachte genauestens die Einnahme der Medikamente. Er durfte sich auf das Sofa legen und den ganzen Tag fernsehen, bekam Comichefte geschenkt und wurde ständig gefragt, wie es ihm ginge. Das war lange her. Verdammt lange. Seit er sich zu seiner Homosexualität bekannt hatte, war das Verhältnis zu seinen Eltern bestenfalls als unterkühlt zu bezeichnen. Sie kamen damit nicht zurecht. Scheiße, ihm ging es wirklich dreckig. Jetzt rollte ihm doch glatt eine Träne über die Wange. Mit einer groben Bewegung wischte er die Feuchtigkeit von seiner Wange. Erschöpft schloss er die Augen und zog die Decke enger um sich.

Kapitel 11 – Finn

Er hatte bereits zum dritten Mal geklingelt. Der Typ musste doch da sein, wenn er so krank war. Kyle hatte derart erbärmlich geklungen, dass er sogar eine Stunde früher Feierabend gemacht hatte, um die Medikamente vorbeibringen zu können. Und jetzt machte er nicht auf. Finn ließ den Finger auf dem Klingelknopf, auch wenn er sonst eine derartige Penetranz nicht leiden konnte. Tatsächlich ertönte nach einer Weile der Summer der Schließanlage und er schlüpfte ins Haus. Als er den Fahrstuhl verließ, konnte er schon Kyles Eingangstür erkennen, die nur angelehnt war. Er betrat den Flur. Niemand war zu sehen.

„Hallo? Kyle, hier ist Finn. Ich habe die Medikamente dabei." Die Papiertüte raschelte, als er damit schlenkerte. Stille. Ärger kochte in ihm hoch. Konnte der Idiot ihm nicht einfach die Tüte abnehmen, danke und auf Wiedersehen sagen? Er war doch nicht sein Lakai! Plötzlich hörte er ein Wimmern.

„Nein, weg! Geht weg! Ihr sollt weg gehen!" Panik lag in der Stimme. Er folgte ihrem Klang und landete im Schlafzimmer. Neben dem Bett zusammengekauert blickte sein Nachbar Richtung Schrank. Dort war nichts.

„Das könnt ihr nicht machen … nein, ich will das nicht … nein!" Kyles Stimme überschlug sich, er rutschte nach hinten, weg vom Schrank und dem, was immer er zu sehen glaubte.

Nach einer Schrecksekunde, in der er das Bild, das sich ihm bot, aufnahm, machte er ein paar Schritte auf Kyle zu. „Hey, Kyle, ich bin's. Alles klar bei dir?"

Kyle reagierte nicht, starrte weiter auf die Schranktür.

Er ging vor ihm in die Hocke und schüttelte ihn leicht an der Schulter. Der Stoff des T-Shirts war klamm. Schweißverklebte Strähnen standen wirr von seinem Kopf ab. Das Gesicht war von einem feuchten Film überzogen. Finn legte seine Hand auf die Stirn, sie war glühend heiß, wie er schon vermutet hatte. Kyle hatte hohes Fieber. Zum Glück hatte er ein Fieberthermometer besorgt, eines dieser schicken Dinger mit Sensormessung.

„Nicht erschrecken, ich messe nur deine Temperatur." Kyle blieb ruhig, als er ihm den Messkegel ins Ohr schob. Finn selbst blieb jedoch alles andere als gelassen, als er die Zahlen sah: 40,8 Grad Celsius! Kein Wunder, dass Kyle halluzinierte. Finn sprang auf, drehte sich im Kreis, schaute auf das Thermometer in seinen Händen, auf den Kranken und tastete automatisch nach seinem Handy. Er musste jetzt Ruhe bewahren. Sollte er einen Krankenwagen rufen? Wie schlimm war hohes Fieber? Konnte man daran sterben? Kyle konnte er nicht fragen, der steckte in einer anderen Welt. Svenja, ja genau, er würde Svenja anrufen. Sie konnte ihm helfen. Hatten ihre Kinder nicht dauernd Fieber? Sie wusste bestimmt, was zu tun war.

„Äh, hallo Svenja, ich bin's, ich brauche deine Hilfe." Er erklärte ihr die Situation und hörte genau zu. Alles nicht so schlimm, er würde das in den Griff kriegen. Nach Beenden des Telefonats schnappte er sich die Packung mit den Tabletten. Paracetamol, sie senkten das Fieber. In der Küche holte er ein Glas Leitungswasser und kniete sich dann entschlossen vor Kyle.

„So, du musst das jetzt schlucken. Zwei Tabletten und dann geht's dir bald besser. Mach den Mund auf."

Kyle starrte nicht weiter auf die Schranktür, doch der Blick, der ihn traf, schien ins Leere zu gehen.

„Hast du mich verstanden? Du musst den Mund aufmachen."

Nichts. Kyle reagierte nicht. Finn stellte das Glas ab und packte ihn am Kinn. Er drückte auf Höhe der Mundwinkel in die Wangen, nicht gerade zimperlich, aber das ging ihm jetzt wirklich auf den Keks. Tatsächlich öffneten sich die Lippen einen spaltbreit und er schob die Tabletten hinein. Als er sich umdrehte, um nach dem Glas zu greifen, spuckte Kyle sie jedoch wieder aus.

„Was zum Teufel …" Er zog die Augenbrauen zusammen.

Kyle wischte mit dem Handrücken über den Mund, verzog das Gesicht.

„Du musst das Zeug schlucken, verdammt noch mal!" Sein Fluchen drang anscheinend durch die Fieberschleier.

„Was ist denn los?", fragte Kyle, seine Stimme ein einziges Krächzen.

„Was los ist? Die Medizin hier wirst du jetzt nehmen." Finn hob die Tabletten auf, verzog das Gesicht, weil sie feucht und klebrig waren, schob sie dennoch in Kyles Mund. „Lass die bloß drin, dass das klar ist! Hier, zum Runterspülen." Er drückte Kyle das Wasserglas in die Hand. Es schwappte über, als Kyle es hochhob, denn er hatte am ganzen Körper zu zittern begonnen. Ein großer Fleck breitete sich auf dem T-Shirt aus.

„Auch das noch", grummelte Finn. Nachdem er sicher war, dass Kyle diesmal die Tabletten geschluckt hatte, stand er auf. Er öffnete die ersten beiden Schranktüren, doch dahinter verbargen sich ausschließlich Jacketts, Hemden und Anzughosen. Im nächsten Abschnitt wurde er fündig. Akkurat aufeinander gesetzt lagen dort perfekt gebügelte T-Shirts. *Was für eine Verschwendung*, dachte Finn, als er das oberste nahm. Sachen, die er im Bett trug, bügelte er grundsätzlich nicht. Nun ja, das meiste, das er außerhalb des Bettes trug, auch nicht. Nur Spießer hatten Jeans mit Bügelfalten.

„Du musst dein T-Shirt ausziehen. Schaffst du das?" Kyle schaute ihn zwar an, reagierte jedoch nicht.

„Komm, ich helfe dir. Rutsch da mal weg von der Wand." Er ging in die Hocke und griff nach dem T-Shirt-Saum, zog ihn hoch.

„Du musst die Arme schon hochnehmen, sonst wird das nichts." Es war ein mühseliges Unterfangen. *An Übung fehlt es dir ja auch*, dachte er missmutig. Der erotischen Variante des Ausziehens hätte er allerdings deutlich den Vorzug gegeben. Er seufzte. Müßige Gedanken. Irgendwann hatte er den feuchten Stoff von Kyles Oberkörper gezogen. Die Vollkommenheit der muskulösen Brust stand in scharfem Kontrast zu Kyles Gesicht, das eingefallen und grau wirkte.

„Hier, dein Shirt." Er hielt es ihm hin, doch Kyle reagierte nicht. Nach einer Minute des stillen Wartens gab er auf. Kyles Hirn schwappte in einer anderen Welt, eingelullt vom Fieberwahn. Er stülpte ihm das Shirt über den Kopf, nahm dann eine Hand, um sie durch die entsprechende Öffnung zu führen. Prompt verhedderten sich die Finger.

„Fuck!“ Er griff durch die Ärmelöffnung, umschloss Kyles Hand und zog sie heraus. Die Prozedur wiederholte er mit dem zweiten Arm. Ihm wurde langsam warm.

„Komm, ab ins Bett. Dir ist kalt.“ Er zog an Kyles Hand, die Wirkung war gleich Null. Also bückte er sich, fasste ihn unter den Achseln, wuchtete ihn unter Ächzen hoch.

„Mann, bist du schwer.“ Kyle schwankte, sodass er ihn fest um die Taille fasste und Richtung Bett führte.

Kapitel 12 – Kyle

Ein Schnarchen weckte ihn. Blödsinn. Das hatte er bestimmt geträumt. Morgens war nie jemand bei ihm. Er schlief immer allein. Kyle leckte über seine Lippen, die völlig rau waren. Er lag im Bett und fühlte sich benommen. Was war los? Sein Gehirn hatte die Substanz eines aufgeweichten Brötchens und er war sich sicher, sobald er den Kopf bewegte, würde es mit einem saftigen Schmatzen von einer Seite auf die andere rutschen. Also besser still liegenbleiben. Ein weiteres Schnarchen erstickte diesen Vorsatz im Keim. Er riss den Kopf herum und starrte auf Finn, der schlafend in seinem Sessel saß. Die Lehne war zu kurz, sodass der Kopf nach hinten hing und ihn schnarchen ließ. Wie um alles in der Welt kam sein Nachbar hierher? Die Gedanken purzelten durcheinander, versanken aber im Schlick des Brötchenhirns.

Nur langsam begann Kyle sich zu erinnern. Er war krank, hatte Fieber, Finn wollte ihm Medizin bringen. Ja, das war die Reihenfolge. Wann war Finn aufgetaucht? Hatte er ihn in die Wohnung gelassen? Was war passiert? Er erinnerte sich nur an wilde Träume. Beängstigende, aber auch schöne Träume. Er hatte sich an Finn geklammert, seinen festen Körper gespürt, war gestreichelt worden, über den Kopf, zum Trost, zur Beruhigung. Aber war das überhaupt wahr? Er war verfolgt worden, er hatte sich versteckt, niemand fand ihn, er war allein, nein einsam. Kyle kniff die Augen zusammen, schob diese Traumfetzen beiseite. Er wollte sich nicht mit ihnen abgeben. Jetzt war er wach, jetzt träumte er nicht, jetzt musste er sich um anderes kümmern.

Zum Beispiel um seine trockene Kehle. In dem Sammelsurium, das sich erschreckend auf seinem sonst leeren Nachttisch ausgebreitet hatte, entdeckte er ein Glas Wasser. Seine Hand zitterte, als er es anhob, er stieß an eine Tablettenschachtel und setzte einen Dominoeffekt in Gang. Mehrere Sachen fielen polternd zu Boden.

„Was?“ Finn fuhr aus dem Schlaf hoch, blickte zu ihm. „Oh, du bist wach. Das ist gut.“ Er lehnte sich zurück und gähnte ausgiebig. Mit den Händen massierte er sein Gesicht, die Bartstoppeln erzeugten ein sandiges Geräusch. „Wie geht es dir?“ Ein müder, aber trotzdem durchdringender Blick traf ihn.

„Mir … ich …“ Er wusste eigentlich nicht, wie es ihm ging. So weit war er in seiner Bestandsaufnahme noch gar nicht gekommen. Er sah auf einen Wäscheberg in der Ecke, eine Schüssel mit Wasser stand auf dem Boden, Tücher schwammen darin. Ein T-Shirt hing an der Türklinke, zerknüllte Taschentücher sprenkelten den Boden.

„Warum sieht es hier so aus, als hätte eine Bombe eingeschlagen?“

Schlagartig wurde Finns Gesichtsausdruck finster, eine tiefe Furche zog sich über seine Stirn.

„Das darf doch echt nicht wahr sein! Ich rackere mich die halbe Nacht ab, mache dir Wadenwickel, flöße dir Tee und Medizin ein, wechsle mehrmals die vollgeschwitzte Bettwäsche, von deinen T-Shirts gar nicht zu reden, stehe tausend Ängste aus, dass ich was falsch mache und doch lieber den Notarzt verständigen sollte und du scheißt mich an, weil es hier unordentlich ist?“ Finn war während seiner Tirade aufgesprungen. Er ballte die Fäuste und starrte auf ihn herab.

„Echt ey, das pack ich nicht." Er atmete heftig aus, drehte sich um und verschwand im Bad.

Kyle schluckte. Das war nicht gut gelaufen. Seine Überlegungen, was zu tun sei, waren noch nicht weit fortgeschritten, als Finn zurückkam.

„Nur für den Fall, dass du es wissen willst, du hattest 40,8 Grad Fieber. Du warst nicht ansprechbar, völlig weggetreten." Ohne eine Erwiderung abzuwarten, packte Finn die Wäsche und trug sie ins Bad. Die Tür ließ er offen, sodass Kyle anhand der Geräusche erkennen konnte, wie er die Waschmaschine befüllte und anstellte. Wasserrauschen, Prusten und schon stand Finn wieder im Schlafzimmer. Er musste sich das Gesicht gewaschen haben, denn die Feuchtigkeit glänzte noch in seinen Augenbrauen.

„Ruf doch nächstes Mal bitte gleich deinen Oskar an, vielleicht ist der ja ordentlicher."

„Oskar?" Sein Magen zog sich zusammen.

„Ja, Oskar. Jetzt tu nicht so. In deinem Fieberwahn war er die Hauptperson. So oft wie ich den Namen gehört habe, kann ich ihn bis zum Lebensende nicht mehr leiden."

„Was … was habe ich denn gesagt?" Er konnte nur noch flüstern.

„Pff, nichts wirklich Sinnvolles. Aber immer wieder diesen Namen. Wer ist Oskar?"

Finn sah ihn schon wieder so an, als könnte er ihn durchleuchten. Er mochte diesen Blick überhaupt nicht. Um ihm zu entgehen, drehte er den Kopf zur Seite.

„Niemand." Mehr würde er dazu nicht sagen. Schlimm genug, dass er den Namen überhaupt erwähnt hatte.

„Aha, niemand also. Geht mich ja auch nichts an." Finn war eingeschnappt, das hörte er am Tonfall.

„Hier. Miss noch mal Fieber." Ruppig drückte er ihm das Thermometer in die Hand, drehte sich um und begann die Taschentücher aufzusammeln.

„Du musst das nicht machen, Finn." Ein Schnauben war alles, was er als Antwort bekam. Stur räumte Finn weiter auf. Das Schweigen hing unangenehm zwischen ihnen. Es piepte, die Messung war erfolgt.

„39,1 Grad", las er ab.

„Das ist nicht mehr bedrohlich, nur unangenehm. Damit kommst du klar." Finn hob die Schüssel auf und balancierte sie ins Bad. Wasser rauschte, er hörte, wie die Lappen ausgewrungen wurden. Ohne ihn anzusehen, ging Finn mit der Schüssel in die Küche. Nach einiger Zeit, in der er dort klapperte und hantierte, kam er mit einem Tablett ins Schlafzimmer zurück.

„Ich habe dir Frühstück gemacht. Tee, Haferbrei, Rührei. Was Weiches, für deinen Hals. Ich habe auch die Küche wieder aufgeräumt." Finn presste die Lippen aufeinander.

Oh je, der war richtig sauer. Er stellte das Tablett neben ihn auf die Matratze.

„Ich muss jetzt zur Arbeit." Demonstrativ sah er auf die Uhr an seinem Handgelenk.

Kyle versuchte sich aufzusetzen.

„Ah, bemüh dich nicht. Ich finde schon allein hinaus. Gute Besserung." Ohne auf eine Antwort zu warten, drehte Finn sich um und stolzierte aus dem Schlafzimmer.

Kurz darauf hörte er das Klicken der Haustür. Er hätte etwas zu ihm sagen sollen, doch auch jetzt noch wollten die Gedanken keine greifbare Form annehmen. Erschöpfung machte ihn träge. Zu seinem Erstaunen meldete sich jedoch sein Magen mit lautem Knurren. Er blickte auf das Tablett, froh, nicht aufstehen zu müssen. Der Brei dampfte noch, die Eier glänzten verlockend. Neben der Teetasse stand das Honigglas und sogar eine Serviette hatte Finn dazu gelegt. Fürsorglich. Ein kleines Lächeln schlich sich auf seine Lippen.

Kapitel 13 – Finn

Die Zeit reichte noch für eine Dusche. Der Zorn beflügelte ihn zusätzlich. So ein Arsch! Arrogant bis in die garantiert mit Conditioner gepflegten Haarspitzen. Finn knallte die Dose mit Rasierschaum auf die Ablage. Ein Glück, dass er kein Messer benutzen musste, um die Stoppeln loszuwerden. Das wäre heute nicht gut ausgegangen.

Als er fertig angezogen die Treppen hinunterhastete, stopfte er sich noch eine Banane in den Mund, dabei war ihm das Frühstück sonst heilig. Seine Laune war so tief gesunken, dass sie die U-Bahn eine Viertelstunde vor ihm erreichte. Auf der Arbeit war heute die Hölle los, sodass die Gedanken an die vergangene Nacht an den Rand gedrängt wurden. Erst in der Mittagspause, als er beim Metzger in der Schlange stand, überprüfte er sein Handy. Eine Nachricht von einer unbekannten Nummer.

Vielen Dank für deine Hilfe. Kyle

Noch eine zweite:

Du hast was gut bei mir. Kyle

Daniel, der ihn begleitete, versuchte auf sein Display zu schielen. „Was Wichtiges?“, fragte er.

„Nein, nur mein Nachbar“, antwortete er abwesend und stopfte das Handy in die Hosentasche. Seine Gedanken kreisten um das Gespräch mit Kyle am Morgen und erneut schwemmte Wut hoch. Von Dankbarkeit hatte er nicht viel gemerkt, was sollte also dieses blöde Geschreibsel. *Sehr gnädig der Herr*, dachte er.

Die Verkäuferin fragte ihn nach seinen Wünschen und er gab seine Bestellung auf. Daniels forschenden Blick ignorierte er einfach.

Am Nachmittag war er damit beschäftigt, Eisenteile in eine Rahmenschweißanlage einzubauen. Das erforderte seine ganze Konzentration, denn die Pläne waren komplex. Erst kurz vor Feierabend schaute er erneut auf sein Handy. Schon wieder zwei neue Mitteilungen.

Sind meine Nachrichten angekommen? Kyle und *Alles klar bei dir? Kyle*

Finn runzelte die Stirn. Was sollte das? Er begann zu tippen, *Lass mich in Ruhe!*, schickte die Nachricht dann doch nicht ab. Nein, er würde diesen penetranten Kerl anrufen. So eine Memme, dass er sich hinter einer SMS versteckte, war er nicht. Das Freizeichen ertönte.

„Ja?“, krächzte es ihm entgegen.

„Hallo, hier ist Finn. Hör mal zu …“ Weiter kam er nicht, denn kratziger Husten schepperte aus dem Lautsprecher.

„Ich …“, Kyle hustete, keuchte, „schön dass du anrufst. Ich wollte …“ Was Kyle wollte, ging in einem Niesen unter, dem gleich eine weitere Hustenattacke folgte. Ein dumpfer Schlag war zu hören und die Verbindung riss ab. Finn drückte auf die Wahlwiederholung, aber der Anrufbeantworter sprang sofort an. Nachdenklich starrte er auf das Smartphone in seiner Hand. Was war das denn gewesen? Kyle hatte sich nicht gut angehört. War er ohnmächtig geworden? Es hatte geklungen, als wäre etwas Schweres auf den Boden gefallen. Ohne es zu wollen, machte er sich Sorgen. *Der Typ geht dich nichts an*, versicherte er sich selbst.

Als er zu Hause angekommen war, galt dennoch sein erster Blick den Fensterscheiben gegenüber. Es war nichts zu sehen. Er zuckte mit der Schulter. *Mir doch egal*, dachte er. Er stellte das Radio an und räumte den Geschirrspüler aus. Erst das Besteck, dann die Gläser. Die Tassen hatten Mulden, in denen sich immer Wasser hielt. Mit einem Geschirrtuch tupfte er die Feuchtigkeit weg. Schon wieder ertappte er sich dabei, wie sein Blick auf die gegenüberliegende Straßenseite glitt. Dort war immer noch alles unverändert. Ob Kyle wohl schlief?

Nach dem Geschirrspüler war der Trockner an der Reihe. Ein Schwung Handtücher, Waschlappen, Unterhosen und Socken wartete schon seit Tagen darauf, sortiert und zusammengelegt zu werden. Er stürzte sich in geschäftige Betriebsamkeit, im Bad vor der Versuchung geschützt, ständig auf Kyles Fenster zu starren. Zum Schluss blieben zwei Socken übrig, die nicht zusammengehörten. Beide schwarz, die eine jedoch mit einem eingewebtem grauen Streifen am Bündchen. Er überlegte kurz, zuckte schließlich die Schulter und steckte die Socken zusammen. Wer sah da schon so genau hin?

Mit Schwamm und Scheuermilch machte er den Kalkrändern im Waschbecken den Garaus. Mitten in der Bewegung hielt er inne. *Was tue ich hier?*, fragte er sich. Sonst schmiss er sich nach der Arbeit auf die Couch und zappte durch die Fernsehprogramme, um ein bisschen abzuschalten und benahm sich nicht wie Meister Propper auf Speed. Er musste einsehen, dass er nicht früher zur Ruhe kommen würde, bis er sich über Kyles Zustand informiert hatte. Er drückte den Schwamm aus, trocknete sich die Hände ab. Ein weiterer Telefonanruf brachte ihn nicht weiter. Wieder bloß die Mailbox. Er verließ die Wohnung.

Kapitel 14 – Kyle

Zum Abend hin war das Fieber wieder gestiegen. Schweißattacken wechselten sich mit Schüttelfrost ab. Im Moment überlief ihn ein unkontrollierbares Zittern. Viel fehlte nicht und seine Zähne hätten aufeinander geschlagen. Es klingelte. Finn! Das musste er sein, wer sonst? Für einen Paketdienst oder die Zeugen Jehovas war es zu spät. Kyle blieb an der Tür stehen und wartete darauf, dass der Aufzug ankam. Als er Finn sah, lächelte er automatisch. Er merkte, dass er sich tatsächlich auf ihn gefreut und insgeheim erwartet hatte, dass er kommen würde. Warum auch immer. Eigentlich müsste es ihm peinlich sein, schließlich hatte Finn ihn im erbärmlichsten Zustand erlebt.

„Hallo Kyle, ich hatte angerufen, aber …"

„Komm doch rein", unterbrach er ihn und hielt die Tür weit auf. Aus den Augenwinkeln bemerkte er das Zögern von Finn. „Ich bin dir so dankbar für alles, was du getan hast, ehrlich! Ohne dich wäre ich vielleicht sogar hops gegangen."

Finn legte den Kopf schräg und musterte ihn.

„Das hört sich etwas melodramatisch an, ich weiß, aber …" Husten schüttelte ihn durch. Er hielt sich eine Hand vor den Mund, mit der anderen stützte er sich auf einer Kommode ab.

„Du solltest dich schleunigst wieder ins Bett legen."

Er nickte und schlurfte ins Schlafzimmer.

Finn folgte ihm, sah sich um. „Viel hast du heute nicht gebacken bekommen, oder?" Finn spielte sicher auf die T-

Shirts an, die er auf den Boden geschmissen hatte und den Berg benutzter Taschentücher, der die Hälfte der Matratze bedeckte. Die Bettwäsche zu wechseln wäre notwendig gewesen, aber er hatte sich nicht dazu aufraffen können. Er fühlte sich wie ein ausgespuckter Kaugummi.

„Gegessen hast du wahrscheinlich auch nichts seit dem Frühstück, nicht wahr?"

Er schüttelte den Kopf.

„Leg dich ins Bett, du frierst. Hast du noch irgendwo eine Decke?"

Er deutete stumm auf einen Schrank. Finn holte sie und breitete sie über ihm aus. An den Seiten stopfte er sie unter ihm, sodass er bis zum Kinn eingewickelt war wie eine Mumie.

„Du wärmst dich jetzt etwas auf und ich schaue mal, was deine Küche hergibt. Erwarte aber bloß nicht zu viel, ich kann nicht kochen." Der grollende Ton, in dem Finn sprach, stand in komplettem Gegensatz zu seiner besorgten Miene. Sah er so elend aus? Dabei fühlte er sich bedeutend besser, seit Finn bei ihm war.

Es dauerte nicht lange und er kam mit einer dampfenden Schüssel aus der Küche zurück. „Dosensuppe, selbst aufgewärmt. Das ist genau mein Horizont an kulinarischer Raffinesse."

„Oh, ich bin ehrlich beeindruckt." Obwohl es scherzhaft gemeint war, klang Kyles Stimme schwach.

„Aber nein, wenn ich jemanden beeindrucken will, setze ich noch eins drauf. Dann gibt es Tiefkühlpizza, selbst in den Backofen geschoben." Finn lächelte. Zum ersten Mal seit er ihn kannte. Es stand ihm. Er holte sich ebenfalls eine

Schüssel und setzte sich in den Sessel. Sie löffelten ihr Abendessen und das Schweigen zwischen ihnen war freundlich. Danach steckte Finn die Sachen aus der Waschmaschine in den Trockner und brachte ihm einen Müllbeutel.

„Für die Taschentücher. Die kannst du selbst anpacken. Und dann hockst du dich auf den Sessel. Ich beziehe dein Bett neu." Trotz aller Geschäftigkeit wirkte Finn ruhig, als wären seine Bewegungen mittels Effizienzmaßstäben optimiert worden.

Er saß mittlerweile im Sessel und beobachtete ihn. Er merkte, wie er sich zunehmend entspannte. Die Augen begannen ihm zuzufallen.

„Komm, ich bin fertig, du kannst dich wieder hinlegen." Finn fasste ihn am Oberarm, er genoss die Wärme der Berührung.

Als er im Bett lag, war die Müdigkeit schlagartig gewichen. „Meinst du … kannst du noch ein wenig hier bleiben?", fragte er schließlich.

Finns Kopf ging in Schräglage, ein Anblick, den er nun schon kannte. „Okay." Finn setzte sich in den Sessel, die Ellenbogen auf den Lehnen und die Hände vor dem Bauch verschränkt. Die Beine streckte er von sich. Leger.

Keiner sagte etwas. Finn kratzte sich im Nacken. Die Waschmaschine brummte. Wenn er nicht bald ein Gespräch in Gang brachte, würde Finn abhauen.

Ihm fiel etwas Wichtiges ein: „Sag mal, wie bist du eigentlich in meine Wohnung gekommen? Ich habe keinen Schüsseldienst kommen sehen. Du bist unten ins Haus marschiert und kurz darauf hast du vor mir gestanden."

„Ich habe mein eigenes Werkzeug“, antwortete Finn mit einer Selbstverständlichkeit in der Stimme, als wäre damit alles erklärt.

„Wie jetzt?“ War sein Nachbar ein professioneller Einbrecher?

„Mein Vater hat einen Schlüsseldienst, da habe ich das Schlösserknacken gelernt. Du solltest dir übrigens ein anderes zulegen. Was du hast, ist sicherheitstechnisch ein Witz.“

„Ach.“ Anscheinend, sonst wäre Finn nicht in seine Wohnung gekommen, ohne das Schloss zu beschädigen.

„Du arbeitest also bei deinem Vater in der Firma?“, hakte er nach.

„Nein, ich bin Werkzeugmechaniker bei der Berger GmbH. Wir stellen Gabelstapler her.“

Kyle nickte, wusste aber nicht, was er darauf antworten sollte. Ein Handwerker also. Mit dieser Klientel hatte er sonst selten zu tun.

„Und du?“, erkundigte sich nun Finn seinerseits.

„Ich bin selbstständig. Spekulationen, Börsengeschäfte. Online-Trading, Termingeschäfte.“

„Aha. Wirft anscheinend ordentlich was ab.“ Finn sah sich demonstrativ im Zimmer um.

„Nun ja, hohe Risiken, hohe Chancen. Das liegt nicht jedem.“

Finn hatte seine Mimik ziemlich gut im Griff, trotzdem bemerkte Kyle eine kleine Veränderung, die er mit ‚säuerlich‘ bezeichnen würde. Ärger wallte in ihm hoch.

„Wahrscheinlich denkst du jetzt ‚überprivilegiertes Söhnchen aus reichem Haus, dem das Geld nur so in den Hintern geblasen wurde, kein Wunder, dass der auf die Füße fällt'. Aber nein, da täuschst du dich. Meine Eltern haben zwar Geld, aber sie hätten es nie an mich verschwendet. Seit sie wissen, dass ich schwul bin, gehen wir mehr oder weniger getrennte Wege. Mein Studium, die Miete, Verpflegung, alles, jeden müden Cent habe ich mir selbst verdient. Auch mein Startkapital für die Börse. Mir ist nicht das Schwarze unterm Fingernagel geschenkt worden. So sieht es aus." Nach dieser Tirade sank er erschöpft in das Kissen. Seine Heftigkeit erschreckte ihn selbst. Warum war es ihm so wichtig, was Finn von ihm hielt? Er zog die Augenbrauen zusammen, dachte nicht weiter darüber nach. Wollte nicht darüber nachdenken.

Finn schwieg. Sah ihm dabei zu, wie er sich in einem Hustenanfall krümmte. „Mit was hast du dir denn dein Geld während des Studiums verdient?"

Er zögerte mit einer Antwort. Mit Escort-Service der gehobenen Art hatte er sich über Wasser gehalten, aber das wollte er Finn bestimmt nicht erzählen.

„Im Dienstleistungsgewerbe."

„Musst du so versnobt reden? Kannst du nicht einfach sagen, dass du gekellnert hast?" Finn verdrehte die Augen.

Er lachte erleichtert auf, weil er um weitere Erklärungen herumkam und Finn einfach das Naheliegendste angenommen hatte.

„Ich habe in einem feinen Lokal gekellnert, vielleicht liegt's daran." Er zwinkerte Finn zu. „Erzähl doch mal von deiner Arbeit. Was tut ein Werkzeugmechaniker?"

Finn musterte ihn. Anscheinend sah er interessiert genug aus, denn er begann zu berichten. „Hauptsächlich Metalle bearbeiten. Schleifen, Feilen, Fräsen, Schneiden, Drehen, Schweißen, das gehört alles zu den Grundlagen. Einige Maschinen, wie die Fräser, werden über Computer gesteuert, damit muss man sich ebenfalls auskennen. Aber gerade deswegen macht es auch Spaß. Die Arbeit ist extrem vielfältig. Wird nie langweilig. Willst du noch mehr hören?", fragte Finn zweifelnd.

Er nickte und bekam einen fundierten Einblick in Finns Arbeitswelt.

Das war kein Job für Dummköpfe, so viel erkannte Kyle. Man musste dafür Pläne lesen können, mathematisch begabt sein, räumliches Vorstellungsvermögen besitzen, aber ebenso über die notwendige Fingerfertigkeit und praktische Veranlagung verfügen. Werkzeugmechaniker waren arbeitende Denker oder denkende Arbeiter. Eine interessante Mischung. Wenn man diese Fähigkeiten auf andere Gebiete extrapolierte, führte das zu verlockenden Gedankengängen. Hah, es ging aufwärts mit ihm. Er grinste.

„Was ist so komisch?" Finn unterbrach seine Erklärung und schaute ihn irritiert an.

„Ich habe gerade an Sex gedacht." Es war einfach drollig zu sehen, wie eine leichte Röte über Finns Gesicht kroch. Ob er nur schüchtern war oder verklemmt? Das würde er schon noch herausfinden.

„Ist nicht so dein Thema oder was?", stichelte er.

„Nur wenn ich eine Frau im Bett habe." Finn stand auf und trug die Schüsseln in die Küche. Thema beendet. Nonverbale Kommunikation, aber man konnte es auch Abhauen nennen. Schon wieder. Kyle seufzte.

Kapitel 15 – Finn

Er lag im Bett und konnte nicht schlafen. Weil er sich über sich selbst ärgerte. Wieso ließ er sich immer so leicht provozieren und musste rot werden? Nach über zwei Jahrzehnten der Freundschaft mit Ivo und seiner extrovertierten Art müsste er eigentlich längst abgehärtet sein. Aber nein, war er einfach nicht. Immer wenn es um anzügliche Themen ging, wurde er verlegen. Dabei mochte er Sex gern. Aber Sex *machen* und nicht darüber reden. So ein Quatsch!

Eine Stechmücke surrte an seinem Ohr vorbei. Halbherzig schlug er nach dem Biest.

Kyle war also schwul. Das verwirrte ihn, weil er nicht damit gerechnet hatte. Er hatte sich irgendwie ertappt gefühlt. Dabei wollte er von dem Typen doch gar nichts! Wie aus einem Reflex heraus hatte er so getan, als wäre er hetero. Eine Barriere erschaffen, die den nötigen Abstand gewährleistete. Nicht, dass er in Betracht zöge, dass ein Adonis wie Kyle an ihm interessiert sein könnte. Aber es wäre mehr als peinlich, wenn Kyle dachte, er mache sich in der Hinsicht Hoffnungen. So erbärmlich wollte er bestimmt nicht wirken. Rein körperlich fand er Kyle natürlich anziehend. Wer täte das nicht? Da müsste man blind sein. Aber der Rest? Ein eingebildeter, stinkreicher Schnösel, nein, das entsprach so ganz und gar nicht seinem Typ.

Er drehte sich auf die linke Seite und starrte auf die Leuchtanzeige seines Weckers. 23:47 Uhr. Morgen musste er wieder früh raus und wenn er nicht bald schlief, würde es ein verdammt harter Tag werden. Er rollte auf den Rücken, schloss die Augen. Seine Hand schob sich beinahe automatisch in die Boxershorts. Die Erinnerung an Kyles nackten Körper hatte ausgereicht, um hart zu werden. Er umfasste seinen Schaft und begann zu reiben. Niemand kam zu Schaden, wenn er sich dabei die definierten Muskeln von Kyle vorstellte, die Brustwarzen, die steif werden würden, wenn er darüber leckte und daran saugte. Immer tiefer tauchte er ein in die Fantasie, wie er Kyles Körper erobern würde. Seine Atmung beschleunigte sich, der Rhythmus seiner Hand ebenfalls. Begleitet von einem lang gezogenen Stöhnen kam er.

Zufrieden, entspannt und mit angenehmen Gedanken an Kyle schlief er ein.

Kapitel 16 – Kyle

Eine Woche war vergangen, seit er sich auf dem Balkon ausgesperrt hatte. Inzwischen ging es ihm ein gutes Stück besser, das Fieber war weg und die Schmerzen im Hals nur noch ein leiser Nachhall. Finn hatte ihn nicht mehr besucht. Das war nicht mehr notwendig gewesen, er war auch so ziemlich gut über die Runden gekommen. Sie hatten ein paar Nachrichten auf dem Handy ausgetauscht, aber die waren hölzern geblieben. Vom Balkon aus hatte er Finn ein paar Mal zugewinkt.

Wie er vermutet hatte – Finn ging ihm nicht auf die Nerven, ließ ihn in Ruhe. Perfekt. Kyle füllte neue Bohnen in den Kaffeeautomaten, als es klingelte. Er lächelte und eilte zur Tür. Dem Aufzug entstieg Alena.

„Ach, du bist es."

Die Augenbrauen seiner Freundin wanderten nach oben. „Da wurde ich schon freudiger begrüßt, mein Lieber!" Alena schmunzelte trotzdem und zog ihn in eine Umarmung.

„Entschuldige, so war das nicht gemeint. Selbstverständlich freue ich mich, dass du wieder da bist, mein Augenstern." Er küsste Alena auf die Stirn. „Ich hatte nur nicht mit dir gerechnet. Wolltest du nicht erst am Wochenende zurückkommen?"

Alena marschierte in seine Wohnung. Ihre Absätze knallten ein Stakkato auf den Marmorboden. „Pläne sind dazu da, dass man sie über den Haufen wirft. Hast du Zeit, dann erzähle ich dir alles. Oder erwartest du jemanden?" Ihr Blick schien regelrecht lauernd.

Kyle musste lachen. „Nein, ich habe nichts vor. Ich befinde mich noch in der Rekonvaleszenz. Du wirst nicht glauben, was mir passiert ist.“ Er trat zum Kühlschrank und holte eine Flasche Weißwein heraus. Dazu würde Alena sicher nicht Nein sagen. Er kannte sie nun schon seit zehn Jahren. Eine lange Zeit, in der sich eine enge Freundschaft entwickelt hatte.

Mit einem Seufzen streifte Alena ihre hochhackigen Schuhe ab und nahm das Glas, das er ihr reichte. „Wunderbar, genau das, was ich jetzt brauche. Bevor wir es uns gemütlich machen, zeigst du mir noch die fertige Wohnung. Ich will sehen, was du aus deiner Baustelle gezaubert hast.“

Er führte Alena durch die Räume und sie war ausreichend beeindruckt. Zum Schluss gingen sie auf den Balkon. Automatisch blickte er auf die Wohnung gegenüber, obwohl er wusste, dass Finn noch auf der Arbeit war. Aufmerksame Beobachterin die sie war, entging Alena sein Blick nicht.

„Hast du deine Nachbarschaft schon kennengelernt?“ Mit dem Kopf deutete sie in Richtung Finns Wohnung. Sie ließen sich auf einer Outdoor-Couch nieder – ein Teil der Loungemöbel war schon geliefert worden – und er erzählte Alena von seinen abenteuerlichen Erlebnissen. Mehr als einmal lachte seine Freundin laut auf. Mit etwas Abstand betrachtet konnte er die Komik der Geschehnisse inzwischen selbst erkennen und entsprechend fiel seine Schilderung aus.

„Dich kann man ja wirklich keine fünf Minuten allein lassen!“ Sie strich ihm sanft über den Kopf. Die Zuneigung in ihrer Miene wich jedoch schnell einem schelmischen Ausdruck. „Und? Wie sieht er aus, dein rettender Engel?“ Sie leckte über ihre Unterlippe.

„Gut sieht er aus, sehr gut sogar, wenn man auf den natürlichen Typ steht. Aber das ist aus zwei Gründen völlig unerheblich.“

„Ach, welche wären denn das?“ Alena zog ihre Beine hoch, legte sie ihm in den Schoß, während sie in die Kissen sank.

„Das ist doch wohl sonnenklar. Ich ficke keinen Nachbarn! Das gäbe nur Probleme und ich will ganz bestimmt nicht mehr so schnell umziehen.“

„Also doch! Wer ist dir auf die Pelle gerückt? Der verrückte Hans-Peter oder war es dieser Pimpf auf Drogen, dieser Marcel?“

Er winkte ärgerlich ab. „Fang nicht schon wieder damit an. Ich bin umgezogen, weil ich es wollte. Basta.“ Er verschränkte die Arme vor der Brust, sah demonstrativ in die entgegengesetzte Richtung.

Auch Alena schwieg. Sie wusste doch ohnehin, dass sie recht hatte, aber er wollte einfach nicht darüber reden! Warum konnte sie das nicht verstehen und akzeptieren? Am Ende würde es wieder darauf hinauslaufen, dass sie ihn der Flucht bezichtigte. Als ob er feige wäre! Das war er mit Sicherheit nicht. Nur seine Ruhe, die wollte er haben. Auch vor Alena, wenn sie ihn zum Reden, zu Geständnissen zwingen wollte. Ihre Beteuerungen, es würde ihm guttun, brachten ihn erst recht auf die Palme. Ihre Schweigetaktik nützte gar nichts. Die konnte er sehr gut aushalten. Nach etlichen Minuten der sturen Stille, seufzte sie.

„Was ist der zweite Grund?“ Sie gähnte, kniff dabei die Augen zu.

„Was meinst du?“

„Du hast gesagt, es gibt zwei Gründe, warum dir das gute Aussehen deines Nachbarn egal ist.“

„Ach so. Er ist hetero.“ Kyle nahm das Friedensangebot an. Im Grunde konnte er Alena ohnehin nie lange böse sein. Sie liebte ihn und er liebte sie. Wie eine Schwester, die er nie hatte. Er begann ihre schmalen Füße zu massieren.

„Ah, tut das gut! – Wie kommst du darauf? Hat er eine Freundin?“

„Gesehen habe ich noch keine, aber er sagte, dass er hetero ist. Sein Verhalten spricht ebenfalls dafür. Total verklemmt war er, als ich nackt in der Wanne saß.“ Die Erinnerung daran ließ ihn lächeln.

„Ist er das?“ Ein Geräusch hatte Alenas Blick auf den gegenüberliegenden Balkon gelenkt.

„Ja, das ist Finn.“ Er starrte hinüber, tausend Gedanken fest verschlossen hinter seiner Stirn. Manche so geheim, dass er sie selbst nicht wahrnahm.

Kapitel 17 – Finn

Diese verdammte Rolle gab sich so bockig, als besäße sie tatsächlich einen eigenen Willen, einzig darauf ausgelegt, ihn zu ärgern. Das fing schon damit an, als er sie ins Auto bugsiert hatte, fand eine Fortsetzung im Treppenhaus und hörte auch jetzt auf dem Balkon nicht auf. Wenn er nicht so versessen auf diesen Sichtschutz gewesen wäre, hätte er längst die vermaledeiten Schilfmatten zum Teufel gewünscht und irgendwo stehen lassen. Mit einem zornigen, letzten Ruck befreite er die Verpackung vom Griff der Liege, an dem sie sich verheddert hatte. Vor sich hin schimpfen half zwar nicht, aber ein Liedchen trällern ebenso wenig. Also gab er sich ungehemmt.

„Du blödes, mistiges Scheißdrecksding! Wirst du jetzt wohl …“ Krampfhaft vermied er den Blick nach gegenüber. Natürlich hatte er bereits von der Wohnung aus gesehen, dass Kyle auf seinem Balkon war … mit einer Frau. In ziemlich vertrauter Pose. *War er vielleicht doch nicht schwul oder in keiner Richtung abgeneigt?*

Was zerbrach er sich darüber nur den Kopf? Das war ihm doch sowas von egal. Sollen sie ruhig turteln, er hatte nicht vor, sie zu stören. Ganz im Gegenteil. Sobald der Sichtschutz montiert war, gab es nichts mehr, das ihn belästigen würde. Endlich wieder frei und unbeobachtet sein, das wünschte er sich. Und selbst befreit sein von der unrühmlichen Manie, dauernd zu seinem Nachbarn hinüberzublicken. Er löste die Folie, mit der die zwei Meter hohe Rolle umwickelt war. Mit Kabelbindern würde er sie am Geländer montieren. Edelstahldraht war keiner auf Lager gewesen und normaler würde rosten. Mit dem Plastik müsste es auch gehen. Das ließ sich bestimmt prima durch die einzelnen Halme stecken. *Wer die Frau wohl war?* Ging ihn nichts an! Und interessierte ihn überhaupt nicht. Da war die Frage, warum es Schilfrohrmatte hieß, sie aber aus Bambus bestand viel bedeutender. Schon komisch mit den Namen. War Bambus so etwas wie Schilf?

Er arbeitete schnell und angespannt, da er fürchtete, jeden Moment angesprochen zu werden. Auf Small Talk über den Balkon hinweg hatte er überhaupt keine Lust. Die Matten schienen sich in ihr Schicksal ergeben zu haben, denn die Arbeit ging ihm nun gut von der Hand. Alles klappte wie am Schnürchen. Seinen Feierabend würde er heute in aller Ruhe genießen können. *Ob die beiden noch lange draußen sitzen würden?* Verdammt, warum konnte er das bloß nicht abstellen? Was Kyle tat oder nicht tat, war völlig egal! Er musste das endlich in den Griff kriegen. Immerzu dachte er an seinen Nachbarn, fragte sich, was er gerade tat, wie es ihm ging. Er ertappte sich dabei, wie er in Gedanken Gespräche mit ihm führte. Und abends, wenn er im Bett lag, tauchte unweigerlich der Anblick des nackten Körpers vor seinem inneren Auge auf. Vollkommen bescheuert. Er schüttelte über sich selbst den Kopf. Das grenzte schon an Besessenheit. Er wollte das nicht, musste Kyle aus seinem Kopf bekommen. Ihn nicht dauernd zu sehen, würde ihm dabei helfen. Sein Handy klingelte. Seine Schwester.

„Svenja, hallo, was gibt's?“ Er klemmte sich das Telefon zwischen Ohr und Schulter, um weitermachen zu können. Er befand sich quasi schon auf der Zielgeraden.

„Ich wollte nur mal nachhören, ob das mit morgen auch klar geht. Nicht dass du es vergisst."

„Na, du hast ja eine granatige Meinung von mir, hör mal! Natürlich habe ich das nicht vergessen. Ich habe heute sogar schon eingekauft."

Morgen würden sie ein kleines Grillfest feiern. Einfach so. Zumindest offiziell. Inoffiziell sollte der entspannte Rahmen dazu dienen, dass er seinem vermeintlich untreuen Schwager auf den Zahn fühlte. Gänzlich unauffällig natürlich. Dumm nur, dass er sich dafür noch keine Strategie zurecht gelegt hatte. Er hoffte auf spontane Eingebungen.

Kapitel 18 – Kyle

Der Abend mit Alena war schön gewesen. Genau diese Zweisamkeit hatte er vermisst und kurzzeitig wohl gemeint, dass Finn ein adäquater Ersatz sein könnte. Wie kurios! Fieber schwächte eben nicht nur den Körper, sondern auch den Geist. Er lebte gern allein, brauchte das sogar. Anders könnte er nicht existieren, zu viel Nähe erdrückte ihn. Nicht auszudenken, wenn er sich in einem Anfall von fiebriger Unzurechnungsfähigkeit seinen Nachbarn emotional ans Bein gebunden hätte! Ein Glücksfall, dass Finn nicht von der anhänglichen Sorte zu sein schien. Trotzdem war es wichtig, dass er sich für die geleistete Hilfe angemessen bedankte. Deshalb stand er nun mit einer exquisiten Flasche Wein und einem Gutschein vor Finns Haus. Gerade wollte er ein zweites Mal auf den Klingelknopf drücken, als die Tür geöffnet wurde. Die Frau, die vor ihm stand, hatte er schon einmal gesehen. Auf Finns Balkon.

„Hallo, ich wollte zu Finn. Ist er da?" Die Frau musterte ihn interessiert, jedoch so kurz, dass er es nicht als unverschämt empfand.

„Ja, natürlich, wir sind schon hinten im Hof. Komm mit!" Wie eine frische Brise glitt die Frau an ihm vorbei, eine große Schüssel in die Hüfte gestemmt. Sie schaute sich nicht nach ihm um, ging davon aus, dass er ihr einfach folgen würde. Amüsiert gab Kyle seiner Neugier nach und wäre beinahe in sie hineingelaufen, als sie abrupt stehen blieb und sich doch noch umdrehte.

„Entschuldige, wie unhöflich von mir. Ich bin Svenja, Finns Schwester.“ Sie reichte ihm die Hand und schenkte ihm ein Lächeln.

„Freut mich! Mein Name ist Kyle.“

Ein Nicken, ein weiteres Lächeln und schon marschierte sie weiter. Der Kies knirschte unter ihren Sohlen, als sie um das Haus herumgingen. Wusste sie, wer er war?

Kapitel 19 – Finn

„Huhu, schau mal Finn, wen ich mitbringe." Mit Schwung setzte Svenja die Schüssel mit dem Kartoffelsalat auf dem Tisch ab. Sie drehte sich um und packte Kyle am Oberarm und zerrte ihn in seine Richtung. Dabei lächelte sie und zwinkerte ihm verschwörerisch zu. Was sollte das?

„Äh, hallo Kyle." Mehr Euphorie konnte er nicht aufbieten. Finn verschränkte die Arme vor der Brust. Die Situation war unangenehm, doch Kyle schien das nicht zu bemerken. Er stellte die mitgebrachte Weinflasche ab und klemmte einen Umschlag darunter.

„Ich will nicht lange stören. Ich wollte mich nur für deine Hilfe bedanken." Mit einer Geste deutete er auf den Rotwein.

„Schon okay. Na ja, danke also." Er kratzte sich am Kinn.

„In was für einen billigen Film bin ich hier geraten? Den Autor, der dir deine Dialoge schreibt, solltest du feuern, Finn!" Svenja hatte ihre Hände in die Hüften gestemmt und schaute ihn halb entgeistert, halb amüsiert an. Aber nicht lange, denn ihre Aufmerksamkeit fand eindeutig ein interessanteres Ziel: Kyle.

„Ich freue mich sehr, dich kennenzulernen. Finn hat gar nicht erzählt, dass er einen neuen Freund hat."

„Er ist nicht …"

Svenja ließ ihn gar nicht zu Wort kommen. Sie redete einfach weiter. „Das hier ist mein Mann Rainer und manchmal spricht er sogar."

Kyle und Rainer schüttelten sich zur Begrüßung die Hand. Ihr Gemurmel ging in Svenjas Wortschwall unter.

„Wir haben den Grill schon angeheizt, weil Finn nicht genau wusste, wann du kommst, aber verpasst hast du noch nichts. Das Fleisch braucht noch eine Weile, bis es durch ist. Ich hoffe, du magst marinierte Steaks. Finn meinte, das ginge klar. Ich weiß ja gar nichts über dich. Echt kein Sterbenswörtchen hat er erzählt. Ich bin total aus dem Häuschen, deshalb rede ich auch so viel. Ehrlich, ich freue mich so für Finn, er war viel zu lange allein und …"

„Svenja!" Er brüllte seine Schwester an. Was sie hier abzog war nur noch peinlich. Sie zuckte zusammen, war aber endlich still. Dafür starrten ihn jetzt alle drei an. Er wollte etwas sagen, aber Wut schnürte ihm die Kehle zu.

„Ich glaube, hier liegt ein Missverständnis vor. Ich bin Finns Nachbar aus dem Haus gegenüber und bin nur zufällig vorbeigekommen. Ich wusste nichts von einem Grillabend und bin auch nicht eingeladen." Kyles Stimme klang gelassen und seine Mundwinkel zuckten verräterisch. Ihm gefiel dieses Durcheinander sogar noch.

Finns Laune sank noch tiefer.

„Ach so, nun … aber wenn du schon mal da bist … bleib doch zum Essen, wir haben genug." Svenja strahlte Kyle an und hatte ihre Hand auf seinen Unterarm gelegt.

„Die Einladung nehme ich gerne an." Kyle ließ sich in den Stuhl neben Rainer sinken und wirkte total entspannt. Der würde bleiben. Aus der Nummer kam er nicht mehr heraus. Finn presste die Zähne aufeinander und wandte sich dem Grill zu. Obwohl es unnötig war, drehte er die Steaks um. Was nützte sein toller Sichtschutz auf dem Balkon, wenn er den Typen jetzt direkt vor der Nase hatte? Er wollte mit dem Schnösel nichts zu tun haben und vor allem musste er ihn endlich aus seinem Kopf bekommen. Das war krank, so oft, wie er an diesen Mann dachte. Er war nur ein Unbekannter! Und obwohl es scheißegal war, was Kyle von ihm denken mochte, brachte er es nicht fertig, ihn einfach fortzuschicken. War das Höflichkeit oder nur Dummheit? Was musste sich Svenja auch einmischen? Das ging sie doch gar nichts an. Hatte sie nicht genug eigene Probleme? Manchmal war sie wie eine herrische Glucke, nur wegen der blöden sechs Minuten, die sie älter war. Sie und Ivo, bisweilen waren sie echt die Seuche! Wenn man vom Teufel sprach ... genau in diesem Moment bog Ivo um die Hausecke.

„Hallo, hallo, hallo, meine Lieben! Ich hoffe, ich bin noch nicht zu spät, würde es mir nie verzeihen, den köstlichsten aller Kartoffelsalate meiner bezaubernden Svenja verpasst zu haben." Ivo packte seine Schwester und knallte ihr einen dicken Kuss mitten auf den Mund.

„Hallo Rainer, du alter Schwerenöter! Heute küsse ich dich mal nicht!" Ivo lachte und sein Schwager schüttelte amüsiert den Kopf. Rainer hatte kein Problem mit Ivo, dem bunten Vogel, aber eines der ersten Dinge, die die beiden geregelt hatten, war ein absolutes Küssverbot. Und Ivo hielt sich eisern daran.

„Oh là, là! Wen haben wir denn da?" Ivo taxierte Kyle von oben bis unten. Vermutlich hatte er ihn in Gedanken schon seiner Kleider beraubt und malerisch auf einem Futon drapiert. Ivo war immer auf der Suche nach Typen fürs Bett. Er liebte die Abwechslung und Kyle war optisch ein Leckerbissen.

„Tag, Finn, mein Schatz. Danke für die Einladung.“ Er wuschelte ihm kurz durch die Haare, ehe sich sein Blick sofort wieder an Kyle festsaugte.

Dieser reichte Ivo die Hand und stellte sich erneut vor. Innerhalb eines Wimpernschlages waren die beiden in ein angeregtes Gespräch vertieft. Eine Fähigkeit, um die er Ivo schon immer beneidet hatte. Das gelang ihm so gut wie nie.

Er legte noch zwei Steaks auf den Grill und versuchte seine Gedanken auf Rainer zu konzentrieren. Irgendwie musste er ihm auf den Zahn fühlen. Dezent. Nicht unbedingt seine Stärke. Wenn er etwas zu sagen hatte, tat er das gewöhnlich direkt oder er hielt einfach den Mund. Eigentlich hatte er auf Ivo gehofft. Der wusste Bescheid und hatte versprochen, ihm zu helfen. Aber das war ja nun Essig. So wie er an Kyle klebte, hatte er alles andere vergessen.

„Wie bitte? Hetero?“ Ivo lachte laut auf. „Da hast du dir ja einen schönen Bären aufbinden lassen, Kyle. Finn ist genauso stockschwul, wie ich es bin.“ Er fuhr sich mit dem Zeigefinger über seine Augenbraue und leckte über die Lippe.

„Du hast deinen Nachbarn angelogen und ihm erzählt, dass du auf Frauen stehst?“, hakte jetzt auch noch Svenja nach.

Finn merkte, wie er rot wurde. Auch das noch!

„Verdammt nochmal! Müsst ihr euch eigentlich in alles einmischen? Was ich erzähle oder nicht erzähle, geht euch einen Scheißdreck an!“ Er warf die Grillzange auf den Tisch.

„Spinnst du jetzt komplett oder was? Du benimmst dich einfach nur peinlich!“ Seine Schwester war wütend und gleichzeitig beleidigt. Rainer legte ihr eine Hand auf die Schulter, doch sie schüttelte ihn ab.

„Finn braucht einfach mal wieder geilen Sex, sonst nichts“, tönte Ivo großspurig.

Kyle quittierte diesen Ausspruch mit einem amüsierten Auflachen und fügte an: „Das dürfte ja so schwer nicht sein.“

„Könnten wir uns wieder wie normale Menschen benehmen und vernünftig miteinander reden?“, fragte Rainer und brachte damit für Finn das Fass zum Überlaufen.

„Du hast es ja gerade nötig, dich hier aufzuspielen! Wegen deiner Unfähigkeit, mit deiner eigenen Frau zu reden, sind wir überhaupt hier! Nicht dir, sondern mir heult sie die Hucke voll, dass du fremdgehst und zum Dank kann ich mich hier vorführen lassen wie ein Kleinkind, das nicht aufs Töpfchen gehen will. Mir reicht's!“ Er war während seiner Tirade immer lauter geworden. In der Stille, die folgte, verpuffte seine Wut und ihm wurde bewusst, was er gerade gesagt hatte.

Svenja war kreidebleich geworden, Rainer stand der Mund offen, Ivo hatte den Kopf eingezogen und Kyle runzelte die Stirn.

„Du denkst, ich gehe fremd?“, hakte Rainer nach. Sein Blick, unverwandt auf Svenja gerichtet, war der eines waidwunden Rehes. Er schüttelte den Kopf, so, als wolle er sich weigern, das Gehörte zu glauben.

„Du bist so ein Arschloch, Finn“, flüsterte Svenja und Tränen sammelten sich in ihren Augen.

Rainer packte sie an den Schultern und zwang sie, ihm ins Gesicht zu blicken. „Du denkst, ich betrüge dich mit einer anderen Frau? Los, sag endlich etwas!“ Er schüttelte sie leicht, als könnte er damit die Worte aus ihrem Mund fallen lassen.

„Das hast du ja prima hingekriegt“, zischte Ivo ihm zu.

„Deine Unterstützung war ja auch mega. In deinem Schwanz ist so viel Platz, dass wieder mal dein komplettes Hirn reingefallen ist“, giftete Finn zurück.

„Ich habe wenigstens noch einen Schwanz. Deiner muss ja wohl längst abgefault sein, du Idiot!“ Ivo stand so nah, dass er ihm beim Sprechen ins Gesicht spuckte.

Rainer war inzwischen ebenfalls laut geworden und schimpfte auf Svenja ein.

„Ruhe!“, brüllte Kyle und schlug mit der Faust auf den Tisch. Die Schüssel mit dem Kartoffelsalat hüpfte ein paar Millimeter in die Luft.

„So kommen wir kein Stück weiter. Ihr setzt euch jetzt alle mal hin. Und dann will ich hören, was das für eine Sache zwischen Svenja und Rainer ist.“ In Kyles Stimme lag so viel Autorität, dass sie widerspruchslos gehorchten.

Kapitel 20 – Kyle

Wenn er an den turbulenten Grillabend vor einer Woche zurückdachte, musste er grinsen. Finn war also doch nicht das stille Wasser, für den er ihn gehalten hatte. Richtig temperamentvoll war er gewesen und hatte damit ein schönes Chaos angerichtet. Es hatte eine Weile gedauert, bis er alles begriffen hatte. Im Grunde ging es nur darum, dass Svenja und Rainer keine Zeit mehr gefunden hatten miteinander zu reden. Nicht zuletzt wegen ihrer drei Kinder, die sie ordentlich auf Trab hielten.

Er hatte Svenja und ihren Mann zu einem langen Wochenende eingeladen, in sein Ferienhaus an der Ostsee. Dort konnten sie sich in aller Ruhe über alles austauschen und wieder zueinanderfinden. Als Strafe für sein unmögliches Verhalten würde Finn sich in diesen vier Tagen um seine zwei Nichten und den Neffen kümmern. Das war sein Vorschlag gewesen und Finn hatte nicht widersprochen, auch wenn er nicht begeistert ausgesehen hatte.

Er klingelte und wartete darauf, von Finn ins Haus gelassen zu werden. Finn bemühte nicht die Sprechanlage, drückte nur den Türsummer. Etwas, das Kyle nie im Leben getan hätte. Automatisch zog er eine Augenbraue hoch. Mit dem Erklimmen der Treppen in den vierten Stock ließ er sich Zeit. Verschwitzt und außer Atem wollte er garantiert nicht oben ankommen. Als er um die letzte Ecke bog, sah er, dass Finns Haustür nur angelehnt war.

„Hallo?“ Keine Antwort. Er drückte die Tür auf und betrat den Flur. Aus dem Bad kamen Geräusche. Jetzt wusste er, wo Finn sich aufhielt.

„Ich komme gleich!“, rief er auch schon.

Kyle schlenderte ins Wohnzimmer und ließ seinen Blick über die Einrichtung gleiten. Billige Möbel, ein buntes Sammelsurium und in der Ecke etwas, das in überraschte: ein Terrarium. Neugierig trat er näher. Was mochte es beherbergen? Er sah jede Menge zerfetzter Schachteln, Pappröhren, Sägespäne, Zweige und Rindenstücke, doch ein Tier ließ sich nicht blicken. Sachte klopfte er mit dem Zeigefinger gegen das Glas.

„Was machst du hier?“ Der scharfe Ton in Finns Stimme ließ ihn herumschnellen.

„Du hast mich reingelassen?“ Mit nach oben gedrehten Handflächen deutete er seine Ratlosigkeit und die Müßigkeit der Frage an.

„Nein, ich habe … ich dachte, ach, das ist jetzt auch egal. Ich bin gleich wieder da.“ Finn war lediglich mit einem Handtuch um die Hüften bekleidet. Seine Haut war noch feucht von der Dusche. Aber ehe er im Schlafzimmer verschwinden konnte, klingelte sein Handy. Hektisch schaute er sich um, da er anscheinend nicht genau wusste, wo es lag. Auf dem Sofa war es unter eine Decke gerutscht. Mit einer Hand hielt er das Handtuch fest, als er danach wühlte.

„Ja, Ivo, was ist?“ Er lauschte seinem Gesprächspartner, aber was er zu hören bekam, gefiel ihm nicht. Zumindest zog er die Mundwinkel nach unten und runzelte seine Stirn.

„Aber du warst doch derjenige …“ Er kam gar nicht zu Wort.

„Na, dann, viel Spaß. Natürlich bin ich sauer! Als Wiedergutmachung kannst du am Samstag mit den Kindern und mir in den Zoo gehen und das war jetzt kein Scherz. Um zehn stehst du auf der Matte, dass das klar ist!“

Kyle hatte keine Sekunde seinen Blick von Finns Körper genommen, seit dieser telefonierte. Er hatte breite Schultern, trainiert durch die Arbeit. Echte Muskeln für echte Anstrengungen. Ein zarter Flaum Haare verteilte sich über die Brust, einen Ton dunkler als die auf dem Kopf. Finn hatte einen festen Körper, mit Masse zum Anfassen, kein Knochengerippe. *Lovehandles* hieß das Fleisch über den Hüftknochen auf Englisch. Kyle hatte diesen Ausdruck schon immer gemocht. *Griffe für die Liebe*, unglaublich passend. Er stellte sich vor, wie es sich wohl anfühlen mochte, wenn er Finn dort packte und seinen Unterkörper an sich zog. Er schluckte. Finns Beine waren ebenfalls behaart und muskulös. Quer über seine Wade zog sich ein Striemen. Den hatte er sich vermutlich auf der Arbeit zugezogen.

„Ich komme gleich, zieh mir nur was an“, riss Finn ihn aus seiner Betrachtung.

Sinnierend blickte er ihm hinterher, als er im angrenzenden Zimmer verschwand. Mit Schlabber-T-Shirt und einer kurzen Hose bekleidet kam er zurück. Schade eigentlich.

„Ich wollte dir den Schlüssel für das Ferienhaus bringen.“ Es klimperte, als er ihm den Bund entgegenstreckte. „Der große ist für die Haustür, der kleine für den Schuppen. Dort lagern Gartenmöbel, Sonnenschirm und Sonstiges. Ich denke, die beiden finden sich zurecht.“

Als Finn nach dem Schlüssel griff, berührten sich ihre Hände kurz. Warm und trocken. Ob Finn wohl Schwielen auf den Handflächen hatte? Ein Gedanke, der ihm einen Schauer über den Rücken jagte.

„Ja, danke, ich richte es aus.“ Schweigend stand Finn vor ihm.

Um der Musterung auszuweichen, ging er zum Balkon. „Wo ist denn dein Sichtschutz geblieben?“ Drei Tage nachdem Finn ihn montiert hatte, war er wieder weg gewesen.

Finn machte ein schnalzendes Geräusch mit der Zunge. „Abgebaut. Dem Vermieter hat das nicht gepasst.“ Finns Laune diesbezüglich war mit Sicherheit so gequetscht wie seine Stimme, als er jetzt davon erzählte.

Kyle musste sich beherrschen, nicht zu grinsen und dankte insgeheim dem Hausbesitzer für seinen Geschmack und Durchsetzungswillen. Er hatte keine Lust, jahrelang den Schilfrohrmatten beim Verfaulen zuzusehen.

„Na ja, so fällt mehr Licht in deine Wohnung, ohne diese Dinger“, versuchte er sich in Diplomatie. Ein undefinierbares Grunzen war die Erwiderung.

„Magst du ein Bier?“

„Ja, gerne!“ Kyle war erstaunt. Er hatte eigentlich damit gerechnet, aus der Wohnung hinauskomplimentiert zu werden.

„Geh schon mal auf den Balkon, ich komme gleich.“

Kyle stützte sich auf die Brüstung und schaute in seine Wohnung. Finn hatte einen ziemlich guten Einblick in sein trautes Heim, stellte er fest. Als er das Klirren von Flaschen hörte, drehte er sich um. Finn hielt ihm ein Bier entgegen.

„Könnte ich vielleicht ein Glas dazu haben?“ Er lächelte Finn an.

Dieser starrte ihn an, als wolle er überprüfen, ob er einen Scherz gemacht hatte. Als er begriff, dass seine Frage ernst gemeint war, schüttelte er den Kopf. „Wieso das denn? Bier ist Bier, schmeckt aus der Flasche auch nicht anders."

„Nein, das stimmt nicht. Wenn man aus dem Glas trinkt, steigt das Aroma auch gleichzeitig in die Nase. Diese Sinnesempfindung fehlt, wenn man den Flaschenhals ansetzt. Dann bleibt dir nur der Geschmack auf der Zunge. Probier es aus."

Ein Grinsen breitete sich auf Finns Gesicht aus. „Du bist ein richtiger Snob, nicht wahr?"

„Kann schon sein." Er zuckte mit den Schultern, musste aber mitgrinsen.

Als Finn tatsächlich mit zwei Gläsern zurückkam, hatte er sich schon gesetzt. „Was war los mit Ivo?"

Finn schnaubte. „Ach, er hatte gemeint, bevor ich mit den Kindern festsitze, braucht es noch mal eine Clubtour. Wir waren verabredet. Und jetzt hat er sich zufällig irgendeinen Kerl geangelt und hat keine Zeit mehr."

„Dann bin ich der Notnagel?" Er meinte es nicht ernst, aber er konnte es nicht lassen, Finn ein wenig zu necken. Prompt reagierte er darauf.

„Nein, so ist das nicht gemeint!" Ein Hauch von Röte überzog seine Wangen.

Wirklich niedlich, wie schnell dieser Mann in Verlegenheit zu bringen war.

„Entspann dich! Ich freue mich, dass du ein wenig Zeit zum Quatschen hast." Er lehnte sich zurück auf der Liege, verschränkte die Arme hinter dem Nacken. Finn, der sich mit dem Gartenstuhl begnügen musste, legte seine Füße zu ihm auf die Liege. Wenn er sich etwas strecken würde, hätte er ihn berühren können.

Kapitel 21 – Finn

Wie konnte man nur so selbstbewusst sein? Kyle lag mit geschlossenen Augen einfach da, tiefenentspannt. Wie selbstverständlich hatte er die einzige Liege ausgewählt. Klar, er hätte sie ihm als seinem Gast auch angeboten, aber darauf hatte Kyle erst gar nicht gewartet. Das Schweigen dehnte sich aus. Eine späte Hummel brummte an seinem Kopf vorbei. Er merkte, wie er ruhiger wurde. Vielleicht tat das Bier seine Wirkung.

„Heißt du eigentlich wirklich Kyle?"

„Dir kann man aber auch gar nichts vormachen, hm?" Kyle blickte ihn aus halbgeöffneten Augen an und sah dabei aus wie die Sünde selbst.

Er schluckte und wartete darauf, dass Kyle weitersprach.

„Kyle ist die Abwandlung meines Geburtsnamens, den ich furchtbar schrecklich finde." Nach einer kurzen Pause, so als müsse er gründlich überlegen, fuhr er fort. „In meinem Pass steht Karl. Und jetzt muss ich dich erschießen, weil du die Wahrheit kennst." Kyle schaffte es, gleichzeitig zu schmunzeln und aus seinem Glas zu trinken. Er ließ einen granatenmäßigen Rülpser folgen, der Finn beinahe vom Stuhl fallen ließ.

„Das mit dem Snob nehme ich zurück! Du bist ja 'ne richtige Pottsau!" Das fette Grinsen auf seinem Gesicht nahm der Aussage die Schärfe.

„Ich habe so einige Fähigkeiten, von denen du noch nichts weißt."

„Ach ja?" Innerlich verfluchte er sich über seinen öden Kommentar. Warum konnte ihm nie etwas Witziges oder

Originelles einfallen? Ivo konnte das doch auch. Aber er hatte Glück, Kyle war anscheinend in Plauderlaune, denn er fragte: „Hast du Lust auf meine Lebensgeschichte?“

„Klar, warum nicht.“ Sein Schulterzucken ließ nicht erkennen, dass er total neugierig war, mehr über Kyle zu erfahren.

Was er nun hörte, entsprach so ziemlich genau dem, was er sich bisher zusammengereimt hatte: Kyle war das Kind reicher Eltern. Im Übrigen das einzige. Der Vater besaß ein Großhandelsunternehmen, das sein Sohn zu gegebener Zeit übernehmen und weiterzuführen hatte.

„Das war jedenfalls der Plan meiner ach so stolzen Eltern. Ich war das Musterkind schlechthin: nie vorlaut oder frech, hatte stets ausgezeichnete Zensuren in der Schule und war hübsch anzusehen. Aber dann spielte ihnen das Schicksal oder vielmehr die Gene – wovon sie aber nichts hören wollen – einen bösen Streich. Der perfekte Sohn offenbarte einen nicht hinnehmbaren Makel: Homosexualität.“ Kyle presste die Lippen aufeinander und die steile Falte auf der Stirn ließ nur erahnen, wie tief die Verletzungen saßen. Nach einer Weile, in der sie beide tief in Gedanken von ihrem Bier getrunken hatten, erzählte er weiter:

„Sie haben alles probiert. Von gutem Zureden, über Beschwörungen, wüstem Geschimpfe bis hin zur Erpressung mit viel Geld. Alles, um mich von meiner fixen Idee abzubringen. Als hätte ich mich für die Homosexualität entschieden wie für einen bestimmten Leistungskurs in der Schule! Plötzlich war ich nur noch Dreck, unwürdig, nichts mehr wert. Ich hätte lügen können, sie hören lassen, was sie wollen. Alles wäre wieder in Ordnung gewesen. Oberflächlich. Es hat mich zutiefst verstört, dass sie mich, so wie ich nun mal bin, nicht akzeptieren und lieben konnten. Ihre falsche Liebe wollte ich nicht. Ich bin ausgezogen. Heimlich, über Nacht. Eine totale Schnapsidee, wenn man mit Abstand und Vernunft darüber nachdenkt, aber damals schien es mir die einzige Möglichkeit, nicht zu ersticken. Ich war gerade mal achtzehn, hatte mein Abitur in der Tasche, einen Studienplatz in Aussicht und ein Sparkonto, auf das ich zurückgreifen konnte. Ich habe mir eine billige Bude in einem Studentenwohnheim gesucht und Arbeit als Kellner in einer Szenekneipe … Und dort habe ich Oskar kennengelernt." Kyles Miene wurde noch angespannter.

Finn wandte seinen Blick ab. Irgendwie hatte er das Gefühl, Kyles Kummer auf dem Gesicht mitanzusehen, wäre indiskret. Er verschränkte die Arme vor der Brust und hörte gespannt zu. Über Oskar hatte er durchaus schon seine Vermutungen angestellt.

„Tja, Oskar und ich … wir waren drei Jahre zusammen, es hat nicht geklappt, aber ganz unverhofft hat sich aus dieser Beziehung ein neuer Geschäftszweig ergeben. Fortan habe ich mein Geld ziemlich leicht verdient." Der fröhliche Ton, den Kyle angeschlagen hatte, klang ebenso falsch, wie sein Lächeln aussah. Einfach schien zu dieser Zeit nichts gewesen zu sein. Und vermutlich gab es da noch eine Menge mehr zu erzählen, was Oskar betraf.

„Ich habe Wirtschaftswissenschaften studiert. Wie mein Vater das ursprünglich geplant hatte. Aus Trotz hätte ich mich beinahe für etwas anderes entschieden. Aber das Studium hat mich ehrlich interessiert. Die Fächer lagen mir, ich kam ohne größere Anstrengungen mit guten Zensuren durch die Semester. Nach meinem Abschluss hätten mir die Wege in zahlreiche renommierte Firmen offen gestanden. Aber das wollte ich nicht mehr. Ich wollte von niemandem abhängig sein. Nicht von meinem Vater, nicht von Oskar, nicht von irgendeinem Firmenboss. Es war auch gar nicht nötig. Meine …“, kurz lachte Kyle auf, „studentische Nebenerwerbstätigkeit hatte sich kräftig entwickelt. Ich hatte Geld wie Heu. Und Macht. Nur um meine Hirnzellen nicht einrosten zu lassen, habe ich zusätzlich noch mit Tradinggeschäften begonnen. Das war neu, eine Herausforderung. Und auch da läuft es gut.“ Kyle brütete vor sich hin, der Wortschwall schien wie abgeschnitten.

Finn platzte beinahe vor Neugierde. Was um Himmels willen war dieser so lukrative Geschäftszweig, den Kyle entdeckt hatte? Drogenhandel? Ihm fiel nichts ein, mit dem man annähernd so viel Schotter machen konnte, wie es Kyle anscheinend gelungen war. Er öffnete den Mund, um zu fragen, tat es doch nicht. Stattdessen trank er einen Schluck Bier. Aus der Flasche, wie er es gewohnt war, da er in seiner Verwirrung das Glas vergessen hatte. War es Kyle aufgefallen? Vermutlich nicht, er wirkte abwesend.

Finn zwang seinen Blick weg von diesem Gesicht, das ihm immer schöner erschien, je länger er es musterte. Kyle … so intelligent, perfekt und doch ungeliebt von den eigenen Eltern. Etwas, das ihm selbst erspart geblieben war. Mit Dankbarkeit dachte er an die Wärme, die er immer noch mit seinem Elternhaus verband. Seine Familie war ihm wichtig. Er konnte sich nicht vorstellen, wie es wäre, ohne sie auskommen zu müssen. Klar, man war nicht immer einer Meinung, der Streit letzte Woche mit Svenja hatte ihm nicht gefallen, aber schlussendlich gingen sie immer wieder aufeinander zu.

„Wieso fragst du mich nicht?“ Kyle riss ihn mit der Frage aus seinen Gedanken.

„Was?“, entschlüpfte es ihm. Natürlich hatte er Fragen, mehr als eine! Aber wollte er die Antworten wirklich wissen? Was nicht ausgesprochen wurde, konnte man immer noch ignorieren. Was wäre, wenn Kyle tatsächlich ein Dealer wäre? Er fing an, seinen neuen Nachbarn zu mögen. Das wollte er sich eigentlich nicht verderben lassen. Naiv! Völlig bescheuert! Je eher er wusste, was Sache war, umso besser. Wenn man sich erst mal zu sehr an jemanden gewöhnt hatte, wurde es immer schwieriger, wieder Abstand zu gewinnen.

„Ich war mir nicht sicher, ob ich Antworten bekomme. Also, was hast du als Student gearbeitet? Nach dem Kellnern, meine ich.“

Kyle setzte sich auf, stützte die Hände auf seinen Oberschenkeln ab. „Ich habe als Luxuscallboy gearbeitet.“

Hatte jemand den Ton abgestellt? Die Welt war urplötzlich mucksmäuschenstill. Finn überlegte, ob er sich verhört hatte. Nein, hatte er nicht. Sicher verarschte Kyle ihn nur.

„Ja, klar …“ Er grinste als Zeichen dafür, dass er sich nicht jeden Bären aufbinden ließ.

Doch Kyle blieb ernst. Schaute ihn aufmerksam an, wartete. In Finns Gehirn ratterte es. Kyle ein Luxuscallboy? Je länger er darüber nachdachte, umso weniger unwahrscheinlich kam es ihm vor. Kyle sah extrem gut aus, pflegte sich, hielt was auf sein Äußeres. Er war selbstbewusst, verströmte Sexappeal, hatte ihn längst betört. Das musste auch anderen Männern so gehen. Hatte er nicht selbst daran gedacht, wie es wäre, mit Kyle im Bett zu liegen, Sex mit ihm zu haben? Die Versuchung, sich mit Geld zu kaufen, was man sonst nicht bekam, war groß, so viel begriff er. Reiche, schwule Männer, die wussten, dass Kyle käuflich war, würden so manchen Schein locker machen, davon war Finn überzeugt. Urplötzlich überschwemmten ihn Bilder von haarigen, alten Knackern, die sich auf oder unter Kyle grunzend abmühten, die stöhnten und sich nahmen, was sie mit ihrer Kohle bezahlt hatten. Angewidert verzog er das Gesicht.

„Aha, du glaubst mir also." In Kyles Stimme war unüberhörbar Zynismus gekrochen, gepaart mit einem arroganten Ausdruck im Gesicht.

„Weißt du, das ist gar nicht schwer. Ich mag Sex. Kann gar nicht genug davon bekommen. Und ich gucke mir die Kerle vorher an. Wenn sie ungepflegt und potthässlich sind, sage ich Nein. Ins Bett wollen sie alle mit mir. Warum nicht Kohle dafür nehmen, wenn sie einem angeboten wird? Das schafft herrlich klare Verhältnisse, kein Stress, keine Erwartungen." Seine Gelassenheit war nicht gespielt.

Finn sah genau hin, als Kyle nach seinem Glas griff. Seine Hand zitterte nicht. Er trank, der Adamsapfel bewegte sich auf und ab. Kyle leckte sich den Bierschaum von den Lippen, lehnte sich mit einem zufriedenen Seufzen wieder zurück.

„Möchtest du mir jetzt eine moralische Standpauke halten, meine Verkommenheit thematisieren, mich ein bisschen als Abschaum beschimpfen oder lieber gleich rausschmeißen?“ Kyle grinste und musterte ihn unter halbgeschlossenen Lidern. Gefährlich sah er aus. Wie ein Raubtier auf dem Sprung. Vielleicht war er doch nicht so gelassen. Bereit, sich zu verteidigen oder schlimmer, prophylaktisch verbale Messerstiche zu verteilen.

Finn fühlte sich unwohl, die Situation überforderte ihn. Er war viel zu verwirrt, um zu überblicken, was er jetzt am besten tun sollte. Er brauchte Zeit zum Nachdenken.

„Ich … nein, warum sollte ich dich beschimpfen. Ich meine … das ist deine Sache, oder nicht? Ich kann es mir nur nicht vorstellen. Für mich wäre das … also, ich könnte das nicht.“ Er stotterte herum und war von sich selbst genervt. Um Kyle nicht ins Gesicht sehen zu müssen, schenkte er sich Bier nach.

„Was könntest du nicht?“ Kyles Frage, so samtig sie auch ausgesprochen wurde, hatte einen lauernden Unterton.

„Na ja, Sex mit fremden Männern haben.“ Er drehte das Glas in seinen Händen, starrte darauf.

„Erzähl keinen Quatsch! Ist doch auch nichts anderes als ein One-Night-Stand. Nur dass man noch Geld dafür bekommt.“ Kyle fuchtelte beim Reden mit der Hand in der Luft herum.

„Eben. Das kann ich nicht. Ich habe keine One-Night-Stands.“ Scheiße! Warum erzählte er das? Das ging Kyle gar nichts an. Wieso war er jetzt derjenige, der sich rechtfertigen musste? War es auf einmal schlimmer, keinen Sex zu haben als sich zu prostituieren? Wut kroch in Finn hoch.

„Weißt du was? Du kannst tun und lassen was du willst. Du bist niemandem Rechenschaft schuldig. Erst recht nicht mir. Aber was möchtest du jetzt von mir hören? Soll ich dir die Absolution erteilen, dir auf die Schulter klopfen und sagen: hast du prima gemacht? Oder hey, wie cool, bin beeindruckt? Das bin ich nämlich nicht." Er war aufgesprungen, während er redete. Am liebsten wäre er davongelaufen.

„Du könntest fragen, warum ich das mache." Kyle spießte ihn mit seinem Blick auf. Alles Arrogante war von ihm abgefallen. Er sah ernst aus, beinahe traurig.

Die Wut verpuffte bei Finn, so schnell wie sie gekommen war. Mit hängenden Armen stand er vor seinem Nachbarn.

Kapitel 22 – Kyle

Wieso hatte er nur davon angefangen? So leicht, wie Finn in Verlegenheit geriet, war es keine Überraschung, dass er abwehrend reagierte. Er erzählte doch sonst auch nicht herum, wie er sein Geld verdiente. Warum also Finn? Und noch schlimmer, er hatte sich tatsächlich gewünscht, dass er nachfragen würde, echtes Interesse zeigte an den Hintergründen. Niemand, absolut niemand kannte die Geschichte. Nicht einmal Alena hatte er sie erzählt. Warum war er jetzt drauf und dran gewesen, Finn alles anzuvertrauen? Was damals passiert war, mit Oskar. Wie tief verletzt er gewesen war und wie heilsam alles wirkte, was danach passierte.

„Oh, so spät schon. Ich muss los. Habe heute noch einen Kunden.“ Er klopfte sich betont munter auf die Oberschenkel und stand auf. Er ließ Finn keine Zeit etwas zu erwidern, fuhr fort:

„Danke für das Bier. Richte Svenja und Rainer schöne Grüße von mir aus. Bis die Tage!“ Er zog seine Mundwinkel zu einem mechanischen Lächeln hoch und verließ die Wohnung von Finn.

Als er die Straße überquerte, widerstand er dem Impuls nach oben zu blicken. Würde Finn im hinterhersehen? Egal, diese Tür hatte er vermutlich zugeschlagen. Finn würde nichts mehr mit ihm zu tun haben wollen. Und das war vielleicht ganz gut so.

Noch im Fahrstuhl nach oben scrollte er in seiner Kundenliste. Er hatte Finn angelogen. Heute Abend wartete kein Kunde auf ihn, aber so geladen, wie er jetzt war, musste er sich abreagieren. Konrad vielleicht? Der hatte immer Lust und Zeit. Und er war unkompliziert. Nur normaler Sex, ohne Extravaganzen.

In seiner Wohnung angekommen, begann er sein Hemd aufzuknöpfen. Solange er auf die Antwort von Konrad wartete, konnte er gleich noch duschen. Er wollte gerade das Hemd aus dem Hosenbund ziehen, als ihm einfiel, wie gut Finn seine Wohnung einsehen konnte. Sein Zögern belustigte ihn. Wieso auch nicht? Wenn Finn spannen wollte, dann sollte er das tun. Mit heißen Ohren und weit aufgerissenen Augen.

Er linste vorsichtig hinüber und tatsächlich, Finn stand an das Balkongeländer gelehnt und schaute zu ihm herüber. Ohne ihn zu beachten, begann er sich auszuziehen. Normalerweise wäre er schon längst im Bad verschwunden, aber es bereitete ihm eine diabolische Freude, Finn zu reizen. Dieser kleine, verklemmte Idiot!

Er wusste, dass er gut aussah. Schließlich investierte er viel Zeit und Energie in seinen Körper. Er war sein Kapital. Sollte Finn ruhig mal gucken, was er nie bekommen würde! Statt Genugtuung verspürte er jedoch einen kleinen Stich. Über den er nicht weiter nachzugrübeln gedachte. Ihm ging es gut. Er lebte genauso, wie er es sich wünschte. Frei und unabhängig, niemandem verpflichtet. Er hatte viele gute Bekannte, brauchte nie allein zu sein, wenn er nicht wollte. Irgendeiner hatte immer Zeit. Und Alena war seine Freundin. Mit ihr konnte er über alles reden, wenn er Lust dazu hatte. Sie war für ihn da, beinahe wie eine Schwester. Ganz genau. Das war genug.

Zwei Tage später

Was war das für ein Geschrei? Er steckte die Kappe auf seinen Füller und legte ihn auf die Seiten des Notizbuches, in dem er geschrieben hatte. Er trat durch die offene Balkontür, um von der Brüstung nach unten zu blicken.

Das war doch Finn! Unter den Arm hatte er ein zappelndes Bündel geklemmt, das in höchsten Tönen schrie. Um ihn herum hüpfte ein Blondschopf, der aufgeregt auf ihn einzureden schien und immer wieder an seinem T-Shirt zupfte. Mit mehreren Metern Abstand folgte ihnen ein schlaksiges Mädchen, das den Eindruck vermittelte, jetzt am liebsten ganz woanders sein zu wollen. Das waren vermutlich Svenjas und Rainers Kinder. Warum war Finn hier?

Der riesige Koffer, den er mit der rechten Hand hinter sich herzog, rutschte von der Bordsteinkante und entglitt ihm. Durch den Aufprall öffneten sich die Verschlüsse und ein Durcheinander aus Klamotten, Spielzeug und einem Windelpaket verzierte die Straße. Finn stellte das Kleinkind ab, um sich der Misere zuzuwenden, doch das erste Teil, das er in die Hand nahm, warf er gleich wieder auf den Haufen. Der kleine Flummi auf zwei Beinen rannte nämlich weg. Finn hetzte hinterher und schrie den anderen beiden etwas zu. Vermutlich, dass sie stehenbleiben sollten. Oder das Zeug aufheben.

Kyle konnte sich ein herzhaftes Lachen nicht verkneifen. Klamauk vom Feinsten, was er da geboten bekam. In leichtem Trab machte er sich auf den Weg nach unten. Die Situation sah so aus, als könnte Finn Hilfe brauchen. Und Finn selbst sah ebenfalls so aus, stellte Kyle fest, als er ihm kurz darauf direkt gegenüberstand. Schweiß stand auf seiner Stirn, die Haare waren verstrubbelt.

„Hallo, Finn. Macht ihr einen Basar?“ Er zwinkerte ihm zu, bückte sich und schob die Sachen in den Koffer zurück. Die Verschlüsse schnappten geräuschvoll beim Zumachen, er rüttelte noch mal daran, um ihren Sitz zu überprüfen und hob den Koffer hoch.

„Ich komm kurz mit rauf. Du hast genug zu schleppen.“ Amüsiert musterte er die Kleine, die sich hin und her wand, um Finns Armen zu entkommen. Nicht zu fassen, wie viel Kraft in einem zweijährigen Kind steckte.

„Ja, das wäre wirklich prima.“ Finn ächzte den Satz mehr heraus, als dass er ihn sprach.

„Hallo Kinder. Ich bin Onkel Kyle.“ Ein mehr als kritischer Blick durchbohrte ihn bis auf die Knochen.

„So ein Quatsch. Finn ist unser Onkel, aber du nicht.“

Aha, Svenjas Älteste war ein kleines Fräulein Naseweis. Ihre Miene war so ernst wie die eines Arztes, der seinem Patienten gleich die Diagnose einer letalen Erkrankung mitteilen musste.

„Da hast du natürlich recht. Ich bin nur ein Nachbar von eurem Onkel. Und jetzt vorwärts, bevor noch die Polizei anrückt!“

„Die Polizei? Kommt die dann mit Sirene? Super! Polizeiautos sind cool!“, quietschte der kleine Blondschopf, der kurz zuvor noch um Finn herumgehüpft war. Ohne ihm zu antworten, marschierte Kyle mit weit ausholenden Schritten zur Haustür. Bloß weg von der Straße!

Oben in der Wohnung angekommen, fragte er schließlich: „Ich dachte, du wolltest das Wochenende mit den Kindern in der Wohnung deiner Schwester verbringen?“

„Ja, da wusste ich aber noch nicht, dass die Wasserleitung dort platzen würde. Die sind da jetzt am Reparieren, ein Lärm, das kannst du dir nicht vorstellen. Das komplette Mietshaus dröhnt von den Stemmhämmern. Da kann Nele nicht schlafen und man selbst wird völlig wuschig im Kopf. Ganz abgesehen davon, dass es saublöd ist, wenn man mit drei Kindern kein Wasser hat. Das war mir alles zu stressig.“ Finn fuhr sich mit den Händen durch die Haare. Falls er sie damit glätten wollte, hatte er sein Ziel nicht erreicht. Sie standen noch wilder vom Kopf ab als zuvor.

„Hast du Svenja und Rainer schon angerufen?“

„Nein, wozu? In ihrer Wohnung ist alles in Ordnung und die beiden können die Leitung auch nicht reparieren. Die sollen mal schön unbeschwert die Ostseeküste genießen. Und die Zeit ohne diese drei Mini-Terroristen.“

„Tinken, tinken, tinken!“, rief Nele auch schon wie auf's Stichwort und zerrte dabei an Finns Hosenbein.

„Ja, gleich mein Schatz.“ Finn öffnete den Koffer und kramte darin herum. „Irgendwo muss doch …“, murmelte er.

„Was suchst du denn, Onkel Finn?“, fragte Larissa, die Große.

„Den Kindertee für Nele. Ich dachte, ich hätte ihn in den Koffer getan.“

„Nein, der ist doch in der großen Tasche. Die liegt noch im Auto.“

„Ach …“ Finn seufzte. „Magst du Saft trinken, Nele?“

„Nein! Tee!"

„Dachte ich mir. Dann musst du kurz warten, Nele-Maus. Onkel Finn holt schnell den Tee."

„NEIN!" Kyle war selbst erschrocken über die Lautstärke, mit der er dieses Nein ausgesprochen hatte. Aber das war eine natürliche Reaktion auf die Vorstellung, mit der Kindermeute allein in der Wohnung zu sein. In normalem Tonfall fuhr er fort. „Ich meine, bleib du hier, ich gehe runter und hole den Tee. Bin gleich wieder da!" Ohne Finn die Gelegenheit zum Widerspruch zu geben, schnappte er sich schnell den Schlüssel vom Sideboard und schlüpfte aus der Wohnungstür.

Kapitel 23 – Finn

Nachdem Kyle die Tasche aus dem Auto geholt hatte, war er tatsächlich noch dageblieben. Hatte er nicht erwartet und irgendwie freute er sich. Inzwischen saßen sie alle um den Tisch beim Abendessen. Nun ja, fast, denn einen Kinderstuhl hatte er nicht und Neles Bewegungsdrang ließ sie nicht länger als eine Minute auf seinem Schoß ausharren. Sie rannte durch die Wohnung und ließ sich im Vorbeilaufen immer mal einen Happen in den Mund schieben. Svenja würde durchdrehen, wenn sie das sähe. Aber sie war ja weit weg. Zwei, drei Tage Onkel-Anarchie würden schon nicht die gesamte Erziehungsarbeit zunichtemachen.

„Jan, was magst du denn auf dein Brot?"

Sein Neffe runzelte die Stirn, so gründlich dachte er nach.

„Die Salami hier ist total lecker", versuchte Kyle die Entscheidungsfindung abzukürzen.

„War das mal ein Tier?", fragte Jan.

„Oh, … ähm … also …" Kyle sah hilfesuchend zu ihm, aber er grinste nur und zuckte mit der Schulter. Er war gespannt, wie Mister Super-Duper sich da herauswand. Larissa unterbrach jedoch Kyles Gestotter und beantwortete Jans Frage.

„Na klar war das mal ein Tier, du Lauch. Ein Schwein oder 'ne Kuh und die wurden dann geschlachtet und in die Wurst gesteckt."

Jans Augen wurden kugelrund und glänzten verdächtig feucht.

„Also, Larissa, ich glaube nicht, dass du das jetzt so präzise ausbreiten solltest.“ Kyle schaute sie streng an, doch sie blieb unbeeindruckt.

„Pah, so'n Quatsch. Wer Fleisch und Wurst essen will, muss das auch aushalten, dass dafür ein Tier gestorben ist. Das sagt Mama immer und Kinder anlügen darf man schon gar nicht.“

Finn verkniff sich ein Grinsen. Im Gegensatz zu Kyle kannte er diese Thematik. Seine Schwester war da nicht zimperlich. Verbunden mit ihrem Grundsatz, ihren Kindern immer die Wahrheit zu sagen und sie nicht mit Ausflüchten abzuspeisen, wurde nichts schöngeredet.

Nele brummte wie ein Flugzeug und hatte ihre Arme als Tragflächen ausgebreitet. Bei ihrer dritten Runde um den Tisch flog sie zu hoch, touchierte mit den Fingerspitzen das Glas mit Larissas Apfelschorle und stieß es um.

„Iiiieh, Nele, kannst du nicht aufpassen! Das ist mein Lieblingsshirt. Du bist doof!“ Larissa war aufgesprungen und hielt sich das tropfnasse Kleidungsstück vom Leib.

„Ich hab doch gesagt, stell das Glas weiter in die Mitte. Na, beruhig dich wieder, Larissa. Ist doch nichts passiert. Du ziehst dich um und ich habe auch eine Waschmaschine. Wir stecken deine Sachen rein und morgen hast du sie schon wieder. Jan, holst du mal einen Lappen aus der Küche?“ Während er redete, hatte er sich Nele geschnappt und drückte sie Kyle in die Arme.

„Hier, halt sie mal fest, sonst rennt sie noch dreimal durch die Pfütze auf dem Boden. Apfelsaft klebt wie Sau, da bin ich ja nur noch am Putzen.“ Er nahm das Geschirrtuch, das Jan ihm entgegenhielt und ging in die Hocke. Das

Malheur war schnell beseitigt und das Abendessen verlief ohne weitere Zwischenfälle.

Kyle blieb noch und half mit, die Schlafgelegenheiten für alle herzurichten. Gemeinsam mit Larissa pumpte er die Luftmatratze auf, was letztendlich bedeutete, dass Finn Nele auf seine Schultern setzte, damit sie nicht auf der Matratze herumhüpfte und so jede Chance vereitelte, Luft hineinzubekommen. Eigentlich hatte er gedacht, den Kindern sein King-Size-Bett zu überlassen, aber Larissa hielt gar nichts von der Idee mit ihren Geschwistern gemeinsam zu übernachten. Jan und Nele teilten sich nun das Bett, Larissa bekam die Luftmatratze und er selbst würde sich mit seiner Couch begnügen. Die im Übrigen durchaus gemütlich war. Außerdem konnte er so noch in Ruhe fernsehen, wenn die Kinder schon schliefen. Wobei er nicht sicher war, dass er noch lange davon Gebrauch machen würde. Die Racker waren anstrengend.

„Au, Nele, nicht an meinen Haaren reißen! Das tut weh!“ Statt ihrer Beine umfasste er ihre Hände, denn sie hörte natürlich nicht auf. Wie ein Gummiball hopste sie auf seinen Schultern herum, ihre Fersen trommelten auf seine Brust. Ja, er liebte seine Schwester sehr. Ein tiefes Seufzen entwich ihm.

Drei Stunden und einige getötete Nervenstränge später plumpste Finn auf sein Sofa und war in diesem Moment davon überzeugt, nie wieder aufstehen zu wollen.

„Hey, Mann, danke für deine Unterstützung.“ Er lächelte Kyle an.

„Keine Ursache. Irgendwie habe ich dir das ja auch eingebrockt. Lässt du ein Bier springen?“ Mit leicht auseinandergestellten Beinen, die Hände in den hinteren Hosentaschen, stand Kyle abwartend vor ihm und sah keine Sekunde erschöpft oder derangiert aus. Wie machte er das bloß?

„Ja, klar, das ist eine gute Idee.“ Ächzend wollte er aufstehen, doch Kyle hielt ihn zurück.

„Bleib sitzen, ich hole uns zwei Flaschen, wenn's dir nichts ausmacht.“ Ohne auf seine Zustimmung zu warten, hatte er sich schon in Bewegung gesetzt.

Finn lehnte sich zurück und schloss die Augen. Erst als er Gläserklirren und das Gluckern von Flüssigkeit vernahm, blinzelte er müde unter seinen schweren Lidern hervor. War ja klar, Bier im Glas. Zum Glück hatte er einen Geschirrspüler.

„Was geht dir durch den Kopf, dass du so schmunzelst?“, fragte ihn Kyle.

„Nichts Wichtiges, glaub mir. Dazu bin ich nicht mehr in der Lage. Obwohl ich mir eine Strategie zulegen sollte, wie ich die nächsten Tage überlebe.“

„Ach, Onkel Finn, du schlägst dich doch tapfer. Ehrlich. Ich bin beeindruckt, wie du mit den Kindern umgehst. Du hast kein einziges Mal geschrien, dich nicht im Schrank versteckt und kein bisschen geweint.“

„Blödmann.“ Finn versteckte sein Grinsen hinter dem Bierglas. Wie eine satte Katze hatte sich das Schweigen zwischen ihnen beiden behaglich eingerollt. Das schätzte er an Kyle sehr, dass er nicht immerzu plapperte. Wie das bei Ivo der Fall war. So konnte man sich auch selbst zwischendurch denken hören. Und wenn ein Thema oder eine Frage nach oben schwemmte, konnte man das artikulieren.

„Neles Glitzerhaarspange steht dir ausgesprochen gut." Kyle servierte diese Feststellung mit einem fetten Grinsen.

„Wo denn?" Finn tastete seinen Kopf ab, stieß jedoch nirgends auf den kleinen Schmetterling aus Metall.

„Warte, ich helfe dir." Kyle erhob sich, umrundete den Wohnzimmertisch und stand sehr nah bei ihm. Finns Nase befand sich in Nabelhöhe, er konnte das Leder des Gürtels riechen, ebenso wie Kyles Körpergeruch. Wie frisch geduscht, aber ohne chemische Duftstoffe. Kyle verwendete sicher keine billigen Duschgels. Ein wohliger Schauer rann ihm über den Rücken, als Kyles Finger durch seine Haare wühlten. So war er schon lange nicht mehr berührt worden. Er erschrak, als er beinahe dem Drang nachgegeben hätte, seinen Kopf ans Kyles Bauch zu lehnen. Seine Haltung versteifte sich und er hielt die Luft solange an, bis Kyle einen Schritt zurückmachte und den Abstand zwischen ihnen auf eine ungefährliche Distanz erweiterte. Kyle legte die Haarspange auf den Tisch.

„Danke. … Du hast heute keinen Termin?" In seiner Verwirrung war ihm diese Frage einfach herausgerutscht. Doch Kyle antwortete völlig unbefangen. „Nein, keine Lust."

Finn platzte mit einem Lachen heraus. „Wie passend. Bei dir bekommt so ein harmloser Satz gleich eine ganz andere Note."

Auch Kyle grinste. „Okay, das war eine rhetorische Steilvorlage. Aber im Ernst, mein Geld verdiene ich mittlerweile hauptsächlich mit den Tradinggeschäften. Mein alter Studentenjob ist mehr noch so ein Hobby. Sex will ich ja sowieso und auf diese Art und Weise ist er herrlich unkompliziert.“

„Hm.“

„Sehr ausdrucksstark, Finn. Von welcher Sorte war denn nun dein ‚hm‘?“ Kyle saß ihm gegenüber im Sessel, breitbeinig, lässig. Und verdammt schön. Ein Mann wie er konnte immer Sex haben. Keiner würde Nein sagen. Im Gegenteil.

Inzwischen hatte er sich an den Gedanken gewöhnen können, dass Kyle für Sex Geld nahm. Der erste Schock war abgeklungen und wenn er ehrlich war, blieb pure Neugierde zurück. Er hatte nun die Möglichkeit, Informationen aus erster Hand zu erhalten. Kyle schien in Redelaune, das sollte er nutzen.

„Wie ist das so? Ich kann mir das nicht vorstellen. Die Männer rufen bei dir an, fragen, ob du Zeit hast und dann besuchst du sie?“ Er verschränkte die Arme vor der Brust.

„So ungefähr. Aber nur bei den Kunden, die ich schon länger kenne. Bei Neuen vereinbare ich erst ein neutrales Treffen. Ich will sie mir ansehen. Sind sie ungepflegt, unsympathisch oder haben abartige Vorstellungen, dann lehne ich ab. Das tue ich mir sicher nicht an. Wenn der Typ grundsätzlich in Ordnung ist, besprechen wir seine Wünsche, klären die Örtlichkeiten und günstige Zeitfenster. Und dann gibt es einen Schnuppertermin.“

„Das hört sich irgendwie sehr … ja, klinisch an.“

Kyle lachte. „Was hast du erwartet? Das ist ein Geschäft. Die Absprachen werden nüchtern getroffen, Preis und Leistung definiert. Bei der eigentlichen Ausübung meiner Dienste muss ich mir dann keine Gedanken mehr darüber machen. Dann steht das Gefühl im Vordergrund." Kyle schob die Hüfte etwas nach vorne, um leichter in die Hosentasche greifen zu können. Er zog ein Taschentuch hervor, putzte sich die Nase. Finn folgte seinen Bewegungen, restlos gefangen von der Eleganz, die so einer simplen Tätigkeit innewohnen konnte. Nichts, was Kyle tat, so hatte er den Eindruck, würde bei ihm albern oder linkisch aussehen. Bemerkenswert.

„Aber, ich meine … macht das denn überhaupt Spaß? Das ist doch irgendwie … Arbeit?" Er legte den Kopf schräg.

„Weißt du Finn, ich habe gerne Sex. Mir selbst einen runterzuholen, ist kein adäquater Ersatz, eine Beziehung will ich nicht und One-Night-Stands muss man auch erst klarmachen und dann sind sie viel unwägbarer, risikoreicher. Bei meinen Kunden kläre ich vorher, was sie wollen. Ich weiß genau, was auf mich zukommt, beziehungsweise kann auch Nein sagen, wenn mir etwas widerstrebt. Und …", Kyle lachte auf, „du glaubst gar nicht, was für einen Effekt das Geld hat. Wenn ein Mann für Sex bezahlt, redet er plötzlich total offen über das, was er will, was ihm Spaß macht. Etwas, das in einer Beziehung oft gar nicht auf den Tisch gebracht wird, aus welchen komplizierten Gründen auch immer. Ich gehe sogar so weit zu sagen, dass der Bezahlsex der Bessere ist. Er ist ehrlicher, tabufreier."

„Hm."

„Doch, glaub mir! Matthias zum Beispiel. Er lebt in einer Beziehung, ist glücklich mit seinem Partner, aber er bucht mich regelmäßig. Es macht ihn einfach tierisch an, mit einem Dildo penetriert zu werden. Er erlebt da jedes Mal einen Hammerorgasmus. Das ist doch wirklich nichts, was sein Partner nicht auch erledigen könnte. Aber er traut sich einfach nicht, ihm das zu sagen. Weil er Angst hat, ihn vor den Kopf zu stoßen. Weil der denken könnte, er wäre nicht gut genug, Matthias würde einen Dildo vorziehen. Was natürlich Quatsch ist. Sex lebt doch von Abwechslung. Glaub mir, ich habe einige Kunden, die in festen Beziehungen sind und ihre geheimen Wünsche bei mir ausleben. Total unkompliziert, echt, Spaß pur."

Finn rieb mit Daumen und Zeigefinger über seine Augenbrauen, als könnte er damit seine Gedanken zusammenfassen.

„Das leuchtet mir ein. Aber … fragt dich eigentlich auch mal einer, was dir gefällt?"

Kapitel 24 – Kyle

Ein Blick auf die Uhr zeigte ihm, dass es zehn Uhr morgens war. Das Klingeln des Handys hatte ihn zwar nicht geweckt – er hatte bereits seit einer Stunde wach gelegen und nachgedacht – aber aus dem Bett gescheucht. Robert war in der Leitung. Er hatte vergessen, dass sie heute einen Termin vereinbart hatten. Ein Umstand, der ihn ärgerte, denn das war ihm noch nie passiert. Da die Vorbereitungen längst erledigt waren, brachte ihn dieser kleine Fauxpas nicht ins Schleudern. Ohne nachdenken zu müssen, konnte er Robert die entsprechenden Anweisungen geben. Die Sonne lockte ihn auf den Balkon und das Stimmengewirr von unten ließ ihn neugierig an die Brüstung treten. Finn und Ivo brachen mit den Kindern in Richtung Zoo auf. Turbulent, laut und lustig ging es zu. Kyle ertappte sich bei dem absurden Wunsch, dass er gerne mitgegangen wäre. Was so eine Nacht, in der man schlecht geschlafen hatte, mit einem anstellte! Er schüttelte den Kopf. Die Zeit, die er mit Grübeleien verbrachte und in der Finn in seinem Kopf herumgeisterte, nahm eindeutig überhand. Das musste er ändern. Energisch wandte er sich von der Szenerie unten auf der Straße ab.

Jetzt war es bereits nach dreizehn Uhr. Er hatte Robert warten lassen, länger als sonst. Er drückte die Wohnungstür auf, die, wie immer, nur angelehnt war. Das war Teil ihrer Abmachung. Es erhöhte Roberts Kick, dass rein theoretisch jeder seine Wohnung betreten könnte. Nackt, mit gespreizten Beinen und verbundenen Augen kniete Robert auf seinem Bett. Drei Stunden hatte er jetzt so gewartet. Er war sicher, dass Robert sich an seine Anweisung gehalten hatte. Das tat er immer. Und Robert war erregt. Sein Ständer war unmissverständlich. Normalerweise genoss Kyle dieses subtile Machtspielchen ebenso sehr wie Robert. Er variierte stets sein Vorgehen. Robert wusste nie, was auf ihn zukam. Manchmal beschäftigte er sich eine Weile im Schlafzimmer, bereitete etwas vor oder tat so, ehe er sich Robert zuwandte. Einmal hatte er die Tageszeitung gelesen. Er sprach mit Robert, dann wieder nicht. Berührte ihn, zart oder fest, benutzte Spielzeug, holte ihm einen runter, ließ ihn sich selbst anfassen, schaute nur zu oder fickte ihn, wenn ihm danach war. Mit Robert machte es Spaß. Es war abwechslungsreich und er konnte entscheiden, was er machen wollte. Warum ging ihm dann bloß Finns Frage durch den Kopf? Sie ließ sich nicht abschütteln. *Fragt dich eigentlich auch mal einer, was dir gefällt?* Nein, das tat keiner, aber es war nicht nötig. Er kam auf seine Kosten. Ohne Zweifel. Auch jetzt merkte er, wie Roberts Pose ihn anmachte. Er umfasste dessen dicken Penis, pumpte ihn grob. Roberts Stöhnen fuhr im direkt in die eigene Schwanzspitze. Sie zuckte. Entschlossen kickte er Finn aus seinen Gedanken und konzentrierte sich auf seine Arbeit.

Kapitel 25 – Finn

Seine beiden Wüstenrennmäuse rumorten in der Transportbox. Damit sie sich nicht langweilten, während er das Terrarium sauber machte, hatte er ihnen zwei Pappröhren dazugelegt. Den Geräuschen nach zu urteilen, waren sie gerade dabei, sie zu zerlegen. Er lächelte. Kein Vergleich mit der Geräuschkulisse vom Wochenende. Es war anstrengend gewesen. Er liebte die Kinder seiner Schwester sehr, aber er war froh, dass er sich nicht ständig um sie kümmern musste. Man war immerzu eingespannt, hatte keine Minute Ruhe. Allerdings hatte ihn das daran gehindert, sich unsinnigen Grübeleien hinzugeben, wie er gerade feststellte. Das ganze Wochenende über hatte er kaum an Kyle gedacht oder daran, dass er endlich mal wieder Sex haben wollte.

Die Kinder waren seit fünf Tagen wieder bei ihren Eltern, Zeit genug, um diese Sehnsüchte bei ihm erneut nach oben zu spülen. Heute war Samstag, eine gute Zeit, sich abends auf die Suche zu machen. Er seufzte. Dass das Leben so kompliziert sein musste!

Er stellte die Tüten mit der alten Einstreu neben die Eingangstür, um sie bei nächster Gelegenheit nach unten zu den Tonnen mitzunehmen. War es wirklich zu viel verlangt, einen Menschen zu finden, mit dem man sich so gut verstand, dass man sich seine dauerhafte Nähe wünschte? Jemand, mit dem man über alles reden konnte, bei dem man sich geborgen und sicher fühlte? Nicht nur einen Freund, sondern einen Partner, den man begehrte und von dem man ebenfalls begehrt wurde?

Mit einem feuchten Lappen wischte er die Glasflächen sauber, erst außen, dann innen und rieb mit einem Geschirrtuch nach. Vertrauen, ja genau darum ging es ihm. Er wünschte sich einen Menschen, dem er so tief vertraute, dass er ihm bedenkenlos sein Innerstes, seine Gefühle, seine Seele überließ. Meine Güte! Wenn er sich selbst so zuhörte, war er ein Fall für die Klapse. Oder er könnte darüber nachdenken, sich als Schnulzenschriftsteller zu versuchen. So ein Schmalz! Das Leben war nun mal nicht rosarot. Er war ein gefühlsmäßiges Weichei und ein Idiot, dass er Sex und Vertrauen einfach nicht trennen konnte.

Heute Abend würde er sich einen Kerl aufreißen, Sex haben und sich von seiner albernen Melancholie heilen. Und dem unsinnigen Wunsch, dass Kyle sich als dieser Seelenfreund entpuppte, den er schon so lange suchte. Denn eins war sonnenklar: Kyle war absolut nicht der Typ für eine feste Beziehung. Welcher Nonsens, dass er überhaupt darüber nachdachte. Er stand nicht auf Männer wie Kyle. Punkt.

Er riss die Verpackung mit den Sägespänen auf. In seiner Wut über sich selbst, offenbar viel zu heftig, denn ein großer Teil des Inhalts landete neben dem Terrarium auf dem Boden. Er fluchte. Mit Kehrschaufel und Besen bewaffnet rutschte er auf Knien auf dem Boden herum und sammelte die Streu ein, als das Telefon klingelte. In der Hektik, das Handy aus der Hosentasche zu pfriemeln, leerte er die Schippe gleich wieder aus. „Ja, klar, genauso mag ich das“, schimpfte er vor sich hin.

Kyle rief an.

„Hallo, was gibt's?“, meldete er sich.

„Gerade im Stress? Du klingst so angestrengt“, verkündete ihm sein Nachbar mit einer Stimme, die geradezu überquoll vor guter Laune. Prima. War ja wirklich schön, wenn es seinen Mitmenschen gut ging.

„Nein, Mann, passt schon.“ Er klemmte sich das Handy zwischen Wange und Schulter und kehrte die Späne ein zweites Mal auf.

„Oh gut, denn ich habe da was entdeckt, über das ich mich gerne mal mit dir unterhalten hätte.“

„Ich kann dein Grinsen quasi durchs Telefon spüren. Spuck's schon aus, was ist los?“ Die Sägespäne befanden sich nun dort, wo sie hingehörten: im Terrarium. Er stellte das Schlafhäuschen und das selbstgebastelte Klettergerüst aus Weidenzweigen hinein, schichtete Papprollen und Schachteln darum herum und rutschte die Sachen so lange hin und her, bis er mit der Anordnung zufrieden war.

„Als Erstes muss ich sagen, dass du mich total überrascht hast. Hätte ich dir nicht zugetraut, ehrlich. Ich habe zweimal geguckt, ob du das auch tatsächlich bist auf dem Foto.“

„Von was redest du?“, unterbrach er Kyles Wortschwall.

„Na, von deiner Online-Kontaktanzeige natürlich!“

„Kontaktanzeige? Bist du besoffen?“ Finn hielt vor Verblüffung mitten in der Bewegung inne, den Napf mit dem Körnerfutter in der Hand.

Kyle lachte. „Das muss dir doch überhaupt nicht peinlich sein. Viele schwule Männer machen das. Eine total einfache Möglichkeit an unkomplizierten Sex zu kommen. Die Vorsortierung am PC kostet nur ein paar Klicks. Und deine Anzeige ist sehr sympathisch. Ich bin mir ziemlich sicher, dass du dich vor Anfragen nicht retten kannst. Du hast ein Händchen bewiesen, dich nett und sexy zugleich darzustellen."

„Moment, Moment, Moment. Ganz ernsthaft, wovon redest du? Ich habe keine Anzeige aufgegeben!" Seine Stimme war immer lauter geworden. In der Leitung herrschte Stille. Er hörte Kyle tief durchatmen.

„Du weißt wirklich nicht, wovon ich spreche?"

„Nein, Mann! Was erzählst du mir da! Kontaktanzeige? So etwas würde ich nie im Leben machen. Wo steht das?" Er schaltete seinen Computer an, setzte sich aber nicht. Dazu war er viel zu aufgebracht.

„Die Seite heißt *Date-me-gay* und da bist du unter der Rubrik Liebesglück aufgeführt."

Finn tippte hastig den Namen in das Suchfeld ein, fand die Seite, klickte sie an. Tatsächlich, da war sein Foto! Riesengroß, ein Schnappschuss mit nacktem Oberkörper. Wo war das aufgenommen worden? Er kannte das Bild nicht. Selbst wenn er je so eine Anzeige schalten würde – was ihm in hundert Jahren nicht einfallen würde – dann sicher nicht mit einem Bild, auf dem er halbnackt war. Das konnte doch nicht wahr sein! Er ließ sich auf den Stuhl sinken, den Blick festgetackert auf den Worten, die ihm wie Peitschenhiebe entgegenknallten. *Ich suche die große Liebe, Sex ohne Vertrauen gibt es bei mir nicht, trotzdem bin ich kein Weichei* musste er da lesen. Aber es kam noch schlimmer! Beim Überfliegen des Steckbriefes ächzte er. Größe, Gewicht und Augenfarbe mochte noch angehen, aber es waren explizite Daten aufgeführt, die niemanden, aber wirklich NIEMANDEN etwas angingen. Penislänge und -dicke, Angaben zu sexuellen

Vorlieben und Lieblings-Toys. Ihm wurde schlecht. Zumal nahezu alles, was dort stand, den Tatsachen entsprach. Sichtbar für alle Welt, sichtbar für seinen Nachbarn, sichtbar für jeden seiner Arbeitskollegen, so unwahrscheinlich es auch sein mochte, dass sie auf dieser Seite verkehrten.

„Das gibt's doch nicht", flüsterte er. Er fühlte sich wie betäubt, schüttelte den Kopf, als könne er so wieder einen klaren Gedanken fassen. Blitzartig kam der Zorn.

„Wer verdammt nochmal hat das eingestellt!", brüllte er. Sein Handy hielt er sich immer noch ans Ohr, wurde sich dessen aber erst bewusst, als er Kyles Antwort vernahm.

„Also, wenn du es nicht gewesen bist … die Kontaktaufnahme erfolgt über eine E-Mail-Adresse. Kennst du die?" Kyle klang völlig entspannt, das beruhigte ihn ein wenig. Allerdings hielt dieser Effekt nicht lange an.

„Das gibt's doch nicht! Dieses Arschloch, ich bring ihn um!" Er drückte Kyle weg, schob das Handy in die Hosentasche, schnappte sich seinen Schlüssel und rannte zur Tür hinaus. Das Poltern seiner Schritte hallte im ganzen Treppenhaus. Er stürzte zur Eingangstür hinaus, bog links auf den Gehweg ab, Richtung Parkplatz zu seinem Auto. Doch so weit kam er nicht. Kyle packte ihn am Arm und hielt ihn fest.

„Wo willst du denn hin? Das ist doch Quatsch. In deinem Zorn baust du noch einen Unfall. Erzähl, du hast die E-Mail-Adresse erkannt?" Kyle keuchte, hatte anscheinend ebenfalls die Treppen genommen. Wie eine Klammer lag seine Hand um Finns Arm.

„Lass los, ich bleib schon stehen." Sein Zorn brodelte heiß, aber Kyles Aktion hatte ihn etwas ernüchtert. „Ja, das war eindeutig die Adresse von Ivo. Dieses Riesenarschloch! Ich muss sofort zu ihm, damit er den Scheiß löscht. Danach polier ich ihm die Fresse."

„Kann ich gut verstehen, aber das wird dir nichts nützen. Beides nicht. Weder zu ihm zu fahren noch ihn zu verprügeln. So eine Anzeige hat eine bestimmte Laufzeit, die kann der User nicht mehr löschen. Die bleibt online bis zum Vertragsende."

„Woher weißt du das?"

„Lass uns reingehen. Das müssen wir nicht hier auf der Straße besprechen. Aber ich kann dir helfen."

Finn atmete tief durch, zitterte vor aufgestauter Wut und einer Überdosis Adrenalin im Blut. „Okay, ich höre mir an, was du zu sagen hast."

Kapitel 26 – Kyle

Eigentlich hatte er gedacht, sie würden in seine Wohnung gehen, aber Finn hatte irgendwas von Mäusen gemurmelt. Jetzt stiefelte er ihm hinterher, hatte Mühe, nicht von ihm abgehängt zu werden. In seinem Zorn rannte Finn beinahe die Stufen nach oben. Trotz der Anstrengung kam er nicht umhin, sich ein paar bewundernde Gedanken über Finns Kehrseite zu machen. Die Jeans saß stramm um dessen Hintern und wirkte wie ein Versprechen. Ein Versprechen, dass sich der Blick unter den Stoff definitiv lohnen würde. Kyle schüttelte den Kopf, als könne er damit diese Gedanken vertreiben. Das war sein Nachbar! Für dessen Körperteile, wie wohlgeformt sie auch immer sein mochten, hatte er sich einfach nicht zu interessieren! Hilfe, das musste der Sauerstoffmangel sein, er atmete tief durch. Noch zwei Absätze und endlich waren sie oben.

Statt sich sofort auf den Rechner zu stürzen, hob Finn den Deckel einer Plastikbox hoch. Er nahm nacheinander zwei kleine Tierchen heraus, setzte sie behutsam in ihr Terrarium. Aha, Wüstenrennmäuse. Die Frage nach Finns Haustieren war somit ebenfalls geklärt. Er hatte sich sogar noch die Zeit genommen, sie beide am Köpfchen zu kraulen. Er schien die Viecher wirklich zu mögen. Kyle konnte sich ein Schmunzeln nicht verkneifen.

„Wie ist das jetzt mit dem Zeug? Warum kann Ivo den Mist nicht löschen?“ Während er sprach, zerrte Finn einen seiner Küchenstühle vor den Schreibtisch und setzte sich. Ihm überließ er den Drehstuhl.

„Das ist so eingestellt. Ich weiß das, weil der Inhaber dieser Seite … äh, also, ich kenne ihn näher. Deshalb schaue ich mir die Homepage auch immer wieder mal an.“ Er nahm Finn die Maus aus der Hand, die jener weit weniger zärtlich behandelt hatte, als ihre Namenskollegen aus Fleisch und Blut. Mit ein paar Klicks zeigte er ihm den Passus im Kleingedruckten, den er ihm gerade erklärt hatte. Über den Sinn oder Unsinn dieser Geschäftsbedingungen konnte man streiten. So waren sie nun mal.

„Ich rufe meinen Bekannten an, damit er deine Anzeige löscht. Das ist kein Problem für mich.“

„Dein Bekannter. Hm, wohl eher Kundschaft, nicht wahr?“, bohrte Finn nach. Dabei machte er ein derart verkniffenes Gesicht, dass Kyle am liebsten gelacht hätte.

Finn klickte sein Bild weg, vor Aufregung waren seine Wangen gerötet. „Ja, bitte. Ruf deinen Bekannten an. Der Scheiß soll so schnell wie möglich weg.“ Finns Stimme war immer leiser geworden, den Blick hielt er gesenkt. Die Aggression, die die Atmosphäre um ihn herum gerade noch vor Energie hatte knistern lassen, war verpufft. Wie ein geprügelter Hund saß er zusammengesunken auf dem Stuhl, vermied es nach wie vor ihn anzusehen.

Kyle musterte ihn noch eine Weile schweigend, dann zog er sein Handy aus der Tasche. Er hatte Glück und erwischte den Betreiber der Seite, Mike Stressens, sofort. Finn hatte recht, er war ein Kunde von ihm. Sie trafen sich sogar relativ häufig. Mike bevorzugte schnelle, harte Nummern. Länger als eine halbe Stunde dauerten die Termine bei ihm nie.

Er hatte kaum zu sprechen begonnen, als Finn sich in die Küche zurückzog und sogar die Tür schloss. War ihm das Gespräch so peinlich oder wollte er nicht lauschen? In manchen Situationen konnte er Finn nicht einschätzen.

Das Telefonat dauerte tatsächlich etwas länger, was aber daran lag, dass Mike ihm den neuesten Klatsch aus seiner Firma erzählte. Das Löschen der Anzeige war eine Kleinigkeit. Er war froh, dass er davon bereits Screenshots gezogen hatte. Um das Foto wäre es in jedem Fall schade gewesen. Das würde er vielleicht mal wieder betrachten. Er leckte sich über die Lippen.

„Finn, komm her! Die Anzeige ist weg."

Als wären seine Beine aus Holz, stakste Finn zum Computer, sank auf den Stuhl und hackte auf der Tastatur herum. Als er gesehen hatte, dass es nichts mehr zu sehen gab, lehnte Finn sich zurück und seufzte tief auf.

„Danke, Kyle. Du hast was gut bei mir. Aber so richtig was."

„Quatsch, das habe ich gern gemacht und ist nicht weiter der Rede wert."

„Doch, ist es. Gibt kaum was, das ich ab jetzt nicht für dich tun würde." Finn zwang sogar ein kleines Lächeln auf seine Lippen.

In der Stille, die jetzt folgte, schienen sie beide ähnlichen Gedanken nachzuhängen, denn als sie gleichzeitig zu sprechen ansetzten, sagten sie so ungefähr dasselbe.

„Wieso tut Ivo …"

„Warum macht Ivo …"

Sie brachen ab und schauten sich an. Zum Lachen war ihnen beiden jedoch nicht zumute.

„Er wird sich keiner Schuld bewusst sein, vermute ich mal. Er hat es ja nur gut mit dir gemeint. Das wird er bestimmt sagen, wenn du ihn damit konfrontierst“, meinte Kyle.

Finn sprang von seinem Stuhl auf und tigerte im Wohnzimmer hin und her und sagte: „Aber er kennt mich doch! Er weiß, dass ich das nie gewollt hätte. Warum tut er das? So etwas macht man als Freund einfach nicht.“ Die Verzweiflung war Finn ins Gesicht gepinselt.

Ohne zu überlegen trat er zu ihm und umarmte ihn. Er spürte, wie sich Finns Körper zuerst versteifte, langsam jedoch wieder weicher wurde. Mit der Hand strich er ihm tröstend über den Rücken. Finn musste Ivos Eigenmächtigkeit als Hochverrat empfinden. Soweit kannte er seinen integren Nachbarn inzwischen, um das einschätzen zu können. Er hatte die Augen geschlossen, genoss die Wärme von Finns Körper, doch dieser drückte ihn energisch beiseite.

„Lass das, ich bin doch nicht Nele.“

Er machte einen Schritt zurück, hob zur Beschwichtigung seine Arme. Wenn Finn nicht getröstet werden wollte … Aufdrängen würde er sich sicher nicht.

„Was hast du jetzt vor? Fährst du zu Ivo?“

„Nein … doch … ach, ich weiß nicht. Eigentlich möchte ich ihn gar nicht sehen. Am besten nie wieder! Er hatte kein Recht dazu, so etwas zu tun. Das ist so schäbig. Ich könnte kotzen.“ Finn stopfte die Hände in die Hosentaschen und zog die Schultern hoch. Er lehnte sich an den Rahmen der Balkontür und blickte durch das Glas nach draußen.

„Das verzeihe ich ihm nie“, flüsterte er, doch Kyle hörte ihn trotzdem. Konnte an dieser saublöden Aktion eine Freundschaft zerbrechen? Er wusste, wie weh es tat hintergangen zu werden. Das wünschte er niemandem. Schon gar nicht Finn.

Kapitel 27 – Finn

Eine Woche später

Warum hatte er nicht einfach Nein gesagt? Himmeldonnerwetter! War sein Sprachzentrum neuerdings nicht mehr mit dem Hirn verbunden?

Kyle hatte ihm einen Gutschein geschenkt, als Dankeschön für die Rettungsaktion vom Balkon. Aber was in dem Umschlag steckte, war keine Belohnung, sondern eine Strafe. Ein Wellnesswochenende speziell für Männer! Angewidert hatte er seinen Kopf geschüttelt und den Zettel gleich wieder in den Umschlag gestopft. Als ob er so etwas machen würde. Bis gestern hatte er nicht weiter daran gedacht. Sollte der Gutschein ruhig verfallen. Das war das Beste, was man damit anstellen konnte. Aber er hatte die Rechnung nicht mit dem Spender gemacht. Als Kyle ihn anrief und vorschlug, sie könnten doch gemeinsam das Wochenende in dem Wellnesshotel verbringen, hatte es sich nach einer guten Idee angehört. Heute konnte er sich das nicht einmal mehr in Ansätzen erklären.

Er kontrollierte noch einmal den Futterspender der Rennmäuse. Alles in Ordnung. Sie hatten vereinbart, dass sie um 16 Uhr losfahren würden. Das war in acht Minuten. Noch einmal aufs Klo zu gehen, schadete nicht. Beim Händewaschen musterte er sich im Spiegel.

„Was versprichst du dir von diesem Wochenende, du Idiot?“ Er zog die Augenbrauen zusammen, eine steile Falte entstand auf seiner Stirn. „Richtig, da kannst du dir Gurkenscheiben auf die Falten legen lassen und dich fehl am Platz fühlen. Aber weder du noch Kyle werdet deshalb andere Menschen.“ Er verzog von sich selbst angewidert das Gesicht. Er hatte sich in etwas hineingesteigert, das er nicht wollte und doch nicht mehr loswurde. Kyle. Ständig geisterte dieser Mann durch seine Gedanken. Das Wochenende würde das nicht besser machen. Im Gegenteil. Er würde sich quälen. Auf jeden Fall hinterher, mit viel zu vielen Erinnerungen, die immer wieder hochschwappen würden. Bilder von Kyle, Gesten, Worte, Bewegungen.

Mit einem tiefen Seufzen wandte er sich um, ging in den Flur und packte entschlossen seine Tasche. Jetzt konnte er keinen Rückzieher mehr machen. Und trotz besseren Wissens machte sein dummes Herz einen kleinen Freudenhüpfer, als er an die vor ihm liegende Zeit dachte. Zeit, die er mit Kyle verbringen durfte.

Kapitel 28 – Kyle

Die Straßen waren frei, sie kamen gut durch. Aus den Augenwinkeln beobachtete er, wie Finn sich im Autositz streckte, um in die Tasche seiner Jeans fassen zu können. Die Hose saß ziemlich eng und er mühte sich eine Weile ab, ehe er ein zerknautschtes Päckchen Kaugummi zutage förderte.

„Möchtest du auch einen?“, fragte Finn und hielt ihm einen Streifen hin. Zuerst wollte er ablehnen, aber dann überlegte er es sich anders.

„Ja, gerne. Kannst du ihn mir auspacken und in den Mund stecken?“ Ihm war danach, berührt zu werden und seine Rechnung ging auf. Als Finn ihm den Kaugummi reichte, streifte er mit den Fingerspitzen seine Lippen. Kyle genoss das leichte Kribbeln. Er hatte alles unter Kontrolle. Finn war nur sein Nachbar. Sie verstanden sich gut, da war es doch normal, dass man ein wenig Zeit miteinander verbrachte. So wie mit Alena.

Als er ihr von dem Wochenende erzählt hatte, war ein süffisantes Lächeln über ihr Gesicht gekrochen, so als ob sie mehr wüsste als er. Sollte sie doch glauben, was sie wollte! Er hatte keine Absichten, die über ein paar nette Gespräche hinausgingen. Einen Fehler zu machen war Pech, den gleichen Fehler noch einmal zu begehen, hingegen Dummheit. Und wenn er eins ganz sicher nicht war, dann dumm. Er hatte seine Lektion gelernt. Beziehungen brachten nur Probleme. Aber es gab ja auch Freundschaften und er hatte die Hoffnung, dass Finn und er

Freunde werden konnten. Wie auch immer, er freute sich auf das Wochenende.

„Sag mal, hast du das auch gespürt?", fragte Finn.

Er hob die Augenbrauen, sein Herz schlug plötzlich schneller. Meinte er das Kribbeln an seinen Lippen? Hatte Finn das in seinen Fingerspitzen ebenfalls gefühlt?

„Äh, ich … was meinst du?"

„Na, dieses Schlagen, hinten links."

„Ach so, nein, ich habe nichts gemerkt." Sein Puls normalisierte sich wieder. Was war er nur für ein Idiot! Gut, dass er seine Klappe gehalten hatte.

„Doch, da war was. Schau, das Auto schwimmt, du korrigierst laufend die Spur."

Tatsächlich, er bewegte das Lenkrad dauernd hin und her.

„Halt an, fahr auf den Seitenstreifen. Wir haben bestimmt einen Platten." Finn sagte das mit einer Ruhe, als habe er das Wetter kommentiert.

„Einen Platten? Das kann doch gar nicht sein."

„Du meinst, weil es nicht geknallt hat wie an Silvester, wir nicht quer über zwei Spuren gedriftet sind und uns dreimal überschlagen haben? Ehrlich, du hast zu viele Actionfilme gesehen. Im echten Leben ist das nicht so spektakulär." Finn lachte, aber auf eine sympathische Art, sodass man niemals davon gekränkt sein konnte.

Er schmunzelte, denn ungefähr so, wie Finn es geschildert hatte, waren seine Vorstellungen von einem geplatzten Reifen tatsächlich gewesen. Er blinkte, bremste den Wagen sacht ab und dann standen sie auf dem Autobahnseitenstreifen. Ehe er ausstieg, warf er einen Kontrollblick in den Rückspiegel. Eine gute Entscheidung, denn ein dicker

Lastwagen brauste knapp an ihnen vorbei. Finn war schon ausgestiegen, als er ihm folgte. Tatsächlich, der linke, hintere Reifen war platt. Er zog sein Handy aus der Tasche.

„Was machst du denn?“ Finn schaute ihn entgeistert an.

„Na, den Pannendienst rufen, was sonst.“

„So ein Quatsch. Leg auf. Wir haben keine Panne, wir haben nur einen Plattfuß. Oder hast du kein Reserverad dabei?“

„Äh, doch, vermute ich.“

„Na, also, dann haben wir das doch gleich.“ Finn öffnete die Heckklappe, nahm ihre beiden Taschen heraus und stellte sie auf die Rückbank.

Er konnte ihm nur zugucken, denn er hätte nicht einmal gewusst, wo er das Ersatzrad suchen sollte. Wie es sich zeigte, war es hinter einer Kunststoffabdeckung an der Seitenwand. Finns Bewegungen wirkten routiniert, gerade so, als ob er täglich Reifen wechseln würde. Er bestand darauf, dass sie die Warnwesten anzogen, dann schickte er ihn mit dem Warndreieck nach hinten.

„Stell es da vorne auf, da wo das Gebüsch am Rand beginnt!“, rief Finn ihm hinterher. Vermutlich traute er ihm nicht zu, den richtigen Abstand einzuschätzen. Nun gut, für gewöhnlich hatte er es eher mit Längen und Größenbegriffen in Zentimetermaßen zu tun. Die konnte er jedoch tatsächlich gut bemessen.

Beim Lösen der Radschrauben ächzte Finn. „Meine Güte, welcher Schmied hat denn deine Reifen montiert?“ Die Sehnen an seinen Unterarmen traten deutlich hervor, der Bizeps war angespannt, formte eine pralle Kugel unter dem T-Shirt-Ärmel.

Er stand hinter dem Auto und hatte beste Sicht auf Finn. Beim Bücken rutschte das T-Shirt hoch, legte am Rücken einen Streifen Haut frei, konkurrierte mit dem knackigen Hintern in der engen Jeans. Das war ja schlechthin der Klassiker für versautes Kopfkino! Wäre dies hier ein mittelmäßiger Porno, stünden sie nicht am Rand einer vielbefahrenen Autobahn, sondern auf einer Landstraße mitten in der Pampa, auf der nur einmal die Woche ein Milchlaster vorbei fuhr. Er hätte sich längst auf Finn gestürzt und ihn zwischen Reifen und Werkzeug, abgestützt am spiegelnden Auto, genagelt. Mit zurückgelegtem Kopf und geschlossenen Augen würde Finn ein raues Stöhnen von sich geben, sich seinen Stößen genussvoll hingeben.

Shit, er musste aufhören, seiner Fantasie die Zügel schießen zu lassen. Bewegung geriet in seine Hose. Das ging ja nun gar nicht! Er marschierte um das Auto herum und kramte im Handschuhfach. Eigentlich müsste hier irgendwo eine Packung mit feuchten Einmaltüchern rumliegen. Finn würde nach dem Reifenwechsel schmutzige Hände haben. Er musste jetzt an absolut profane Dinge denken. Zum Beispiel daran, dass er am Montag seine Autowerkstatt anrief. Schließlich brauchte er einen neuen Reifen, genau. Und den Anzug konnte er von der Reinigung abholen. Mit seinem Steuerberater sollte er einen Termin vereinbaren. Und Einkaufen musste er dringend. Sein Kühlschrank war leer. Ja, das half. Seine vorwitzigen unteren Regionen beruhigten sich langsam wieder.

„Hey, was suchst du denn?“ Finn war unbemerkt hinter ihn getreten und beugte sich ebenfalls vor. Er stützte sich am Fahrzeugrahmen ab, streifte sein Bein.

„Hier, Feuchttücher für deine Hände." Er richtete sich auf und wollte Finn die Packung reichen. Sie standen jedoch so nahe beieinander, dass ein Blick in Finns Gesicht die einzige Option war. Er besaß wirklich unglaublich dichte und lange Wimpern. Blicke, bei denen man sich gegenseitig tief in die Augen schaute, hatten den Effekt die Zeit zu dehnen. Wie lange standen sie tatsächlich so da? Ewig und doch zu kurz, so kam es ihm vor, als Finn zurücktrat und sich räusperte.

„Äh, der Reifen ist montiert. Wir können weiterfahren." Finn nahm ihm die Feuchttücher ab und begann sich umständlich zu säubern. Das benutzte Tuch warf er nicht einfach über die Leitplanke, sondern deponierte es im Kofferraum. Finn drehte sich um und bemerkte, dass er ihn anstarrte.

„Ist was?" Finn runzelte die Stirn.

„Nein, alles bestens."

„Dann grins nicht so dämlich." Als Finn an ihm vorbeistapfte, knuffte er ihn auf den Oberarm und musste dann selbst lächeln.

Kapitel 29 – Finn

Mit Kleister im Gesicht und Kühlpads auf den Augen war er auf seiner Liege zur Bewegungslosigkeit verdammt und hatte ausgiebig Zeit, sich über die Würde des Mannes Gedanken zu machen. Über seine Würde zum Beispiel. Konnte man noch tiefer sinken? Ja, konnte man, wie er gerade merkte. Die flötende Stimme von Kosmetikerin Ina teilte ihm mit, dass sie sich nun um seine Maniküre kümmern würde. Er verdaute noch an dem Schock, als sie bereits seine Hand genommen hatte und irgendwas damit anstellte. Ihr Ratschlag, sich zu entspannten, kam ihm vor wie Hohn. Er würde Kyle umbringen! Ein leises Knurren entschlüpfte ihm.

„Ja, so ist's recht, schön genießen, gell? So ein Wellness ist doch was Feines. Man fühlt sich wie neugeboren. Ich kann Ihnen wärmstens die Aromatherapie empfehlen. Das tut so gut! Das müssen Sie ausprobieren ..."

Die Kosmetikerin plapperte in einem fort. Es störte sie anscheinend nicht im Geringsten, dass er kein einziges Wort erwiderte. Wahrscheinlich merkte sie das nicht einmal. Oder sie war einer der Menschen, die Stille nicht aushalten konnten. So wie Ivo. Seine Stimmung sank noch tiefer.

Er hatte ihn zur Rede gestellt, aber Ivo war nach wie vor der Ansicht, dass er ihm mit dieser Online-Anzeige nur einen Gefallen getan hätte. Ganz stolz hatte er ihm die Ausdrucke der bereits eingegangenen Anfragen in die Hand gedrückt. Er hatte sie auf den Boden geworfen und Ivo eine Beleidigung an den Kopf. Dann war er gegangen.

Seither hatte Ivo mehrfach versucht, ihn über Handy zu erreichen, aber er wollte nicht mehr mit ihm sprechen. Was zu viel war, war zu viel. Seine Zähne knirschten, so sehr presste er die Kiefer zusammen. Er zwang sich dazu, seine Muskulatur zu lockern. Dieses Wochenende war die reinste Grenzerfahrung.

„Es gibt nichts Besseres, als die Farbtherapiesauna nach einem Ganzkörperpeeling. Hast du dir auch eines machen lassen?" Kyle sah ihn freundlich an und schien diese Frage ernst gemeint zu haben. Aber anscheinend reichte ihm sein Gesichtsausdruck als Antwort, denn er fuhr gleich fort:

„Ah, hast du nicht gewusst, ich hätte dir vorher davon erzählen sollen. Das kannst du ja das nächste Mal ausprobieren."

„Nächstes Mal? Ich glaube, du spinnst! Ich bin kurz davor Amok zu laufen. So unwohl habe ich mich zuletzt gefühlt, als ich mir mit vier im Kindergarten in die Hose gepinkelt hatte!"

Kyle besaß die Unverfrorenheit, zu lächeln. Irgendwie nachsichtig, was ihn nur noch mehr aufbrachte.

„Du bist so ein Idiot!"

„Wieso? Hat dir die Kosmetikerin die Brauen gezupft?" Jetzt lachte Kyle laut und den Schlag, den er ihm auf den Oberarm verpassen wollte, fing er auch noch ab. Finn stürzte sich auf ihn. Das konnte er nicht auf sich sitzen lassen. Eine Rangelei entstand. Er hatte Mühe, Kyle zu überwältigen. So viel Kraft hätte er ihm gar nicht zugetraut, aber endlich hatte er den Kopf in seiner Ellbogenbeuge eingeklemmt.

„Na, habe ich dir dein freches Lachen jetzt ausgetrieben? Hörst du auf, mich zu ärgern?“ Er sprach abgehackt, Kyle wehrte sich energisch.

„Ja, du kannst loslassen! Ich bin jetzt lammfromm“, kam es dumpf aus seiner Taillengegend, wo er Kyles Gesicht in sein T-Shirt drückte. Er lockerte den Griff und Kyles Oberkörper schnellte nach oben. Kyle schnaufte, seine Wangen hatten sich rosig gefärbt. Er bemühte sich tatsächlich nicht mehr zu lachen, aber der Schalk blitzte ihm aus den Augen. Oder was auch immer es war. Er konnte es nicht einordnen, als Kyle ihn jetzt eindringlich musterte.

„Du hast total zerzauste Haare“, stellte Kyle fest und schob ihm eine Strähne aus dem Gesicht. Die Berührung fühlte sich so zart an, wie die der Kosmetikerin, als sie ihn eingecremt hatte. Und doch völlig anders. Ameisen liefen den Umfang seines Magens ab.

Sie standen ganz nah beieinander, sein Blick wanderte von Kyles Augen herab zu seinen Lippen. Sie waren einen Spalt geöffnet und er beugte sich dieser Einladung entgegen. Nichts schien natürlicher, als diesen Mund zu küssen. Jetzt. Keine Zweifel, kein Zaudern. Nur noch wenige Zentimeter trennten sie, als Kyle abrupt einen Schritt nach hinten machte.

„Ich habe jetzt einen Termin zur Massage, und du?“, fragte Kyle und seine Stimme klang so unverbindlich wie selbstsicher.

Keine Spur von der Sehnsucht, die noch heftig an Finn zerrte, als er jetzt mühsam aus seiner watteweichen Traumwelt in die Realität zurückkehrte. Er seufzte auf. Als ob Kyle ihn hätte küssen wollen! Er benahm sich wie ein hormongetränkter Teenager, nicht zum Aushalten. Zu seiner Scham gesellte sich Ärger, als er merkte, dass er rot wurde. Schnell wandte er sich ab. Im Gehen rief er Kyle noch zu: „Na, dann viel Spaß, ich muss weiter.“

Kapitel 30 – Kyle

Das tat richtig gut. Der Masseur verstand sein Handwerk und bearbeitete seinen Rücken mit einer wohltuenden Mischung aus Kraft und Geschmeidigkeit. Und vor allem tat er es schweigend. Ein Umstand, für den Kyle dankbar war, denn er musste nachdenken. Über das, was da im Gang passiert war, beziehungsweise nicht passiert war, aber eben nur gerade so. Er war kurz davor gewesen Finn zu küssen. Nicht auszudenken, wenn er nicht im allerletzten Moment zur Besinnung gekommen wäre. So konnte das nicht weitergehen! Er hatte sich fest vorgenommen, dass Freundschaft alles war, was er von Finn wollte. Aber wenn er so weitermachte, steuerte er auf eine emotionale Katastrophe zu. Das musste er unter allen Umständen vermeiden. Was war zu tun? Anscheinend war Finn nicht abgeneigt, er konnte also nicht darauf vertrauen, dass er sich zurückhielt. Am besten würde es sein, wenn er offen mit Finn sprach. Eine klare Ansage, damit nicht irgendwelche falschen Erwartungen zwischen ihnen stehen würden. Genau, so würde er es machen. Das kam Finn sicher ebenfalls entgegen. Er war schließlich selbst ein Verfechter der offenen Worte. Oder machte er damit eventuell was kaputt? Vielleicht fühlte Finn sich vor den Kopf gestoßen, wenn er ihn so unverblümt anging. Schließlich war es ja nicht so, als würde Finn sich wie eine rollige Katze um seine Beine winden. Im Gegenteil, er war ziemlich spröde. Wenn er es recht überlegte, würde er sich mit so einer Äußerung sogar lächerlich machen. Himmel, er stellte sich aber auch echt an! Wenn er eins konnte, dann wohl professionell mit Sehnsüchten und Emotionen umgehen.

Es gab nichts Schöneres, als einen wunderbaren Tag mit einem exzellenten Abendessen ausklingen zu lassen. Dieser Ansicht war auch Finn gewesen, als er ihm vorgeschlagen hatte, abends in ein Restaurant außerhalb der Hotelanlage zu gehen. Nun saßen sie sich im eleganten *Eberwein* gegenüber, einem Lokal, das er von seinen vorherigen Besuchen im Wellnesshotel kannte und schätzen gelernt hatte.

„Als du mir von Proteinen erzählt hast, dachte ich eigentlich an ein großes Steak und nicht an Portionen für den hohlen Zahn“, beschwerte sich Finn. Er blickte so entrüstet auf seine Vorspeise, als wäre sie ein Steuerformular, das er auszufüllen hätte.

„Nur die Ruhe, die halbe Kuh wird dann mit einem Rollwagen reingefahren.“ Kyle musste sich sehr beherrschen, nicht übers ganze Gesicht zu grinsen. Er fand es erfrischend, dass Finn sich weder vom feinen Ambiente noch den vornehmen Kellnern einschüchtern ließ. Er saß ihm genauso entspannt gegenüber, wie er es wohl auch in einer Frittenbude gewesen wäre.

„Wenn ich im Begriff stehe, etwas Peinliches zu tun, dann lass es mich wissen. Gut möglich, dass man hier die Nahrungsaufnahme anders handhabt, als in Gefilden für Normalsterbliche.“ Seinen Humor hatte Finn augenscheinlich noch nicht verloren.

„Gut, dass du das sagst. Ich überlege schon die ganze Zeit, wie ich dir schonend beibringe, dass man hier Messer und Gabel benutzt.“

„Ach, und jetzt willst du mir womöglich noch erzählen, dass ich nicht ins Tischtuch schnäuzen darf oder wie?" Finn zog in gespieltem Erstaunen die Brauen nach oben.

„Doch, doch, das ist erlaubt."

Sie brachen beide in Gelächter aus. Einvernehmlich machten sie sich über die Vorspeise her und mussten nicht lange auf Nachschub warten. Ihre Unterhaltung war entspannt, sie tauschten sich über ihre Vorlieben in Bezug auf Filme aus und landeten schließlich bei der Musik.

„Du hörst doch bestimmt nur Klassikzeug, oder?", wollte Finn wissen.

„Das klingt ja wie eine Schuldzuweisung! Wie kommst du denn zu diesem Vorurteil?" Kyle schmunzelte.

„Och, das habe ich mal günstig bei *Edeka* mitgenommen. Lag gleich neben den Vorurteilen über Finanzbeamte, Lehrer und Rechtsanwälte."

„Aha, und was hatte dann auf deiner Packung gestanden? Luxus-Callboys?"

„Pfff, als hätte ich daran Bedarf gehabt. Konnte ja nicht wissen, dass mir irgendwann mal einer über den Weg läuft. Nee, ich habe das Päckchen *Vorurteile über reiche Schnösel* gekauft. Da standen wirklich prima Argumente drin. Fühlte mich danach gleich besser." Finn hätte sicher weiter bis über beide Backen gegrinst, wäre er nicht mit dem Kauen des Lachshäppchens beschäftigt gewesen.

Als sie beim Nachtisch ankamen, hatten sie sich über ihren tatsächlichen Musikgeschmack ausgetauscht. Erstaunlicherweise hatten sie sogar ziemlich viele Gemeinsamkeiten dabei entdeckt.

Kyle hob den Löffel, um ihn in seine Aprikosenmousse zu stechen, als er angesprochen wurde.

„Hallo Kyle, was für ein Zufall dich hier zu treffen!“

Ja, sogar ein ziemlich unangenehmer Zufall, denn vor ihm stand Eberhard Kreuzgarten, ein ehemaliger Kunde, den er aufgrund seiner fehlenden Manieren irgendwann aus seiner Kartei geworfen hatte. Anfangs hatte Kreuzgarten es noch verstanden, den Anschein von Kultiviertheit aufrechtzuerhalten, doch irgendwann war der Lack ab. Der Mann war einfach dumm. Wie sich leider jetzt auch sofort zeigte.

„Na, privat hier oder geschäftlich?“, fragte Kreuzgarten und lächelte dabei süffisant.

„Privat, Herr Kreuzgarten.“ Kyle hoffte, dass er schnellstmöglich Leine zog. Doch den Gefallen tat er ihm leider nicht. Im Gegenteil.

„Na, dachte ich mir schon, dass das privat ist. An deine Kundschaft hast du ja komplett andere Ansprüche, mehr Stil und vor allem Geld wie Heu, was mein Guter?“ Kreuzgarten unterstrich seine Aussage noch mit einem derben Klaps auf seine Schulter und lachte schäbig dabei. Sie wurden von den anderen Leute bereits begafft.

„Das geht nun eindeutig zu weit, Eberhard. Du wirst sicher an deinem Tisch erwartet.“ Kyles Miene war eisig.

„Na, nun hab dich doch mal nicht so. Du hast dir deine Begleitung ausgesucht, nicht ich. Und wenn ich ihn mir so anschaue“, hier musterte er Finn von oben bis unten wie eine Kuh auf dem Viehmarkt, „dann kann ich nur feststellen, dass du weit gesunken bist. Bläh’ dich also nicht so auf. Schönen Tag noch.“ Kreuzgarten drehte sich um und stampfte mit vor sich her getragener Rechtschaffenheit davon.

Als er zu Finn blickte, sah dieser unverwandt in sein Töpfchen mit Himbeer-Vanillecreme und rührte darin herum.

„Tut mir ehrlich leid, dieser Auftritt.“

„Ach, lass stecken. Kein Thema.“ Finn sah ihn an und lächelte.

Gar nicht mal schlecht, doch er kannte ihn inzwischen gut genug, um dieses Lächeln als Fälschung zu enttarnen. Die Stimmung blieb auch im weiteren Verlauf des Abends gedämpft. Egal wie sehr sich Kyle anstrengte, die Lockerheit, mit der sie miteinander umgegangen waren, hatte sich in Luft aufgelöst.

Kapitel 31 – Finn

Finn starrte sich im Spiegel an. Um was ging es ihm eigentlich? Wollte er Sex mit Kyle oder einfach nur Anerkennung? Freundschaft? Das war doch alles völlig absurd. Was er wollte, war eine Beziehung, solide, vertrauensvoll und … ja, normal. Nichts davon würde er von Kyle bekommen können, mal abgesehen davon, dass er sich ohnehin nicht so tief zu ihm herabbeugen würde. Das hatte ihm dieser Abend mehr als deutlich gezeigt. Er war kein Teil von Kyles Welt und würde es nie werden. Auch ohne die blöden Kommentare dieses Kreuzgartens, oder wie dieser Kerl hieß, wusste er das. Deshalb verstand er auch nicht, weshalb ihn dessen Worte so getroffen hatten.

Sein Handy klingelte und als er einen Blick auf das Display geworfen hatte, wollte er das Gespräch erst gar nicht annehmen. Vermutlich war es seiner Stimmung geschuldet, dass er es dennoch tat.

„Was willst du, Ivo?"

„Ich … äh, also … schön, dass du rangehst. Ich habe ja ehrlich gesagt nicht damit gerechnet." Ivo klang tatsächlich sowohl überrascht als auch erfreut.

Davon ließ sich Finn jedoch nicht einwickeln. „Was willst du?"

„Noch mal mit dir reden, in Ruhe."

„Wir haben schon geredet. Du hast gesagt, was du denkst, ich habe gesagt, was ich denke. Wir haben entgegengesetzte Meinungen, die wir nicht ändern werden. Was sollen wir also diskutieren?" Finn verließ das Badezimmer, setzte sich auf den Sessel, der dekorativ in der

Ecke stand, aber wirklich nur zum Anschauen taugte. Er war höllisch unbequem.

„Du klingst so zynisch, Finn. Das habe ich nicht verdient. Ich möchte doch nur mit dir reden."

„Verdient? Habe ich es verdient, von dir hintergangen zu werden? Vom besten Freund vorgeführt zu werden? Ich habe dir vertraut, Ivo. Ich dachte ernsthaft, dass du mich kennst. Dass ich dich kenne. Es hat verdammt wehgetan, dass ich mich getäuscht habe!" Finn war immer lauter geworden, war vom Sessel aufgesprungen und tigerte nun hin und her.

„Du machst aus einer Mücke einen Elefanten. Es ist doch nichts passiert, Mann! Du kannst langsam echt wieder runterkommen. Du bist doch sonst keine solche Diva."

„Siehst du, Ivo. Genau das meine ich. Du verstehst einfach nicht, um was es mir geht." Finn schloss die Augen, drückte mit Daumen und Zeigefinger der linken Hand seine Nasenwurzel zusammen.

„Du kannst doch nicht einfach unsere Freundschaft wegwerfen wegen so einem Quatsch!" Ivo klang aufgebracht. Das ertrug er jedoch leichter als seine joviale Gönnerhaftigkeit.

„Ich werfe gar nichts weg, Ivo. Ich habe nur keine Lust auf diese sinnlosen Gespräche. Und ich bin einfach sehr enttäuscht von dir. Vielleicht legt sich das wieder. Ich weiß es nicht. Aber es wird wohl besser sein, wenn du mich eine Weile in Ruhe lässt. Ruf nicht mehr an. Ich melde mich bei dir, wenn mir danach ist. Mach's gut, Ivo." Ohne auf eine Antwort zu warten, beendete er das Gespräch. Finn fühlte sich so einsam wie schon lange nicht mehr.

Fünf Tage später

Die Einsamkeit hielt an. Der Besuch bei seiner Schwester hatte nichts daran geändert. Das Wochenende mit Kyle, das Telefonat mit Ivo – seine Gedanken wälzten das alles in Dauerschleife. Es nervte. Er musste nach vorne blicken, sich Perspektiven schaffen und die Grübelei brachte ihn nicht weiter. Als Praktiker, der er war, musste doch auch diese Lage mit gesundem Menschenverstand zu lösen sein.

Manchmal sollte man einfach etwas ausprobieren, beschloss er, weil alle Theorie der Welt nichts nützte. Und das hatte er heute Abend vor. Er hatte Daniels Angebot zu einem gemeinsamen Abendessen angenommen. Warum auch nicht? Dass er diskret sein konnte, hatte dieser längst bewiesen. Außerdem, pragmatisch betrachtet, war sein Arbeitskollege eigentlich genau der Typ Mann, der zu ihm passte.

„Hallo Finn! Schön, dass du da bist. Ich kann es noch kaum glauben.“ Daniel strahlte bis über beide Ohren, hielt die Eingangstür weit auf. Wollte ihm sogar noch aus der Jacke helfen.

„Geht's noch?“, wehrte Finn halb belustigt, halb irritiert ab.

„Wollte nur höflich sein. Komm mit, ich bin schon fast fertig.“ Daniel wuselte in die Küche zurück.

Finn war erleichtert. Hätte Daniel eine Schürze und Filzpantoffeln getragen, wäre er gleich wieder gegangen. Aber beides blieb ihm erspart. Daniel sah eigentlich ziemlich nett aus in seinen Jeans und dem T-Shirt. Normal, wie er auch.

Die Küche war klein, aber gemütlich. „Willst du ein Bier?“, fragte Daniel.

„Klar, da sag ich nicht Nein.“

„Warum grinst du so?“, hakte Daniel nach, als sie mit den Flaschen angestoßen hatten.

„Nur so. Weil ich froh bin, dass du mir kein Glas dazu angeboten hast.“

„Äh … wer kommt auf so eine Idee? Muss ich jetzt nicht verstehen, oder?“ Daniel rührte in einem Topf herum, aus dem Dampf hochstieg. Ein guter Geruch zog durch die Küche.

„Nee, passt schon.“ Finn setzte sich an den kleinen Tisch, der in eine Ecke der Küche gequetscht worden war. Eine Wachstuchtischdecke lag darauf. Na ja, nicht wirklich sein Geschmack, aber wohl praktisch. Auch sonst war der Raum praktisch, erinnerte ihn in Details jedoch an die Küche seiner Mutter. Daniel klapperte mit Geschirr, brachte Teller an den Tisch, stellte einen Brotkorb dazu. Das Schweigen begann unangenehm zu werden.

„Nette Küche hast du“, versuchte sich Finn in Small Talk, wohlwissend, dass er den größten Scheiß von sich gab. Ihm fiel einfach nichts Besseres ein. Komisch, dass ihm so gar nichts in den Sinn kam, worüber sie sprechen konnten. Mit Kyle liefen die Unterhaltungen immer völlig problemlos und ohne dass er sich den Kopf über mögliche Themen zerbrechen musste.

„Oh, ja danke, meine Ma hat mir geholfen. Die weiß einfach am besten, was so alles in eine Küche gehört.“ Daniel wischte sich die Hände an seiner Jeans ab.

„Aha", sagte Finn und nahm einen Schluck aus der Flasche, um das, was ihm noch auf der Zunge lag, schnell zu ertränken. In Geschmacksfragen hatte er sich noch nie an seine Mutter gewandt. Im Gegenteil, die Einmischungen von Svenja hatten ihm schon gereicht. Er konnte selbst entscheiden, was ihm gefiel und was nicht. So hatte wohl jeder seine Eigenheiten, tat er das Gehörte ab.

„Es gibt Zigeunerschnitzel mit Reis, ich hoffe, es schmeckt dir." Daniel stellte den Topf auf einen Bastuntersetzer, steckte den Schöpflöffel in die Soße, holte die Schüssel mit dem Reis. „Bedien' dich schon mal, ich hole grad noch Servietten, die habe ich vergessen."

Finn tat wie geheißen und probierte vorsichtig. „Hm, lecker! Du kannst echt gut kochen."

„Freut mich, dass es dir schmeckt!" Daniel bekam glatt rote Ohren. Er nestelte an einer Plastikverpackung herum und zog zwei Papierservietten hervor. Mit Rosenmuster. Ob die ebenfalls seine Mutter ausgewählt hatte? Finn wollte es hoffen … oder auch nicht. Er konnte sich nicht entscheiden, was schlimmer war, schlechter Geschmack oder ein Muttersöhnchen.

Während des Essens redeten sie über die Arbeit, ein sicheres Thema. Irgendwann versiegte jedoch ihr Gespräch.

„Wollen wir uns ins Wohnzimmer setzen, mit einem Verdauungsbier?", fragte Daniel. In seinem Blick lag beinahe etwas Bettelndes.

„Ja, warum nicht?", erwiderte Finn, denn schließlich war er ja hier, um etwas Neues auszuprobieren und seine Einsamkeit zu töten. Und um Kyle aus dem Kopf zu kriegen. Kyle. Warum musste er schon wieder an Kyle denken? Das war nicht fair. Bisher lief es doch recht passabel. Das würde er nicht zulassen.

„Was guckst du eigentlich gerne im Fernsehen?“, fragte er entschlossen und konzentrierte sich auf Daniel. Sie setzten sich beide auf die Couch, einen Meter Abstand zwischen sich. Daniel begann zu erzählen und so wie es schien, hatten sie nicht viele Berührungspunkte, was das TV-Programm betraf. Kaum eine der Sendungen, die Daniel aufzählte, hatte er je gesehen. Das Gespräch kam schnell wieder ins Stocken.

„Und diese Survival-Sendung kennst du auch nicht? Lauter harte Kerle, die so einen Parcours absolvieren müssen …“

„Nein, tut mir leid. Wusste nicht mal, dass es sowas gibt.“

„Schade. Egal.“ Daniel blickte zum dunklen Bildschirm seines Fernsehers, der ihnen gegenüber stand.

Erneut schwiegen beide. Finn hörte irgendwo eine Uhr ticken.

Daniel wandte sich ihm wieder zu und erklärte: „Man schaut sowieso viel zu viel in diesen blöden Glotzkasten, dabei gibt es so viel schönere Dinge, die man tun kann.“ Beherzt rückte er näher. „Das zum Beispiel …“ Er beugte sich zu ihm und presste die Lippen auf seine.

Seine erste Reaktion war, zurückzuweichen, doch Daniels Hand an seinem Hinterkopf hinderte ihn daran. Er ließ sich küssen, küsste zaghaft zurück. Eigentlich fühlte es sich ziemlich gut an, er entspannte sich, öffnete seine Lippen einen Spalt weit.

Als hätte er nur darauf gewartet, drang Daniel mit der Zunge in ihn ein. Hektisch fuhrwerkte er in seinem Mund herum. Es fühlte sich an, als würde ein kleiner Fisch in seiner Mundhöhle herumzappeln. Finn drückte Daniel von sich weg.

„Spinnst du?“ Daniel sah ihn entgeistert an.

„Sorry … ich … es tut mir leid, aber ich kann nicht.“ Er schaffte es nicht, Daniel anzusehen. Dieser rutschte von ihm weg.

„Ich versteh dich nicht“, sagte Daniel und er klang verärgert, vielleicht auch verletzt.

„Keine Ahnung, ich … es fühlt sich einfach nicht richtig an. Du bist ein netter Kerl und ich mag dich, aber …“ Er blickte ihm ins Gesicht. „Ich schätze dich als Arbeitskollegen sehr und … das wird sich auch nicht ändern. Ich mag dich, wirklich, aber … nicht so.“

Daniel starrte ihn an. Eine tiefe Falte zog sich senkrecht über seine Stirn, die Lippen aufeinandergepresst.

Er zwang sich, nicht wegzublicken. Das musste er aushalten.

„Und jetzt?“, fragte Daniel nach einer gefühlten Ewigkeit.

„Vielleicht sollten wir tun, als hätte es den heutigen Abend nicht gegeben. Schließlich können wir uns nicht aus dem Weg gehen.“

Daniel stand auf, verschränkte die Arme vor der Brust. „Du hast recht. Wir erinnern uns nicht daran, dass eigentlich nichts passiert ist.“ Enttäuschung schwang in seiner Stimme mit.

Finn erhob sich ebenfalls. „Ich … ich gehe dann besser. Danke fürs Essen und … sei mir nicht böse. Bitte. Ich …“ *Hatte mir auch etwas anderes erhofft*, dachte er und merkte, wie erneut Melancholie in ihm hochstieg.

Kapitel 32 – Kyle

Das Wellnesswochenende lag nun schon zwei Wochen hinter ihnen. Von der komischen Stimmung, die Kreuzgartens Bemerkungen ausgelöst hatte, war schon am nächsten Morgen nichts mehr zu spüren gewesen. Eigentlich. Trotzdem wurde Kyle das unterschwellige Gefühl nicht los, dass sich Finn seither anders benahm. Er konnte es nicht an etwas Konkretem festmachen, wurde den Eindruck aber auch nicht los. Er hatte sich seither drei Mal mit Finn auf ein Bier getroffen und ihre Unterhaltungen waren freundschaftlich und entspannt gewesen. Aber auch … unverbindlich. Er hatte sich dennoch wohl gefühlt in Finns Gegenwart. Deshalb freute er sich auf heute Abend, für den er seine Einweihungsparty geplant hatte. Wobei diese Bezeichnung eindeutig zu hoch gegriffen war, denn er hatte lediglich Alena und Finn eingeladen. Doch genau das versprach angenehme Stunden.

Es klingelte. Er tippte nicht auf Alena. Sie hatte das Zuspätkommen quasi kultiviert. Deshalb hatte er ihr eine andere Uhrzeit angegeben als Finn, nämlich eine Stunde früher. Wenn sein Plan aufging, würden sie annähernd zur gleichen Zeit bei ihm auftauchen. Er betätigte die Sprechanalage. „Ja?“

„Ich bin’s, Finn!“

„Komm rein.“ Kyle drückte auf den Türöffner. An der Wohnungstür wartete er, bis der Aufzug oben ankam. Er neigte nicht zum Grinsen, aber sobald er seinen Nachbarn sah, erschien das Lächeln wie ein Reflex auf seinem Gesicht. So auch jetzt, als die Lifttüren auseinanderglitten.

„Schön, dass du da bist!" Weit öffnete er seine Wohnungstür und stutzte, als Finn sich noch einmal umdrehte und einen Kasten Bier hochhob.

„Was hast du denn damit vor?", fragte er.

„Na ja, auf 'ne anständige Party bringt man was mit und da ich mir nicht sicher war, ob du nur Schnösel-Brause und Yuppie-Rebensaft vorrätig hast, wollte ich mal auf Nummer sicher gehen." Finn zwinkerte ihm zu. „Ich werde deine Gäste schon nicht anknurren, wenn sie sich eine Flasche nehmen wollen, ich verspreche es dir." Jetzt lachte er übers ganze Gesicht. Als er in das leere Wohnzimmer trat, wich das Amüsement einem Ausdruck des Erstaunens.

„Wie? Bin ich etwa der Allererste? Das kann doch nicht sein."

„Nun ja, genaugenommen habe ich nur zwei Leute eingeladen. Ich bin hierher gezogen, um mich vor einem aufdringlichen Stalker zu schützen und deshalb geize ich extrem mit meiner Adresse. Irgendeiner plappert ja immer. Insofern wird das heute eine sehr ruhige Party. Ich hoffe, das stört dich nicht?" Kyle staunte über sich selbst. Zum einen, dass er Finn so frei von der Stalking-Affäre erzählt hatte, die er Alena gegenüber noch nicht einmal zugeben mochte, und zum anderen darüber, dass er wirklich so raffiniert vorgegangen war, die Wahrheit zu verschleiern, damit Finn auch tatsächlich kommen würde.

„Oh, das hättest du mir ruhig früher sagen können! Ich hatte schon schlaflose Nächte, was ich wohl mit so einer Horde Geldsäcke anfangen sollte. Wollte beinahe schon nicht kommen." Finn zwinkerte ihm zu.

Auch wenn er es als Scherz formulierte, war Kyle geneigt, es für die reine Wahrheit zu halten. Finn hatte anscheinend so ein kleines „soziale-Schichten-Problem" mit ihm. Menschen mit Geld schienen ihm suspekt. So völlig lag er mit seiner Einschätzung nicht falsch. Mit dem Anwachsen des Vermögens erweiterte sich leider nicht gleichermaßen der Verstand und er wusste nur zu gut, dass dumme Menschen mit einem Haufen Geld auch jede Menge Dummheiten anstellen konnten. Aber er war nicht die anderen. Er war er selbst, und wie er fand, durchaus ein annehmbarer Zeitgenosse. Mehr noch, er würde sich anstrengen, Finn merken zu lassen, dass er ihm ein Freund sein konnte. Wenn er es zuließ. Dazu brauchte es Zeit, dessen war er sich bewusst. Freundschaft kannte nur eine Währung und die war Vertrauen. Das sich wiederum nicht erzwingen ließ, sondern nur sehr langsam wuchs. Und nach der elenden Misere mit Ivo konnte es lange dauern, bis Finn Vertrauen zu ihm fasste. Ivos Verrat hatte ihn schwer getroffen, auch wenn er nicht viel dazu sagte. Dass er sich jedoch konsequent von seinem langjährigen Kumpel fernhielt, sprach Bände.

Ebenso die Tatsache, dass er Finn regelrecht beobachtete und über den Balkon hinweg ausspionierte. Wobei er dieses Wort für überzogen hielt. So war das nicht. Er interessierte sich für Finn und da war es nur normal, dass er durch seine Panoramascheiben hin und wieder einen Blick auf die andere Straßenseite warf. Genau so war das.

„Ich wollte heute meinen nagelneuen Grill einweihen. Willst du schon mal gucken?", fragte er Finn und lotste ihn auf den Balkon. Kohle hatte er bereits eingefüllt, aber das Feuer noch nicht entfacht. Genaugenommen hatte er darauf gehofft, dass Finn ihm das abnehmen würde. Und seine Rechnung ging auf. Der Praktiker in Finn kam sofort zum Vorschein.

„Soll ich mich schon mal um eine ordentliche Glut kümmern?"

„Das wäre wirklich toll."

„Ich mache das aber nur, wenn du mir versicherst, dass es auch Steaks gibt und nicht nur Auberginenspieße oder so einen Quatsch."

Kyle seufzte theatralisch. „Ich sehe schon, du hast mir den Abend im *Eberwein* noch immer nicht verziehen. Dabei hattest du doch gesagt, du wärst satt geworden."

„Ja, klar, für eine halbe Stunde. Ich bin in der Nacht noch in die Räume der Kosmetikerin eingebrochen und habe aus purer Verzweiflung ihren Gurkenvorrat aufgefuttert, samt dem Quark für die Masken."

„Ach, deshalb haben wir Hausverbot bekommen." Kyle grinste. Es war so herrlich einfach mit Finn herumzuflachsen. Wildes Klingeln unterbrach sie.

„Ich geh mal aufmachen", entschuldigte er sich bei Finn.

An der Tür begrüßte ihn Alena mit einem Küsschen und konspirativem Gewisper.

„Jetzt lerne ich ihn endlich mal kennen, deinen Finn. Hast ihn ja lange genug vor mir versteckt." Dabei lächelte sie schelmisch.

„Alena, bitte! Er ist nicht *mein* Finn und versteckt habe ich ihn schon dreimal nicht. Du spinnst dir was zusammen. Ist dir das normale Leben einfach nie genug? Musst du immer so dramatisch sein? Versprich mir, dass du dich benimmst."

„Als würde ich das nicht immer tun", antwortete sie und kitzelte ihn mit dem Zeigefinger unter dem Kinn, um dann hüftschwingend seine Dachterrasse zu erobern.

Es wurde ein schöner Abend. Alena und Finn verstanden sich auf Anhieb, das Essen schmeckte, die Temperaturen blieben angenehm, die Mücken suchten sich anderweitig Opfer zum Piesacken und obwohl der Alkohol nur dezent floss, lachten sie sehr viel. Zum Glück miteinander und nicht übereinander. Allerdings erwies sich Finn als begnadeter Anekdotenerzähler, der kein Problem damit hatte, sich selbst auf den Arm zu nehmen. Irgendwann waren sie sogar soweit, dass Finn Alena Bilder seiner Nichten und des Neffen auf dem Smartphone zeigte. Den Quietschgeräuschen nach zu urteilen, die Alena von sich gab, fand sie die Kinder entzückend.

Nachdenklich musterte Kyle seine Freundin. Das war ja eine komplett neue Seite an ihr.

„Meldet sich gerade deine biologische Uhr, Alena?"

Die zusammengezogenen Augenbrauen verhießen nichts Gutes. „Selbst wenn, was wäre denn so schlimm daran?" Ihr Blick spießte ihn auf.

Autsch, da hatte er anscheinend eine empfindliche Stelle getroffen. „Nichts, meine Liebe. Du würdest die schönsten Kinder der Welt gebären, davon bin ich überzeugt." Er nahm ihren Arm und küsste zart ihr Handgelenk.

„Manchmal bedauere ich es schon, selbst keine Kinder haben zu können", sagte Finn, ließ aber mit seinen nächsten Worten keine melancholische Stimmung aufkommen. „Allerdings nur so lange, bis ich die Meute wieder mal für ein paar Tage aufs Auge gedrückt bekommen habe!“

Kyle lachte, er wusste inzwischen genau, was Finn damit meinte. „Ich bin sogar froh, dass ich nicht in die Verlegenheit komme, meine Gene weiterzugeben“, sagte er und lehnte sich entspannt zurück, ein Bein übergeschlagen. „Ich würde die Last der Verantwortung nicht tragen wollen, die das Vatersein mit sich bringt. Ganz abgesehen davon, dass ich mich nie im Leben in einer festen Partnerschaft gefangen nehmen lassen würde.“

Finn musterte ihn. Mit einem Gesichtsausdruck, den er nicht deuten konnte. Wie ertappt wandte Finn sich schnell Alena zu.

„Ist denn der Mister Right schon in Sichtnähe?“, fragte er sie.

Alena lachte glockenhell. „Wenn es soweit ist, werde ich es dich auf alle Fälle wissen lassen, noch vor diesem Beziehungsstoffel, der sich ausgerechnet mein bester Freund schimpft.“ Dazu zwinkerte sie verschwörerisch, was alles oder nichts bedeuten konnte. Hinter dieses Geheimnis war Kyle auch in all den Jahren noch nicht gedrungen.

Kapitel 33 – Finn

Eineinhalb Wochen später

Seit fast drei Wochen waren sie nun mit diesem Auftrag beschäftigt. Wurde Zeit, dass sie zu einem Abschluss kamen, für weitere Puzzlearbeiten hatte er keine Nerven mehr. Außerdem machte ihm die Hitze des Sommers zu schaffen, die inzwischen auch in die Fertigungshalle gekrochen war. Dabei konnte er nach Feierabend alles hinter sich lassen und hatte seine Ruhe. Seine Gedanken schweiften zu Svenja und Rainer ab, die diesen Luxus mit den Kindern nicht für sich verbuchen konnten. Sie waren 24 Stunden pro Tag im Einsatz. Kurz kam ihm die Unterhaltung mit Alena und Kyle in den Sinn, die sie vor zweieinhalb Wochen auf der kleinsten Einweihungsparty aller Zeiten geführt hatten. Was Familie für eine Verantwortung bedeutete.

„Finn, träumst du, oder was? Pass doch auf, ich habe mir beinahe den Finger eingeklemmt!", raunzte ihn Pitt an.

Sofort ging Daniel besänftigend dazwischen. „Das konnte Finn nicht sehen, das Blech ist im Weg. Nur die Ruhe, Männer, wir haben's ja gleich." Unbemerkt von Pitt zwinkerte Daniel ihm zu und lächelte.

Sie hatten tatsächlich zu einem unkomplizierten Umgang miteinander zurückgefunden. Er war mehr als froh darüber, denn ein vergiftetes Arbeitsklima wäre nur schwer zu ertragen gewesen. Allerdings fühlte es sich trotzdem merkwürdig an … nach diesem missglückten Kuss. Er fragte sich, ob Daniels Verhalten echt war. War es auch für ihn nur ein Versuch gewesen? Oder hatte er sich mehr versprochen? Wenn ja, war seine Freundlichkeit ein Zeichen dafür, dass er sich immer noch Hoffnungen machte? Gedanken, die er sich eigentlich nicht machen wollte.

Als Finn vor seinem Spind stand, um sich für den Feierabend umzuziehen, schaute er als Erstes auf sein Smartphone. Seit Kyle und er des Öfteren Nachrichten tauschten, hatte er sich das angewöhnt. Tatsächlich hatte Kyle geschrieben:

Hi Finn, bräuchte dich nach Feierabend mal. Aber nur, wenn es bei dir passt. Gruß, Kyle

Müßig jetzt noch zurückzuschreiben, er würde gleich bei ihm klingeln. Dauerte ja nicht mehr lange, bis er zu Hause war.

„Hey Finn. Lust auf einen kleinen Feierabend-Absacker im *Alten Onkel*?“, sprach Daniel ihn an.

In der Kneipe um die Ecke hatten sie sich schon ein paar Mal zusammengesetzt. Aber immer in einer größeren Gruppe, darauf hatte er geachtet. Der *Alte Onkel* war eine bodenständige Wirtschaft, die ihm gefiel. Und Daniel ebenso. Jetzt sah er ihn erwartungsvoll an.

„Sorry, geht heute leider nicht. Mein Nachbar braucht mich noch.“

Die Enttäuschung, die sich kurz auf Daniels Gesicht zeigte, verschwand rasch und machte Platz für sein freundliches Lächeln, das er so gut beherrschte.

„Kann man nichts machen, vielleicht ein andermal. Mach’s gut, Finn und lass dich nicht zu sehr ausnutzen von deinem Nachbarn.“ Er klopfte ihm auf die Schulter und stieg die Treppe hoch zum Ausgang.

Finn blickte ihm irritiert hinterher. Wieso ausnutzen lassen? Wie kam Daniel auf diese Idee? Erzählte er womöglich zu viel von Kyle? Nein, das war nicht der Fall. Es war ja wirklich nicht so, dass er dauernd was für Kyle erledigen würde. Im Gegenteil. Der Gefallen, den er ihm noch schuldete für die Ivo-Sache, drückte ihn bisweilen. Er blieb nicht gerne jemandem etwas schuldig und würde sich am liebsten zeitnah revanchieren. Allerdings standen die Chancen schlecht, denn wobei würde er Kyle schon jemals helfen können? Mit seinem vielen Geld war dieser auf niemanden angewiesen.

Trotzdem, Daniels Äußerung verursachte ihm leichtes Unbehagen. Ob das eben ein leichter Anfall von Eifersucht gewesen war? Zum Lachen! In Hinsicht auf Kyle brauchte Daniel absolut nichts befürchten. Zwischen ihm und seinem übernatürlich schönen Nachbarn würde in hundert Jahren nichts laufen. Aber er war sich sicher, zwischen ihm und Daniel ebenfalls nicht. Hoffentlich begriff dieser das bald.

Kapitel 34 – Kyle

Sicher, er hätte jemanden beauftragen können, der ihm das Regal zusammenbaute. Aber er wollte es gerne gemeinsam mit Finn erledigen. Bei handwerklichen Arbeiten war dieser die Ruhe selbst, mit großer Fingerfertigkeit gesegnet und sah auch noch so aus, als würde es ihm Spaß machen. Das hatte er beobachtet, als Finn die neue Liege für seinen Balkon zusammenschraubte. Sie hatten sich angewöhnt, ab und zu ein Feierabendbierchen bei Finn zu trinken und die Kabbelei um die einzige Liege war ihm bald zu blöd geworden.

Kyle sah auf die Uhr. Wenn er keine Überstunden machen musste, würde Finn bald heimkommen. Wie aufs Stichwort klingelte es. Während der Aufzug hochfuhr, durchzuckte ihn ein Gedanke. Er würde Finn ein wenig veräppeln. Es war so entzückend, wenn er rot wurde, das würde er zu gerne wieder einmal sehen. Schnell zog er sich aus, band ein Handtuch um seine Hüften und wartete an der Tür.

Als Finn ihn sah, stockte er in seinen Bewegungen, seine Augen weiteten sich. „Äh, ich hätte dich doch besser anrufen sollen. Ich … passt wohl gerade nicht, ich kann später noch mal kommen." Er drehte sich abrupt um, hämmerte auf den Rufknopf des Liftes, die Schultern hatte er hochgezogen, als wolle er sich verstecken.

„Doch, doch, passt sogar sehr gut, komm doch rein", forderte er Finn auf und schlenderte ins Wohnzimmer. An den Geräuschen konnte er erkennen, dass Finn ihm folgte.

„Du hast ja gesagt, ich hätte was gut bei dir und … na ja, meine Bitte ist vielleicht etwas ungewöhnlich, aber …“ Wenn er seinen Vorschlag ernst meinen würde, hätte er vielleicht tatsächlich derart herumgestottert. Seine Interpretation fand er also sehr glaubwürdig. Er kramte in einer Schublade des Wohnzimmerschranks und holte eine Tube Gleitgel samt einem Kondomblister heraus, hielt es zwar nicht demonstrativ, aber locker in der Hand. Innerlich grinsend fuhr er fort: „Also, ich will nicht lange um den heißen Brei herumreden, wir sind beide für klare Worte. Kurz und gut, ich hatte die letzte Zeit ausschließlich Kundschaft, die sich von mir hat bedienen lassen und bei mir melden sich nun Bedürfnisse. Auf gut Deutsch gesagt, mein Arsch fühlt sich schon total jungfräulich an. Und da dachte ich, dass du vielleicht …“ Er senkte den Blick, schielte aber durch seine Wimpern zu Finn.

Wie erwartet färbten sich seine Wangen. Erst ein Hauch Rosa, der zu einem satten Rotton anschwoll. Niedlich! Er genoss den Anblick und gerade als er in sein mühsam zurückgehaltenes Gelächter ausbrechen wollte, um Finn damit zu erlösen, antwortete dieser:

„Gut, ich mach's.“ Knallrot, aber mit entschlossener Miene stand er vor ihm.

Kyles bevorstehender Heiterkeitsausbruch war wie weggewischt. Mit großen Augen starrte er Finn an und wartete nun seinerseits, dass dieser ihn auslachte und damit signalisierte, ihn bloß auf den Arm genommen zu haben. Aber nein, der ernste Gesichtsausdruck veränderte sich nicht. Finn griff an seine Gürtelschnalle und öffnete sie. Kyle schluckte. Wie hypnotisiert starrte er auf Finns Finger, die den Knopf öffneten, den Reißverschluss herunterzogen. Ohne die Schnürsenkel zu öffnen, streifte er sich seine Schuhe von den Füßen. Völlig still stand Finn nun da.

Kyle hob den Kopf, blickte ihm in die Augen. Schweigend musterten sie sich, vielleicht versuchten sie beide im Gesicht des anderen etwas zu entziffern, Antworten zu finden auf diese merkwürdige Situation. Aber Kyle hatte längst seine Ratio ausgeknipst. Er wollte Finn! Jetzt! Seine Nervenenden am gesamten Körper begannen in Erwartung einer Berührung zu vibrieren, seine Atmung hatte sich beschleunigt.

Was auch immer Finn in seinem Gesicht entdeckt hatte, er nickte kaum merklich und zog sich das T-Shirt über den Kopf. Achtlos warf er es auf den Boden und trat an ihn heran, legte die Handflächen auf seine Brust. Wärme sank in Kyles Haut. Beinahe wäre er zusammengezuckt, so groß war seine Anspannung. Finn strich mit leichtem Druck über seine Schultern, die Arme hinab. Er konnte spüren, wie schwielig die Hände waren, gezeichnet von der täglichen Arbeit, bei der Finn fest zupacken musste. Diese langsame, nicht grobe, aber dennoch feste Berührung schickte einen Schauer über seinen Rücken. Er ließ seinen Kopf in den Nacken sinken, schloss die Augen und atmete seufzend aus. Als Finn bei seinen Fingerspitzen angekommen war, kehrte er die Bewegung um und strich erneut über Kyles Arme, über die Schultern hinweg, zum Nacken. Dort massierte er ihn sanft. Das Wohlbehagen, das er dabei verspürte, löste eine Gänsehaut aus, die seinen Körper überzog. Am liebsten hätte er zufrieden gebrummt.

„Du bist so schön“, flüsterte Finn und entband ihn einer Antwort, indem er ihn küsste. Erst auf die Mundwinkel, ganz flüchtig auf die Lippen und dann spürte er Finns Zunge, die über seinen Mund leckte. Sachte, unaufdringlich und selbst als er seinen Mund einen Spalt öffnete, machte Finn keine Anstalten in ihn einzudringen.

Er kam ihm mit seiner Zunge entgegen, eine Berührung, so leicht und intim, dass es ihm beinahe die Luft abschnürte. Was tat er hier bloß? Egal was sein Verstand davon hielt, sein Schwanz reagierte, schwoll an und pochte, so erregte ihn dieser Kuss. Er schaffte es nicht länger passiv zu bleiben, ließ Gleitgel und Kondom fallen, umfasste Finns Kopf und küsste ihn mit einer Leidenschaft, die ihn erschreckte. Etwas, worüber er nachdenken sollte. Aber das tat er nicht. Es zählte nur der Augenblick. Jetzt und hier. Er drängte sich an Finn, ergötzte sich am Körperkontakt, auch wenn noch zu viel Stoff zwischen ihnen lag. Finn umgab ein unverwechselbarer Geruch: nach Arbeit, Öl, einem Hauch von Schweiß und seinem Körpergeruch, eine Mischung, die anregend auf ihn wirkte. Er knurrte und biss in Finns Unterlippe. Gleichzeitig versuchte er, ihm seine Hose auszuziehen. Das Handtuch war ihm längst von den Hüften gerutscht. Finn löste den Kuss, trat einen Schritt nach hinten und entledigte sich seiner Hose und der Socken. In Shorts stand er abwartend vor ihm.

„Ausziehen“, befahl Kyle. Seine Stimme war so rau, dass er das Wort mehr knurrte als sprach. Endlich würde er Finn nackt sehen. Mehr als einmal hatte er versucht sich diesen Anblick vorzustellen, hatte sich gefragt, ob Finn rasiert war. Was er sah, gefiel ihm. Sehr sogar. Er ließ sich Zeit bei seiner Betrachtung und wusste in diesem Moment, dass er seine Gier bezwingen würde und jede Sekunde ihres Zusammenseins auskosten und genießen wollte. Mit Bedacht und Aufmerksamkeit. Genau so wollte er Sex mit Finn.

Als hätte er ihn hören können, fragte Finn: „Was wünschst du dir, Kyle?“ Seine Worte begleitete ein Lächeln, das so ehrlich und offen war, dass kein Zweifel an der Echtheit von Finns Interesse bestand. Das war keine Floskel, er wollte es wirklich wissen.

Er hätte genau erklären, bestimmen und definieren können, was er sich vorstellte, wie er es haben wollte, doch er wusste, dass das nicht nötig war. Finn würde ihn verstehen, deshalb antwortete er nur:

„Lieb mich.“

Kapitel 35 – Finn

Lieb mich. Diese Worte waren wie ein Stromschlag, der durch seinen Körper fuhr, ihn betörte, aber nicht betäubte. Genau das wollte er. Kyle lieben. Wie viel schöner klang das als *ficken*. Und zumindest von seiner Seite war es mehr. Er brachte nicht nur seinen Körper ein, ebenso seine Gefühle. Er konnte sich selbst belügen wie er wollte, insgeheim wusste er längst, dass er sich in Kyle verliebt hatte, auch wenn das absolut nicht sein Plan gewesen war. Aber wie das so war im Leben, man wurde selten nach den persönlichen Wünschen befragt. Das Leben passierte einem. Tagtäglich – und brachte stets neue Herausforderungen mit sich.

Sein Herz schlug immer noch wie verrückt. Er konnte kaum glauben, was er hier tat. Dass er so abgebrüht war, aus einem Spiel Ernst zu machen. Natürlich hatte er gewusst, dass Kyle ihn auf den Arm nahm. Er hatte im Treppenhaus die leeren Kartons eines Regals gesehen. Deshalb hatte Kyle ihn zu sich bestellt – damit er ihm beim Aufbau half. Er hatte bei diesem Jux einfach den Spieß herumgedreht. Ohne nachzudenken hatte er die Gelegenheit ergriffen, Sex mit Kyle zu haben. Etwas, das er auf normalem Wege nie bekommen hätte, was er sogar noch vor einer Stunde für unmöglich gehalten hatte. Mit einem Trick erschlichen. Warum sich Kyle letztendlich darauf einließ, vermochte er nicht zu sagen. Er wartete immer noch darauf, dass Kyle einen Rückzieher machte, dass er nur testen wollte, wie weit er wirklich ging. Er sollte ihn besser nicht zum Nachdenken kommen lassen.

Mit Entschlossenheit hob er die Tube und den Blister auf, fasste Kyle bei der Hand und zog ihn mit sich Richtung Schlafzimmer. Heiße Nummern mochten überall stattfinden können, sich lieben konnte man nur in einem Bett.

Auf dem Nachttisch legte er Gleitgel und Kondom ab. Die würden sie erst später benötigen. Dann trat er hinter Kyle und schmiegte sich an seinen Rücken, umarmte ihn, ertastete seinen flachen Bauch. Was für ein Mann! Kein Trick, kein bearbeitetes Foto, alles echt. Noch nie hatte Finn einen derart perfekten Körper gesehen. Aber er wollte ihn nicht nur mit den Augen in sich aufnehmen, sondern mit Fingerkuppen, Zunge und Lippen erfahren. Ihn spüren und sich durchdringen lassen von dem Prickeln, das dabei ausgelöst wurde. Er umkreiste den Nabel mit der Zeigefingerspitze und biss sanft in die Schulter. Sein Schwanz, den er an Kyles Po drückte, war hart und es kostete ihn Mühe, sich nicht an ihm zu reiben. Er schob seine Handflächen vom Bauch über die Lenden bis hinab zu den Oberschenkeln, fuhr seitlich an den Hüften wieder hoch, zur Brust, ließ seine Fingerspitzen über die Schlüsselbeine gleiten. In steter, aber langsamer Bewegung wiederholte er diesen Ablauf mehrmals. Er fühlte, wie Kyle sich entspannte, sich stärker an ihn lehnte und irgendwann entwich ihm ein zufriedenes Seufzen.

Finn versank darin, Kyles Körper zu liebkosen. Aufmerksam lauschte er auf jeden tieferen Atemzug, jedes Stöhnen und Brummen und passte seine Methoden den Reaktionen an. Er wollte Kyle verwöhnen. Das war ein Ventil für ihn und seine lange aufgestaute Zuneigung. Er war so verliebt in Kyle, dass es ihn schmerzte. Diese Liebe schlug wie ein eingesperrtes Tier gegen seine Hülle. Jetzt konnte er ihr die Freiheit schenken. In Form eines Liebesaktes, den er zelebrieren wollte.

Die Bedeutung der Zeit war außer Kraft gesetzt. Er hätte nicht sagen können, wie lange er Kyle gestreichelt und seine glatte, straffe Haut überall geküsst hatte, als er ihn endlich zum Bett führte und ihn bat sich hinzulegen. *Konnte man platzen? Einfach so?* Das fragte sich Finn, als er auf Kyle hinabsah. Er lag auf der Seite, hatte einen Arm abgewinkelt, den Kopf aufgestützt, lächelte ihn an. Ein Bein lag ausgestreckt, das andere hatte er aufgestellt. Königlich die Haltung, selbstsicher, ohne einen Funken Scham. Wozu auch? Kyle war perfekt. Nicht ein Quadratmillimeter seines Körpers, den er verstecken müsste. Finn schnürte es den Atem ab, so groß wurde der Druck in seinem Inneren. War das alles hier real? Kyle und er, nackt … im Begriff, miteinander zu schlafen? Irgendwelche Schaltkreise in seinem Gehirn würden gleich durchbrennen. Oder er würde ersticken. Er öffnete den Mund, versuchte Luft in seine Lungen zu saugen. Es gelang ihm nicht.

„Komm her", sagte Kyle, klopfte sachte auf die Matratze.

Als hätte er damit einen Bann gelöst, konnte Finn sich wieder bewegen und atmen. Er glitt neben Kyle auf das Laken, vergrub seine Hand in dessen Haaren. Sanft zog er seinen Kopf zu sich heran, küsste ihn auf den Mund. Weich, feucht, sinnlich – wie schön waren diese Berührungen! Mit Zungen und Lippen, unerhört zärtlich und leidenschaftlich zugleich. Kyle streichelte über seinen Rücken, massierte eine seiner Pobacken, presste ihre

Hüften gegeneinander. Jede Berührung an seinem Penis entzündete ein Feuerwerk an Begehren, das durch seine Blutbahnen raste. Ihre Bewegungen wurden dennoch nicht hektischer. Nur an ihrer schnelleren Atmung zeigte sich die gesteigerte Erregung. Wie lange würden sie das noch durchhalten? Alles in Finn schrie nach Erlösung und war gleichzeitig im Kampf mit dem Wunsch, dass dieser Zustand nie enden möge.

Er löste sich von Kyles Lippen, leckte über eine seiner Brustwarzen. Sie wurde augenblicklich hart, Kyle stöhnte, noch ein bisschen mehr, als er daran saugte.

Kyle legte eine Hand auf seinen Kopf. „Nein, nicht. Hör auf, ich halte das nicht aus."

Finn ließ von seinen Nippeln ab. Stattdessen fuhr er mit der rechten Hand an den Innenseiten von Kyles Oberschenkeln auf und ab. Immer wieder streifte er dabei mit dem Unterarm Kyles Ständer. Verboten gut fühlte sich das an. Er konnte nicht mehr länger warten. Finn rutschte nach unten und umfasste Kyles Eichel mit den Lippen, umkreiste die empfindliche Spitze mit der Zunge. Er saugte, bewegte seinen Kopf vor und zurück. Bei jeder Vorwärtsbewegung ließ er den Schaft tiefer in seine Mundhöhle gleiten. Kyle hatte die Hände locker auf seine Schultern gelegt, doch als Finn die Frequenz erhöhte, krallte er sich in seinen Haaren fest.

„Oh mein Gott, oh mein Gott!", brachte er ächzend hervor, schob ihm sein Becken entgegen.

Finn dachte kurz daran, sich zurückzuziehen, aber die Aussicht, dass Kyle kurz vorm Kommen war, machte ihn kirre. Er intensivierte sein Tun, lutschte, saugte und massierte den Ständer, der inzwischen prallrot und feucht glänzte.

Kyle keuchte, wimmerte, stieß mit seinen Hüften rhythmisch zu, schrie auf.

Warm und sämig explodierte Kyles Sperma in seinen Rachen hinein. Finn schluckte, verwirrt über die reine Freude, die ihn durchflutete. Als wäre er auf Drogen. Noch nie hatte er sich nach einem Blowjob derart großartig gefühlt. Staunend blickte er auf den zuckenden Penis, dann hoch in Kyles Gesicht. Mit geschlossenen Augen lag er da, die Arme leblos neben sich, ermattet, als wäre mit seinem Samen alle Energie aus ihm geflossen. Auf seinen Lippen lag jedoch ein Lächeln. Finn nahm eine von Kyles Händen, hob sie an seinen Mund, lutschte an einem Finger.

Kyle räkelte sich, öffnete die Augen zu schmalen Schlitzen und musterte ihn. „Du bist unglaublich“, raunte er.

Kapitel 36 – Kyle

So schnell, dass dieser nicht reagieren konnte, fasste er nach Finn, drehte ihn mit sich herum und kam auf ihm zu liegen. Überrascht keuchte Finn auf. Seine Augen waren rund und vor Staunen weit aufgerissen. Und voll kindlicher Andacht, gerade so, als habe er unterm Weihnachtsbaum das beste Geschenk aller Zeiten entdeckt.

Zärtlichkeit wogte durch Kyle hindurch, ein Gefühl, das ihn sonst nie beim Sex überkam. Er küsste Finns Nasenspitze, fuhr mit dem Zeigefinger seine Augenbrauen nach, strich ihm eine Haarsträhne aus der Stirn. Sinnierend betrachtete er das Gesicht, das ihm inzwischen schon so vertraut geworden war. Vertraut im Anblick, aber spannend neu, wenn es um sensorische Erkundungen ging. Mit den Fingerkuppen ertastete er das rechte Jochbein, folgte dessen Lauf zur Schläfe, umrundete die Ohrmuschel, vergrub seine Hand im schokoladenbraunen Haar. Unweigerlich fielen seine Blicke auf Finns leicht geöffnete Lippen. Voller als sonst sahen sie aus, vermutlich schon angeschwollen von den vielen interessanten Tätigkeiten, denen sie sich bereits hingegeben hatten. Sein Schwanz zuckte. Teufel noch eins, er hatte noch lange nicht genug! Kurze, schnelle Küsse auf Finns Mund, dieser schnappte nach ihm, hielt seine Unterlippe zwischen den Zähnen gefangen. Sehr zart, ein Spiel. Kyle stöhnte auf. Mit seinem Knie drängte er Finns Oberschenkel auseinander, schob sein Bein dazwischen. Er spürte Finns Schwanz an seinem Bauch, merkte, wie seine eigene Erregung zunahm. Finns Haut war nicht nur herrlich cremeweiß, sondern auch zart.

Sie umhüllte feste Muskeln und weiches Fleisch. Ein Körper wie ein Nachtisch, in den man regelrecht eintauchen konnte. Komplett. Er leckte über Finns Hals, saugte über dem Pulsschlag der Halsader, gerade so stark, dass er keine Spuren hinterlassen würde.

„Ich halte das nicht mehr lange aus", murmelte Finn und keuchte, als er ihn in die Brustwarze biss. „Ich meine das ernst, gib mir das Gleitgel." Finns Stimme war lauter geworden und fordernd.

Fasziniert sah er Finn an. Alle Sanftmut schien von ihm abgefallen zu sein. Und er merkte, wie ihn das anmachte. Sein Penis war längst zu neuem Leben erwacht. Rasch beugte er sich zum Nachttisch, holte die Tube und drückte sie Finn in die Hand. Dann kniete er sich mit gespreizten Beinen auf das Bett. Ja, er wollte genommen werden, so richtig. Von Finn.

Er zuckte zusammen, als das kühle Gel auf seine Spalte traf. Doch gleich darauf spürte er die Wärme von Finns Fingern, die das Gel verteilten und seine Rosette massierten. Kyle holte tief Luft, als ein Finger in ihn eindrang. Gefühlvoll bereitete Finn ihn vor. Er ließ sich Zeit dabei. Eine süße Qual, anscheinend für beide Seiten.

„Es tut mir leid, aber ich kann nicht mehr länger warten", sagte Finn und er klang angestrengt.

Kyle blickte über seine Schulter nach hinten. Pure Lust, vermischt mit Gier hatte sich auf Finns Gesicht ausgebreitet. Und verursachte bei ihm einen zusätzlichen Kick.

„Dann los, tu's!", feuerte er ihn an. Er hörte das Knistern der Folie, sah zu, wie Finn sich das Kondom über seinen Penis streifte und Gleitgel darauf verteilte. Eine Hand legte er auf seine Hüfte, mit der anderen führte Finn den Schwanz vor seinen Eingang. Sanfter Druck dehnte Kyles Muskel. Wie hatte er das vermisst! Er hatte nicht gelogen. Es war schon viel zu lange her, dass er auf diese Weise Sex gehabt hatte. Weil er es gar nicht so gerne mochte, sich völlig hinzugeben, sich zu unterwerfen. Bei Finn hatte er nicht eine Sekunde des Zauderns verspürt. Es fühlte sich einfach richtig an. Mit Finn.

Stück um Stück schob er sich in ihn hinein, füllte ihn aus, dehnte ihn. Der Druck war köstlich! Aber erst die Reibung, als Finn anfing in ihn zu stoßen, flutete pure Ekstase sein Hirn. Alle Gedanken waren ausgelöscht, nur noch Empfindungen existierten. Empfindungen, die man nicht beschreiben konnte, nur fühlen. Mit allen Nervenenden und jeder Faser seines Körpers. Alles in ihm konzentrierte sich auf seine Mitte, erst recht, als Finn um ihn herum griff und im Rhythmus der Stöße seinen Schwanz massierte. Als er kam, geschah es so pulsierend und ausgedehnt, dass er nicht wusste, ob Finn vor, nach oder gleichzeitig mit ihm abspritzte. Ihr Stöhnen vermischte sich miteinander und es dauerte eine Weile, bis sie wieder zu Atem kamen.

Kapitel 37 – Finn

„Finn! Spinnst du?“, schrie Daniel ihn an.

Gerade noch rechtzeitig. Er zog seine Hände zurück und das scharfkantige Blech grub sich nicht in sein Fleisch, schrammte lediglich über den Einspannstahlrahmen.

„Du hättest dir beinahe die Finger abgeschnitten, du Idiot! Was ist los mit dir?“ Daniel packte ihn an den Schultern und schüttelte ihn. Statt Zorn drückte seine Miene jedoch Angst aus. „Du stehst heute schon die ganze Zeit neben dir. Wach endlich auf!“

Finn starrte ihn mit weit aufgerissenen Augen an. Wenn er sich ausmalte, was ihm beinahe passiert wäre, wurde ihm noch nachträglich schlecht. Er sah auf seine Hände. Sie zitterten. Sein Herz klopfte wie verrückt und seine Knie fühlten sich weich an. Sitzgelegenheiten gab es in der Halle nicht, also wankte er zur Werkbank und stützte sich schwer mit den Händen auf. Er ließ den Kopf hängen und versuchte sich zu beruhigen.

Daniel trat neben ihn, legte eine Hand auf seine Schulter. „Was ist los mit dir, Finn?“, fragte er leise. Die Besorgnis war deutlich aus seiner Stimme herauszuhören.

„Nichts“, antwortete er. Nichts, was er mit Daniel oder irgendjemand anderem bereden konnte. Er wusste ja selbst nicht einmal genau, was mit ihm los war. Nur dass er maßlos verwirrt war, das konnte er sagen. Weil er letzte Nacht Sex mit einem Luxus-Callboy gehabt hatte. Nein, das stimmte nicht. Er hatte mit Kyle geschlafen. Das war etwas anderes, oder nicht? Allerdings … wenn ihm dieser Beinahe-Unfall etwas gezeigt hatte, dann das, dass er erst wieder klar werden musste im Kopf, ehe er weiterarbeiten konnte.

„Ich weiß nicht, irgendwie fühle ich mich nicht wohl. Wer weiß, was ich da ausbrüte, ich sollte mich besser krankmelden und zum Arzt gehen“, sagte er zu Daniel, um zu verhindern, dass er weiter nachbohrte.

„Bist du sicher, dass du Autofahren kannst oder soll ich dich bringen?“

Daniels Fürsorglichkeit konnte durchaus angenehm sein, aber jetzt fühlte Finn sich davon bedrängt.

„Nein, Mann, lass mal. Das geht schon. Ich melde mich ab beim Chief. Bis morgen oder so.“ Er schaffte es sogar, Daniel noch ein halbherziges Lächeln zu präsentieren, als er an ihm vorbeiging.

Ohne nachzudenken hatte er den Weg nach Hause eingeschlagen, doch kurz bevor er in seine Straße einbog, wurde er sich dessen bewusst. Nein, da wollte er jetzt auf keinen Fall hin. Nicht in seine Wohnung, von der unweigerlich sein Blick hinüber zu Kyle gewandert wäre. Er wollte, nein, er konnte Kyle jetzt nicht begegnen. Abstand war es, was er brauchte. Um Ordnung in seine Gedanken zu bekommen.

Finn lenkte seinen Wagen stadtauswärts, parkte auf einem zu dieser Tageszeit verlassen gelegenen Parkplatz und marschierte den Schotterweg entlang. Ab und zu ging er hier im Wald spazieren. Er atmete tief durch, die würzige Luft prickelte in seinen Lungen.

Was war passiert? Er hatte mit Kyle geschlafen. Das hatten schon viele vor ihm getan und es würden zahlreiche andere Männer folgen. Er schnaubte verbittert. Für Kyle war Sex nichts Besonderes. Für ihn allerdings schon. Ganz besonders mit Kyle. Es war außergewöhnlich gewesen. Neu, spannend, erregend, zauberhaft, aber auch irgendwie vertrauensvoll. Er hatte sich fallen lassen, hatte diese Nähe zulassen können. Es hatte sich einfach richtig angefühlt. Perfekt. Fast. Für ihn war Liebe mit im Spiel gewesen, nicht bloß Begehren und Sex. Genau das war es, was ihn verstörte. Das durfte nicht sein. Nicht bei Kyle, der keine Beziehung wollte, für den Sex nur ein Spiel war. Sie hatten keine Zukunft, weil eine gemeinsame Basis fehlte.

Er erreichte den Weiher und setzte sich auf eine der Bänke, die in Ufernähe aufgestellt worden waren. Die Sicht wurde durch mannshohes Schilf eingeschränkt. Doch der Ausschnitt auf das Wasser war groß genug, um das Brechen der Sonnenstrahlen auf der Oberfläche betrachten zu können. Das Funkeln hatte beinahe eine hypnotische Wirkung, brachte seine Gedanken in ruhigere Bahnen.

Der Verlust dessen, was er nie besessen hatte und nie besitzen würde, hatte sich wie zäher Schleim auf ihn gelegt. Er musste ihn abkratzen von seinem Verstand, um diese Lähmung loszuwerden. Je eher, desto besser. Das Denken musste die Herrschaft übernehmen und die Gefühle in ihre Schranken weisen. Er hatte es gewusst und trotzdem hatte er sich auf dieses Spiel mit dem Feuer eingelassen. Ihm war klar gewesen, dass er sich heftig daran verbrennen würde. Eigentlich müsste er sich im Nachhinein für seine Dummheit und seine Schwäche verfluchen, doch nicht einmal dazu war er fähig. Sein erbärmlicher Zustand war es wert, einmal mit Kyle geschlafen zu haben. So viel war sicher. Eine süße Erinnerung, von der er lange zehren würde.

Allerdings musste er jetzt überlegen, wie er weiter vorgehen sollte. Was war passiert zwischen ihm und Kyle? Nichts, nach Kyles Maßstäben, die er inzwischen hinlänglich kennengelernt hatte. Und genau so musste er sich verhalten. Als wäre nichts geschehen. Als wäre dieser Sex tatsächlich so nebensächlich gewesen, wie zusammen ein Bier zu trinken. Nichts, worüber er mit Kyle sprechen müsste. Es gab nichts zu klären. Punkt. Das Leben ging weiter wie gehabt. Genau. Er stand auf und nickte. So würde er es machen.

Vögel zwitscherten, die Steine knirschten unter seinen Schuhen. Es war eine gute Entscheidung gewesen, hierherzukommen. Der Frieden der Natur drang langsam in ihn ein. Er hatte es nicht eilig nach Hause zu kommen und so schlug er den großen Rundweg ein, für den er drei Stunden benötigen würde.

Kapitel 38 – Kyle

Er drückte auf den Knopf, lauschte dem Mahlen der Kaffeebohnen, beobachtete, wie die braune Flüssigkeit schaumig in die Tasse floss. Mit präzisen Bewegungen gab er einen Teelöffel Zucker hinzu, rührte um. Vier kurze Schlucke und er hatte den Espresso getrunken. Tasse, Löffel, Untertasse verstaute er im Geschirrspüler. Erneut blickte er auf die Uhr, obwohl er keinen Termin hatte, niemanden erwartete und es völlig gleichgültig war, wie spät es nun tatsächlich war. Wohl zum fünfzigsten Mal an diesem Tag nahm er sein Smartphone zur Hand und musterte das dunkle Display. Nichts. Seit Stunden hatte es keinen Mucks gemacht, keine eingehenden Nachrichten verkündet. Er wartete darauf, dass Finn sich meldete.

Mehrmals war er kurz davor gewesen ihm zu schreiben, hatte es dann jedoch gelassen. Nicht er war klammheimlich in der Nacht aus dem Bett verschwunden, sondern Finn. Es war an ihm, sich zu melden. Was hätte er auch schreiben sollen? *Warum bist du nicht zum Frühstück geblieben?* Nein, so abgedroschen musste er wirklich nicht sein. Zumal es ihm eigentlich gepasst hatte, dass Finn gegangen war. Sie hatten Sex miteinander gehabt und komplizierter brauchte man es nicht zu machen. Er hoffte nur, dass Finn jetzt nicht mehr erwartete. Mehr gab es nicht. Sie hatten unvorsichtigerweise eine Grenze überschritten, die sie besser eingehalten hätten. Wie hatte er sich nur darauf einlassen können! Der pure Leichtsinn, er könnte sich ohrfeigen.

Hatte er nichts gelernt aus der Sache mit Marcel? Er hatte ihn mit in seine Wohnung genommen, sie hatten Sex gehabt und dann hatte sich dieser Spinner an ihn gehängt wie eine Klette, konnte sein Nein nicht akzeptieren. Was mit Spaß begonnen hatte, war in irres Stalking ausgeufert und hatte ihn wahrlich genug Zeit und Nerven gekostet. Sein Umzug war unumgänglich gewesen und jetzt setzte er sich erneut diesem Risiko aus, belagert zu werden. Er musste ernsthaft wahnsinnig sein!

Er schaltete das Display ein und wieder aus. Keine Nachricht. Es war beinahe Abend. Das war ein gutes Zeichen, fand er. Trotzdem wanderte sein Blick hinüber zu Finns Fenstern. Er schien noch nicht da zu sein. Vielleicht musste er wieder Überstunden machen. Das war die letzte Zeit häufiger vorgekommen. Kyle setzte sich an seinen Schreibtisch, fuhr den Rechner hoch. Da kein Abendtermin anstand, sollte er noch etwas arbeiten. Oder ein paar E-Mails beantworten. Er rückte die Tastatur zurecht, sodass sie völlig parallel zur Tischkante lag. Vielleicht konnte er später noch … *Was, wenn Finn sich ausgenutzt vorkam?* Wie ein Blitzschlag streifte ihn dieser Gedanke, bohrte sich schmerzend in seine Eingeweide. Er hatte Finn quasi erpresst, hatte von ihm eine Gegenleistung verlangt für die Hilfe bei der Dating-Plattform. Finn konnte nicht wissen, dass er nur Spaß gemacht hatte. Dachte er nun wirklich, dass er so schäbig war und nur seinem miesen Egoismus gefolgt war?

Es passierte etwas, das Kyle nicht für möglich gehalten hatte. Er errötete. Die Scham brannte schmerzhaft auf seinen Wangen. Abrupt stand er auf, fasste sich ins Gesicht und rieb seine Haut. Als könnte er damit alles wegwischen. Dieses quälende Gefühl, die Bestürzung und die Ungewissheit. Es war doch nur ein Scherz gewesen! Wie hätte er ahnen können, dass Finn das für bare Münze nehmen würde. Eine weitere Erkenntnis kam ihm in den Sinn. Finn hatte anscheinend eine derart schlechte Meinung von ihm, dass er ihm so ein Verhalten zutraute. Kälte breitete sich in ihm aus. Finn hielt ihn für ein Arschloch. So einfach war das. Deshalb war er in der Nacht verschwunden, deshalb meldete er sich nicht. Die gestrige Aktion hatte Finn vermeintlich die Bestätigung dafür geliefert, dass er ein unerträglicher Egomane war. Finn mit seiner Vorstellung von heiler Welt und dem Wunsch nach Bodenständigkeit hatte einen völlig anderen Blick auf das Leben als er selbst. Er hatte sich auf Sex eingelassen, ja, aber … Finn war kein Mensch, der gerne etwa schuldig blieb. So gut kannte er ihn inzwischen. Aus diesem Grund war er auf sein absurdes Angebot eingegangen. Damit sie wieder quitt waren. Ehrensache. Eine Ehre, die Finn ihm nicht zutraute, sie zu besitzen. Aber eine miese Erpressung. Kyle würgte an dieser Schlussfolgerung.

Aufgebracht lief er hin und her. Sollte er mit Finn reden? Das Missverständnis aufklären? Aber was sollte das bringen? Das, was Finn über ihn gedacht hatte oder immer noch dachte, wäre damit nicht ausgelöscht. Finn hielt ihn für ein Arschloch. Das ließ sich nicht wegdiskutieren.

Hektisch packte er seine Sporttasche. Die Wut, die in ihm hochbrodelte, musste er im Fitnessstudio aus sich hinaustrainieren. Sonst würde er platzen.

Kapitel 39 – Finn

Drei Wochen später

Er hatte seine Schwester so oft besucht, dass er ihr schon auf die Nerven gegangen war. Was sie ihm zwar nicht lautstark, aber doch sehr unverblümt mitgeteilt hatte. Außerdem hatte er seinen Kleiderschrank ausgemistet, alle Küchenschränke restlos ausgewischt, sogar den Keller aufgeräumt. Seine Rennmäuse erstickten schier unter neu gebastelten Turn- und Spielgeräten, sein Auto hatte er innerhalb der letzten drei Wochen ganze vier Mal gewaschen und zuletzt sogar poliert. Das Joggen war ein Reinfall gewesen, dabei hatte er zu viel Zeit zum Grübeln gehabt, genau das Gegenteil von dem, was er erreichen wollte. Der Schwenk hinüber zum Lesen war hingegen eine glorreiche Idee gewesen. Inzwischen hatte er schon die dritte Biografie durch und zwei Fachzeitschriften von vorne bis hinten durchgeackert. Sein Überstundenkonto auf der Arbeit war bis zum Anschlag gefüllt. Der Chef hatte ihm weitere Zusatzstunden verboten. Das Wetter hatte ihm unbewusst auch geholfen. Seit drei Wochen regnete es nahezu ohne Unterlass. Er war also gar nicht in die Versuchung geraten, auf seinen Balkon zu gehen. Jede Minute am Tag, die er nicht mit Schlafen verbringen konnte, hatte er bis zum Bersten mit Aktivität angefüllt. Alles um sich von seinen Gedanken an Kyle abzulenken. Fast erfolgreich, wie er sich selbst zu überzeugen versuchte. Zumindest war er passabel zufrieden mit sich gewesen. Kein einziges Mal hatte er Kyle angerufen. Der hatte sich schließlich ebenfalls nicht gemeldet.

Und jetzt stand er in der Innenstadt, unter Tausenden Menschen und ausgerechnet Kyle musste ihm über den Weg laufen. Bei seinem Anblick passierte irgendwas in ihm. So genau konnte er das nicht festmachen, hatte jedenfalls was mit seinem Magen zu tun. Und dem Herz, das klopfte schneller. Kyle hatte ihn nicht gesehen und er hätte jetzt unbemerkt verschwinden können. Doch ganz so, als wäre er willenlos, setzten sich seine Beine ohne sein Zutun in Bewegung und er folgte Kyle. In sicherem Abstand, wie er hoffte. Wie gebannt hing sein Blick an der großen, schlanken Silhouette. Wie immer war Kyle elegant gekleidet. Trotzdem sah er lässig aus, seine Schritte federnd. Souverän. Selbstsicher. Zielgerichtet. Das Ziel war ein Reformhaus. Kyle legte Wert auf gesundes Essen, das wusste er. Bio-Lebensmittel kaufte er selbst bisweilen auch, aber im Supermarkt. In diesem Geschäft war er noch nie gewesen. Egal, er wollte Kyle einfach noch eine Weile betrachten. Er wusste selbst, dass er sich wie ein unreifer Teenager benahm, aber das war ihm völlig egal. Niemand würde davon erfahren und seine Sehnsucht war einfach zu groß.

Warmes Licht, sanfte Musik und ein zarter Duft hüllten ihn nach Betreten des Ladens ein. Er orientierte sich kurz, in welche Richtung Kyle gegangen war und schnappte sich einen Einkaufskorb zur Tarnung. Sie hatten hier echte Rattankörbe, nicht diese gewöhnlichen aus Metall. Das fiel ihm nur deshalb auf, weil Kyle das Kunststück fertig brachte, mit diesem Teil nicht albern auszusehen. Vielmehr schien es, als wäre der Korb ein Accessoire, sorgfältig abgestimmt auf die Gesamterscheinung. Er selbst sah damit bestimmt so dämlich aus wie Rotkäppchens großer Bruder, der den Weg nicht kannte. Na, egal. Er lugte um die Kurve.

Kyle blieb an einem Regal stehen, studierte, was immer dort angeboten wurde, griff danach und legte es in seinen Korb. Finn duckte sich vorsichtshalber hinter einen Aufsteller, der Biosaft anpries. Als er sicher war, dass Kyle weitergegangen war, erhob er sich aus der Hocke. Zögernd schlich er den Gang entlang, in dem gerade noch Kyle gestanden hatte. Wenn er tief Atem holte, konnte er sogar noch sein Aftershave wahrnehmen. Kurz schloss er die Lider und ein Lächeln stahl sich auf sein Gesicht. Als er die Augen wieder öffnete, blickte ihn eine Kundin sehr merkwürdig an. Schnell griff er ins Regal und warf ohne hinzusehen den Artikel in seinen Korb. Tarnung war alles. Er beeilte sich, in den nächsten Gang zu kommen, doch als er um die Kurve bog, war er viel zu nah an Kyle dran. Mit einer hektischen Drehbewegung machte er kehrt und stieß prompt mit der Frau von vorhin zusammen.

„Verzeihung“, murmelte er und wagte es nicht, ihr ins Gesicht zu sehen. Er nahm eine Shampooflasche zur Hand und tat so, als läse er die Beschreibung. In Wahrheit wartete er darauf, dass sein Herzschlag sich wieder beruhigte. Nach einer Weile traute er sich erneut in den nächsten Gang. Er konnte gerade noch einen Blick auf Kyle erhaschen. Schmerzlich gut sah er aus. Wie immer. Nicht verhärmt aufgrund verzehrender Sehnsucht. Wie albern, hatte er das tatsächlich erwartet? Was ging nur in seinem kranken Hirn vor?! Es war nur Sex gewesen. Kyle hatte die gemeinsame

Nacht bestimmt längst vergessen. Auf alle Fälle hatte er sicher nicht mehr Gedanken darauf verschwendet, als auf die Frage, was er frühstücken würde.

Finn legte eine Hand über seine Augen und schüttelte den Kopf. Was tat er hier? War er jetzt völlig übergeschnappt? Er würde jetzt zu Kyle gehen und hallo sagen. Wie das normale Menschen, Nachbarn eben, tun würden. Ein paar Worte wechseln und dann diesen Laden wieder verlassen. Er straffte sich, aber ehe er loslaufen konnte, wurde er angesprochen:

„Entschuldigen Sie, würden Sie bitte mitkommen?"

Erstaunt drehte Finn sich um. Ein Mann mit schütterem Haar sah ihn mit derart kritisch gefurchter Stirn an, dass klar war, die Bitte war keine solche gewesen, sondern eine unmissverständliche Aufforderung.

„Aber …", versuchte er zu widersprechen.

„Bitte, in Ihrem eigenen Interesse, kommen Sie mit in mein Büro." Mit einer Geste zeigte der Mann in die entsprechende Richtung.

Zähneknirschend setzte sich Finn in Bewegung. Auf eine Szene in aller Öffentlichkeit und vor allem mit Kyle als Zeugen, hatte er bestimmt keine Lust.

Das Büro mit der Aufschrift ‚Filialleiter' hatte die Ausmaße einer Schuhschachtel und auch wenn alles penibel aufgeräumt war, fühlte Finn sofort Beklemmung. Gereizter als es sonst seinem Naturell entsprach, blaffte er den Mann an: „Was wollen Sie von mir? Sie können mich doch wohl nicht ernsthaft für einen Ladendieb halten!"

„Ich habe sie eine geraume Weile beobachtet, über die Kameras. Sie haben sich mehr als merkwürdig verhalten."

Kameras! Auch das noch. Finn wäre am liebsten im Boden versunken.

„Das ist komplett der Abschuss! Ich bin ein ganz normaler Kunde!"

„Tatsächlich?" Der Filialleiter zog eine Augenbraue in die Höhe und blickte demonstrativ in Finns Korb.

Er tat es ihm gleich und wurde nun tatsächlich rot. Neben einem biologischen Antiflohpulver für Hunde lag eine Vorratspackung Tampons. Selbstverständlich aus zertifizierter Bio-Baumwolle. In der Größe ‚super large'.

„Ich … äh …"

Es wurde ein längeres Gespräch. Peinlich. Unnötig.

Als Finn endlich wieder auf der Straße stand, mit Tampons und Flohpulver in einer Papiertüte – er hatte darauf beharrt, ein normaler Kunde zu sein; wenigstens einen Rest Würde wollte er sich bewahren – war er verschwitzt und fühlte sich wie durchgekaut. Er wollte nur noch nach Hause.

Auf dem Weg zu seinem Auto kam er an einem Obdachlosen mit Hund vorbei, beide saßen zusammengekauert auf dem Boden. Er stellte die Papiertüte neben dem Mann ab und eilte weiter. Immerhin, das Pulver würde er verwenden können. Nach drei Schritten machte Finn jedoch kehrt, nestelte an seiner Brieftasche herum und warf zusätzlich noch einen Fünf-Euro-Schein in den Becher. Als Wiedergutmachung für die Tampons oder so. Hunger hatten die beiden sicher auch.

Kapitel 40 – Kyle

Zwei Wochen später

Es klingelte. Nur eine halbe Stunde später als ausgemacht. Das war für Alena ein neuer Rekord in Sachen Pünktlichkeit. Er sollte sich den Tag im Kalender markieren. Vorsichtshalber blieb er jedoch an der Eingangstür stehen, nicht, dass er sich getäuscht hatte und anstatt seiner Freundin ein Staubsaugervertreter aus dem Aufzug stieg. Doch sie war es tatsächlich. Mit Finn im Schlepptau.

„Guck mal, wen ich zufällig unten auf der Straße getroffen habe", trällerte sie fröhlich. „Und das Beste ist, Finn hat sogar Zeit. Ich habe ihm nämlich gleich gesagt, dass ich ihn schamlos ausnützen möchte. Mir gehen deine herumliegenden Regalteile inzwischen so auf den Keks, dass ich das Ding beinahe schon selbst zusammengeschraubt hätte."

„Hallo Alena, hallo Finn." Er trat von der Eingangstür zurück, um sie hereinzulassen.

„Was ist denn das für eine Begrüßung? Komm mal her und küss mich, wie sich das gehört."

Er umarmte Alena, wie er das sonst immer tat. Über ihre Schulter hinweg blickte er zu Finn. Geradewegs in dessen Augen. Hatte er erwartet, dass Finn wegblicken würde? Er wusste es nicht. Aber er war froh, dass er es nicht tat. Unverwandt schauten sie sich an. Eindringlich, so als wollte Finn ihm damit etwas mitteilen. Bloß … er hatte keine Ahnung was.

Alena riss ihn aus seiner Trance, forderte seine Aufmerksamkeit mit ihrem Geplauder. „Ich habe echt keine Ahnung, warum das Zeug schon so lange rumliegt. Das sieht dir überhaupt nicht ähnlich. Sonst willst du immer alles am besten gestern erledigt haben. Aber das hier … wie lange steht das jetzt schon im Weg?“ Sie deutete auf das halb ausgepackte Regal, das wenig dekorativ neben dem Sofa lag.

„Vier Wochen“, antwortete Kyle.

„Fünf Wochen“, murmelte Finn.

Er hatte leise gesprochen, doch seine Worte brannten sich durch Kyles Gehörgang. Fünf Wochen, Finn hatte recht. Vor fünf Wochen hatten sie miteinander geschlafen. Anstatt das Regal aufzubauen. Finn hatte das Regal also gesehen.

Ein merkwürdiges Schweigen machte sich breit. Alena musterte sie beide eingehend. Ihr entging aber auch nie etwas!

„Kann ich euch etwas anbieten? Kaffee, Wasser, Weißwein?“, versuchte Kyle abzulenken. Ohne eine Antwort abzuwarten, eilte er in die Küche. Hektisch öffnete er den Kühlschrank.

Alena war ihm gefolgt. „Du brauchst dich hier nicht in sinnlosen Aktionismus zu flüchten. Da ist doch irgendwas im Busch mit euch beiden. Habt ihr gestritten?“ Lauernd wie eine Katze vor dem Mauseloch fixierte sie seine Augen.

Nicht gut. Alena besaß ein Radar für Geheimnisse. Auf ein Verhör hatte er jedoch keine Lust. Erst recht nicht im Beisein von Finn. Dieser aber anscheinend auch nicht, denn er machte sich lautstark an den Regalteilen zu schaffen.

„Wo genau soll das Ding denn hin? Außerdem muss ich mir dein Angeberwerkzeug ausleihen, habe nichts dabei. Und ich hätte gerne einen Kaffee, wenn es dir nichts ausmacht. Mit Milch und Zucker, aber keine Kondensmilch, die ist ekelhaft. Wo sind denn hier die Schrauben? … Ah, ja hier. Eine kleine Plastikschüssel wäre nicht schlecht. Wenn ich das Tütchen aufreiße, kugelt mir das Zeug sonst wo hin. Zur Not tut's auch eine leere Margarinedose … ach, nee, so war Prolliges hast du ja gar nicht."

So viel Überflüssiges am Stück hatte er Finn noch nie reden hören. Er bezwang seinen Drang, ihn anzustarren. Das wäre ein gefundenes Fressen für Alena gewesen.

„Kümmerst du dich bitte um den Kaffee, Alena? Ich hole eben mal die Werkzeugkiste." Ohne auf eine Erwiderung zu warten, floh er regelrecht in das kleine Zimmer, das ihm als Abstellraum diente. Ein Griff hätte genügt, um Kiste zu schnappen, aber er brauchte jetzt ein paar Sekunden, um sich zu beruhigen. Schwer lehnte er sich von innen gegen die Tür, atmete tief aus.

Finn. Bei seinem Anblick war das Vermissen der vergangenen Wochen, das er so sorgsam von sich weggeschoben hatte, mit aller Macht über ihn hereingebrochen. Das Bedürfnis, ihn zu berühren – übermächtig. Wie konnte das nur sein? Er wollte das nicht! Seine Freiheit ging ihm über alles, aber das, was er fühlte, sperrte ihn ein. Überhaupt, was fühlte er denn? Begehren? Das müsste er doch wirklich unter Kontrolle kriegen können. Sexuelle Wünsche, Gelüste … das gehörte doch alles zu seinem Metier. Er war

Profi und als solcher würde er sich jetzt benehmen. Entschlossen stieß er sich von der Tür ab, packte den Werkzeugkoffer und kehrte ins Wohnzimmer zurück.

Alena hatte das Reden übernommen, stand einen Meter neben Finn. Ob dieser sie überhaupt hörte, war nicht ersichtlich. Er hatte sich in die Betrachtung der Teile versenkt.

„Danke." Das war alles, was Finn von sich gab, als er die Kiste neben ihm abstellte. Er hatte also zu seinem alten, dem schweigsamen Ich zurückgefunden.

Einmal mehr konnte er ihn dabei beobachten, wie ruhig und analytisch er beim Aufbau eines Möbelstückes zu Werke ging. Als wäre es die einfachste Sache der Welt. Die Anleitung ließ er unberührt liegen, der Augenschein und ein anscheinend hervorragendes räumliches Vorstellungsvermögen reichten ihm aus. Knappe Anweisungen, mal da ein Brett zu halten und dort eine Schraube zu reichen, war alles, was sie miteinander sprachen. Allerdings fiel das nicht auf, denn Alena sprudelte geradezu über an Begebenheiten und Erlebnissen, die sie ihnen unbedingt mitteilen musste.

Eine Stunde später war die Arbeit getan. Das Regal stand perfekt und einladend in der Ecke des Wohnzimmers. Still blickten sie alle drei darauf. Diese Andacht hielt jedoch nicht lange an, Alena klatschte in die Hände.

„Was wollen wir essen, Männer? Nach dieser Schufterei haben wir uns was Leckeres verdient. Soll ich beim Thai anrufen oder bei diesem neuen Feinkost-Caterer, der ins Haus liefert?" Sie hatte ihr Telefon bereits in der Hand.

„Für mich nichts, danke“, sagte Finn und machte eine abwehrende Geste. „Ich bin erledigt und will nur noch heim unter die Dusche.“

„Oh.“ Alena machte große Augen.

„Kein Thema, Finn. Ich revanchiere mich ein anderes Mal“, bot Kyle an. Nach kurzem Zögern setzte er nach: „Wie wäre es mit morgen Abend? Hast du schon was vor? Wir könnten wieder mal zu dem Italiener um die Ecke.“

„Äh … ja … klar, warum nicht?“ Finn klang so verwundert, dass er im ersten Moment nicht sicher war, ob das tatsächlich eine Zusage war.

„Morgen um acht?“, hakte er nach und freute sich über Finns Nicken.

Kapitel 41 – Finn

Verdammt! Er hatte nichts Vernünftiges im Schrank. Seine Klamotten waren langweilig, alt, verwaschen, zu leger oder alles zusammen. Aber es brachte ihn jetzt auch nicht weiter, mit seiner Shopping-Unlust zu hadern. In einer halben Stunde würde er sich mit Kyle bei diesem Italiener treffen. Wut schwemmte in ihm hoch. Wieso machte er sich überhaupt Gedanken über sein Outfit? Das war doch völlig unerheblich. Das war kein Date, das er mit Kyle hatte, sondern nur ein Dankeschön für seine Hilfe mit dem Regal. Zwei Kumpels, die sich einen netten Abend machten. Mehr nicht. Er griff zu seiner ältesten Jeans, die an den Säumen schon ausfranste und von der man nur noch erahnen konnte, dass sie mal blau gewesen war. T-Shirt dazu, fertig. Was sollte der Mist? Kyle kannte ihn, hatte ihn noch nie mit feineren Sachen gesehen. Für die Pizzeria reichte das allemal. Wenn er Kyle zu peinlich war, hätte der ihn ja nicht einzuladen brauchen.

Finn verkniff es sich, einen letzten, prüfenden Blick in den Spiegel zu werfen. Er stopfte Handy, Schlüssel und ein paar Geldscheine in seine Hosentaschen, schlüpfte in seine Sneakers. Sein Zorn war noch nicht restlos verraucht, denn als er die Wohnung verließ, schmiss er mit Wucht die Tür zu. Der Knall ließ ihn zusammenzucken und brachte ihn zur Besinnung. Er stand auf der obersten Treppenstufe, die Hand auf dem Geländer. Niemand konnte etwas dafür, dass er unglücklich verliebt war. Zum Glück wusste niemand davon. Und das würde auch so bleiben, wenn er es schaffte, sich zusammenzureißen und sich nicht so kindisch zu benehmen. Stattdessen sollte er sich einfach freuen. Er würde einen Abend mit Kyle verbringen. Mit ihm reden, ihn ansehen, seine Gegenwart genießen. Er hatte ihn vermisst. Die Gespräche mit ihm, sein Lachen, den Klang seiner Stimme, das Gefühl der Ruhe, das er in seiner Gegenwart verspürte. Auch wenn Kyle nicht sein Partner werden konnte, auf ihn verzichten musste er dennoch nicht. Diese simple Wahrheit dämmerte erst jetzt in ihm hoch. Wie vernagelt er doch gewesen war! Und hätte damit beinahe ihre Freundschaft gefährdet. Ein Glück, dass Alena ihn gezwungen hatte, mit in Kyles Wohnung zu kommen.

Mit jedem Tag, den er sich nicht gemeldet hatte, war es schwieriger geworden auf Kyle zuzugehen. Unreifes Verhalten, damit war nun Schluss!

Leichtfüßig trabte er die Treppe hinunter, pfiff eine Melodie vor sich hin. Mit Schwung stemmte er sich gegen die Eingangstür und wäre beinahe in Kyle hineingelaufen.

„Du wolltest mich jetzt aber nicht abholen, oder?“, fragte er entgeistert.

„Doch, das hatte ich vor. War mir nicht sicher, ob du tatsächlich kommen würdest.“ Kyle lächelte zwar, aber die nach oben gezogenen Augenbrauen signalisierten, dass er ernst meinte, was er sagte.

„Ja, klar, in meinem Alter kann man schon mal was vergessen. Wirklich rührend, wie du dich um geriatrische Problemfälle wie mich kümmerst.“ Finn lachte. Er wollte nicht näher auf Kyles Einwand eingehen, benutzte Humor als Puffer. So unrecht hatte Kyle nämlich nicht. Er war sich nicht sicher gewesen, ob ein gemeinsames Abendessen eine gute Idee war.

„Blödmann“, sagte Kyle, schmunzelte jedoch.

„Ein bisschen mehr Respekt vor dem Alter, wenn ich bitten darf!“ Finn stemmte in gespielter Entrüstung die Fäuste in die Hüften.

„Quatsch nicht so viel, hol’ lieber deinen Rollator, sonst verhungere ich hier noch.“

Finn deutete eine Boxkombination an und tänzelte um Kyle herum. Wie er diese Flachsereien vermisst hatte!

Kapitel 42 – Kyle

Seit zwei Wochen war die Welt wieder in Ordnung. Finn und er trafen sich regelmäßig. Die merkwürdige Zeit, in der sie wie in einer Blase gefangen gewesen und sich aus dem Weg gegangen waren, war wie weggewischt. Alles war wieder genau so wie vorher. Vor dem Sex. Sie hatten nicht darüber gesprochen, über gar nichts. Das war am besten so. Es war, als hätte es diese gemeinsame Nacht und die Zeit danach nicht gegeben. Kyle verbot es sich, daran zu denken. Was natürlich nicht klappte. Insbesondere seine Fingerspitzen und seine Lippen erinnerten sich hartnäckig an Finns Haut. Wie weich sie war. Vielleicht sogar magnetisch, denn das Bedürfnis, Finn zu berühren war seither übermächtig. Und verlangte ihm jede Menge Konzentration und Selbstbeherrschung ab. So wie jetzt. Er stand neben Finn, nur wenige Zentimeter trennten sie. Eine kleine Bewegung und er könnte ihm mit dem Finger über den Handrücken streichen.

„Sag mal, hörst du mir überhaupt zu?“, fragte Finn.

„Natürlich“, behauptete er.

„Dann wiederhol doch mal, was ich gerade gesagt habe.“

„Das ist doch lächerlich. Auf so einen Quatsch habe ich keine Lust.“

„Weil du mir nicht zugehört hast. Kannst du das nicht einfach zugeben?“ Finn schmunzelte. „Das passiert dir in letzter Zeit häufiger. Wenn ich es nicht besser wüsste, würde ich sagen, du hast dich verliebt.“ Jetzt lachte Finn lauthals. „Du solltest dich jetzt sehen! Die nackte Panik steht in dein Gesicht geschrieben. Ich glaub, ich muss davon ein Foto machen.“ Er zückte bereits sein Handy.

„Du bist zu oft mit Larissa zusammen. Du kannst schon genauso gut nerven wie deine Nichte. Spinner.“ Er drehte sich von Finn weg und nahm eine Schachtel mit Dübeln in die Hand, tat so, als begutachtete er sie gründlich. Das fehlte noch! Ein Foto von seiner Gesichtsentgleisung. Finn hatte ihn mit seinen dummen Worten tatsächlich geschockt. Verliebt. Hah, das war er sicher nicht. Nie wieder würde er sich verlieben. Das Kapitel war definitiv mit Oskar beendet. Finito. Gegessen, abgeschlossen, erledigt. Liebe war in seinem Leben nicht mehr vorgesehen. Das, was er für Finn empfand, war bloß Gier. Sexlust. Nichts anderes. Genau. Aber der würde er nicht mehr nachgeben. Die Freundschaft zu Finn war ihm wichtiger. Sex konnte er immer und überall haben. Mit jedem Mann, der ihm gefiel. Im Prinzip. Außer eben mit Finn. Der gefiel ihm auch, aber … nein, so schön war Finn doch gar nicht. Überhaupt nicht sein Typ, wenn er genauer drüber nachdachte. Er hatte sich da in etwas verrannt. Das würde bestimmt schnell wieder nachlassen.

„Kaufen wir jetzt diesen Senk-Spreiz-Schweißfuß-Dübel oder greifen wir doch auf das Allround-Klebeband zurück?“ Er hatte seine Mimik wieder unter Kontrolle, zog eine Augenbraue hoch und musterte Finn mit seinem sorgsam geübten Von-oben-herab-Blick. Normalerweise wirkte der Wunder, schüchterte die Leute ein. Aber Finn kannte ihn schon zu gut.

„Wir nehmen beides. Mit dem Klebeband kann ich dann dein Lästermaul zukleben.“ Finn nahm ihm die Schachtel aus der Hand, legte sie ins Regal zurück, ergriff stattdessen eine andere. Dann tätschelte er ihm die Schulter. „Ist ja nicht so schlimm, dass du dich damit nicht auskennst. Dafür hast du ja mich.“ Das unverschämte Grinsen in Finns Gesicht wurde noch breiter.

Spontan trat er einen Schritt auf Finn zu, packte ihn am Nacken und zog ihn zu sich heran. Vielleicht hätte er ihn geküsst. Nein, ganz sicher hätte er ihn geküsst. In diesem Moment funktionierte er ausschließlich im limbischen System. Aber ein gewaltiges Scheppern einen Gang weiter riss ihn zum Glück aus seiner hormonellen Betäubung.

„Junge, wenn du weiter so frech bist, kaufe ich dir kein Eis an der Kasse.“ Er verstärkte den Griff in Finns Nacken, ehe er ihn losließ. So hatte er seine verräterische Geste in eine gespielte Drohgebärde verwandelt. Trotzdem sah er zu, einen Schritt von Finn wegzukommen. Das hätte gerade noch gefehlt, die so wunderbar entspannte Situation zwischen ihnen wieder kompliziert zu machen.

„Aaaaah, dich schickt der Himmel! Mein Stoßgebet wurde erhört, das gibt's ja nicht … Finn, so wunderbar dich zu sehen!“ Ivo stand vor ihnen. In seiner einzigartigen Farbenpracht – türkisfarbene Hosen kombiniert mit einem sonnengelben T-Shirt und feuerwehrroten Sneakers. „Und der göttliche Kyle ist auch dabei. Heute ist mein Glückstag. Nein, wie entzückend! So schön euch zu sehen, ihr Schnuffels. Viel zu lange ist das schon her … also wirklich, wir sollten gleich was ausmachen – Party, Essen gehen oder einfach mal auf einen Kaffee, was meint ihr?“ Er hakte sich bei Kyle ein, blickte erwartungsvoll von ihm zu Finn.

Finn machte einen Schritt rückwärts, schmiss die Schachtel in den Einkaufswagen, dass die Dübel klackerten und stützte sich auf dem Griff des Wagens auf. Ob das eine unbewusste Reaktion war oder ob er sich gezielt aus Ivos Reichweite entfernt hatte? Kyle blieb keine Zeit darüber zu grübeln. Ivos Redeschwall war noch nicht zu Ende.

„Mensch Kinners, wir sind doch hier nicht auf einer Beerdigung! Ihr dürft schon sprechen. Wir können ja gleich noch einen Kaffee trinken, aber davor musst du mich unbedingt retten, Finn. Du weißt ja, ich habe mir für das Wohnzimmer diese wunderbare Stuckrosette aus Styropor gekauft und wollte die festkleben, aber das Ding hält einfach nicht, zumindest nicht mit Universalkleber und da dachte ich, das kann doch gar nicht sein, das machen doch noch mehr Leute und der Laden würden so Zeug gar nicht verkaufen, wenn es nicht gehen würde, also muss es eine Lösung geben und jetzt stehe ich hier vor diesen unüberschaubaren Regalen und da gibt es Zeug ohne Ende, aber nirgendwo steht drauf, dass es für Stuckrosetten geeignet ist und jetzt laufe ich mir schon die Hacken ab, um hier einen kompetenten Verkäufer zu finden, aber nix da, Fehlanzeige! Wer weiß, wo die sich verkrochen haben und da hat die Glücksfee Mitleid mit mir und schickt mir dich über den Weg. Ach, das ist fein. Nicht wahr, Kyle, Finn hat es einfach drauf, wenn es um praktische Sachen geht."

Kyle wurde fast schwindelig von dieser Ansprache. Er ertappte sich dabei, dass er sich bereits nach einer Fluchtmöglichkeit umsah.

„Wenn Wörter kleben würden, hättest du dein Problem längst gelöst. Komm mit." Finn schob den Einkaufswagen in Richtung Hauptgang. Eines der Räder quietschte erbärmlich, was bei dem rasanten Tempo, das Finn eingeschlagen hatte, erst so richtig auffiel.

Als er mit Ivo, der beharrlich bei ihm eingehakt blieb, um die Ecke bog, sahen sie Finn gerade noch in einem anderen Gang verschwinden. Während sie in diese Richtung schlenderten, quatschte Ivo ohne Unterbrechung auf ihn ein. Allerdings hörte er ihm gar nicht richtig zu, denn er war damit beschäftigt, ein Niesen zu unterdrücken. Ivos Aftershave oder Parfum war derart penetrant, dass es ihn bereits in den Nasennebenhöhlen kitzelte.

Noch ehe sie den entsprechenden Gang erreicht hatten, kam Finn bereits zurück. Er nahm einen Eimer aus dem Wagen und knallte ihn Ivo vor die Brust.

„Hier, damit hält dein Styroporzeugs. Außer du quatschst es wieder von der Decke." Das hätte lustig gemeint sein können. Aber erstens hatte Ivos übermäßiger Drang sich mitzuteilen wirklich Zerstörungsqualitäten und zweitens blieb Finns Miene todernst.

Kyle runzelte die Stirn. Immerhin ließ Ivo ihn jetzt los, denn er brauche beide Arme, um den relativ sperrigen Eimer halten zu können.

„Und bevor du fragst, steht alles auf dem Eimer, wie du das machen musst."

Für einen kurzen Moment war nur die musikalische Beschallung des Baucenters zu hören. Ivo starrte Finn an.

„Ah, ja, danke. Sehr nett von dir, Finn." Dabei sah Ivo jedoch aus, als habe er auf eine Zitrone gebissen. Vermutlich hatte er sich weit umfangreichere Unterstützung gewünscht. Doch er hatte seine Mimik rasch im Griff, knipste erneut sein 1000-Watt-Lächeln an.

Kyle lernte schnell. Er brachte genug Abstand zwischen sich und Ivo, sodass dieser sich nicht wieder an ihn kletten konnte.

„Wie sieht es aus, habt ihr Lust auf einen Kaffee?“, fragte Ivo.

„Nee du, das passt heute gar nicht.“ Demonstrativ sah Finn auf die Uhr an seinem Handgelenk. „Gutes Gelingen mit deinem Styroporstuck. Mach's gut, Ivo.“ Energisch schob er den Einkaufswagen den Gang entlang.

„Ich ruf dich an!“, rief Ivo ihm noch hinterher.

„Ja, mach mal“, nuschelte Finn über die Schulter zurück und war um die Ecke gebogen.

„Und du, bist du auch so im Stress?“, wandte sich Ivo ihm zu.

„Äh, ja. Ich hab gleich noch Termine, tut mir leid. Außerdem sind Finn und ich nur mit einem Auto da. Ich muss ihm jetzt hinterher, wenn ich nicht mit dem Taxi heimfahren will. Schön, dich mal wieder gesehen zu haben, Ivo. Man sieht sich.“ Er lächelte ihn an.

„Ja, da kann man nichts machen, schade. Bis die Tage!“ Ivos Lächeln wirkte beinahe traurig.

Aber vielleicht bildete er sich das nur ein. Jedenfalls fühlte er Erleichterung in sich hochsteigen, als er aus Ivos Sichtweite verschwunden und dieser merkwürdigen Situation entkommen war.

Da Finn am Steuer saß, hatte er Gelegenheit, ihn ungestört von der Seite zu mustern. Er hatte wirklich schöne Ohren. Und erst die Lippen … Kyle räusperte sich.

„Mit Ivo, das läuft nicht mehr so rund wie früher, oder?“, fragte er nun doch nach.

Finn zuckte mit den Schultern.

Eine andere Antwort hatte er eigentlich nicht erwartet. Umso mehr erstaunte es ihn, dass Finn zum Sprechen ansetzte.

„Weißt du, ich dachte ja auch, dass sich das alles wieder einpendelt, wenn ein bisschen Zeit vergangen ist. Ich kenne Ivo schließlich schon so viele Jahre und er war mir ein guter Freund. Dachte ich zumindest. Rückwirkend und in anderem Licht betrachtet fallen mir inzwischen immer mehr Dinge auf, die nicht unbedingt so prickelnd waren. Aber das wäre nicht weiter ins Gewicht gefallen. Ivo hat mein Vertrauen missbraucht mit seiner dummen Aktion. Ich kann ihm das zwar verzeihen, aber nicht vergessen. Geht einfach nicht. Ich vertraue ihm nicht mehr, auch wenn ich mir wünschen würde, dass ich es könnte. Das hat mir bewusst gemacht, dass es genau das ist, was ich in einer Freundschaft brauche. Vertrauen. Ivo hat da was kaputt gemacht, was nicht mehr zu reparieren ist. Im Moment bin ich noch dermaßen sauer darüber, dass ich ihn gar nicht sehen will. Mag sein, dass sich das irgendwann legt. Mal ein Bier zusammen trinken gehen, wird wohl in ferner Zukunft wieder möglich sein, aber so wie früher? Nein, das ist vorbei.“

Sie schwiegen.

„Ich glaube, ich weiß ziemlich genau, was du meinst." Kyle starrte durch die Windschutzscheibe auf die Straße, presste die Kiefer hart aufeinander.

„Ja?" Ungläubiges Staunen schwang in Finns Stimme mit.

„Oh ja, und wie ich das weiß!" Er hatte seinen Blick wieder auf Finn gerichtet. „Ich glaube, ich sollte dir mal von Oskar erzählen."

Finn drehte ruckartig seinen Kopf, musterte ihn. Obwohl er sich gleich wieder der Straße und dem Verkehr zuwandte, hatte Kyle den Ernst in Finns Augen erkennen können. Sie hatten schon über so vieles geredet, aber nie über Oskar. Finn hatte nie nach ihm gefragt. Was er ihm hoch anrechnete. Aber jetzt war der richtige Zeitpunkt gekommen. Er *wollte* Finn von Oskar erzählen. Das war ihm in dem Moment bewusst geworden, als er es laut ausgesprochen hatte.

„Nicht hier im Auto. Ist eine längere Geschichte. Hast du heute Abend schon was vor?"

„Nein."

„Okay. Um acht, bei mir. Dann erzähle ich dir die unglaublich bescheuerte Story von Oskar und Kyle."

Kapitel 43 – Finn

Er konnte nicht einschätzen, was ihn gleich erwarten würde. Natürlich wollte er wissen, was es mit Oskar auf sich hatte. Ihn interessierte alles, was Kyle betraf. Oft genug hatte er schon gegrübelt und sich Szenarien ausgemalt, in denen er Oskar eine dubiose Rolle zugewiesen hatte. Spekulationen, die so sinnlos wie unausweichlich waren. Dieser Mann musste wichtig gewesen sein und war es anscheinend immer noch, auch wenn er persönlich nicht mehr in Kyles Leben präsent zu sein schien. Doch in dessen Gedanken, so viel hatte Finn begriffen. Allerdings hätte er nicht damit gerechnet, dass Kyle ihm je davon erzählen würde. Mit fahrigen Bewegungen trocknete er seine feuchten Handflächen an der Jeans ab. Er war tatsächlich nervös!

Gleich nach dem Drücken der Klingel summte der Türöffner. Im Treppenhaus empfing ihn der angenehme Geruch, den er inzwischen beinahe lieben gelernt hatte. Tief atmete er ein. Im Hausflur seiner Wohnanlage roch es meist nach gekochtem Essen oder dem künstlichen Blumenduft, wenn der Hausmeister wieder einmal mit dem Raumspray rumgefuchtelt hatte. Kein Vergleich.

Trotz seiner Anspannung hellte der Anblick von Kyle seine Laune auf. Er freute sich immer Kyle zu sehen.

„Hey, du. Alles klar?“ Er verzichtete auf einen seiner Sprüche, den er sonst noch hinzugefügt hätte.

„Du meinst, ob ich es mir anders überlegt habe, mit der Beichte aus meiner unrühmlichen Vergangenheit?“ Kyle schmunzelte. „Nein, das habe ich nicht. Ob du es glaubst oder nicht, ich will dir das jetzt erzählen. – Komm mit ins Wohnzimmer, ich hol uns noch was zu trinken. Bier oder Wein?"

„Dass du überhaupt fragst … Bier natürlich. Werde ich mir nicht so schnell abgewöhnen." Finn lächelte. Das Leder knarzte, als er sich aufs Sofa setzte. Hatte schon was, wenn man nicht erst Klamotten oder Zeitungsstapel beiseiteschieben musste, um das Sitzmöbel erobern zu können, dachte er so bei sich. Nachdenklich sah er sich im Raum um. Wie immer penibel aufgeräumt. In Kyles Leben schien alles bis ins Detail geregelt. Auch die Vergangenheit, die war in einer Schublade verstaut.

„Hier dein Bier. Ohne Glas, Flaschenkind." Kyle zwinkerte ihm zu. Doch als er ihm gegenüber im Sessel Platz genommen hatte, war seine Miene völlig ernst.

„Ich war 20, steckte mitten in meinem Studium und war einfach nur neugierig auf das Leben. Es lag so vielversprechend vor mir, nachdem ich den Bruch mit meinen Eltern halbwegs verdaut hatte. Um über die Runden zu kommen, habe ich gekellnert. In einem recht schicken Restaurant, die Burgerbude ist mir erspart geblieben. Und genau in diesem Lokal für die gehobene Gesellschaft habe ich Oskar kennengelernt. Er war dort Stammgast. Elegant, stilvoll, überaus höflich und souverän, so war sein Auftreten. Immer perfekt gekleidet und gutaussehend. Sehr gutaussehend. Ein Mann von Welt, reif, doppelt so alt wie ich. Jemand, der wusste, wie man gut lebte, der den Genüssen, die das Leben zu bieten hatte, nicht abgeneigt war." Kyle seufzte tief, legte den Kopf in den Nacken und schloss die Augen.

Schon jetzt konnte er Oskar nicht mehr leiden. Egal, was noch kommen mochte. Eine Yuppi-Arschgeige mit viel zu viel Geld. Finn verschränkte die Arme vor der Brust.

Kyle setzte sich wieder aufrecht hin. „Ich fühlte mich geschmeichelt, dass Oskar sich für mich interessierte. Er hat mich schamlos manipuliert, aber ich war damals zu naiv, um das zu merken. Erst waren es nur üppige Trinkgelder, die er mir zukommen ließ, ein paar Floskeln, die wir austauschten. Dann folgten Einladungen, zum Essen, zu einer Vernissage, diverse andere Veranstaltungen, er ist mit mir zum Shoppen gegangen, hat mich eingekleidet. Elegante, teure Sachen, sehr geschmackvoll. Wir führten intensive Gespräche. Er hat sich ernsthaft für mich interessiert, hat mir zugehört, wenn ich etwas erzählte, wollte von meinen Träumen erfahren, meine Pläne kennenlernen. Da war so viel Verständnis und Anteilnahme, etwas, das ich bis dahin schmerzlich vermisst hatte. Irgendwann wurden wir ein Paar.“

Kyle nahm sein Weinglas vom Tisch, hielt es an seine Lippen. Sein Blick ging in die Ferne oder wohl eher in die Vergangenheit. Ohne zu trinken, stellte er das Glas wieder ab.

„Ich war so verliebt in diesen Mann. Kompromisslos. Er war alles für mich. Mein Universum. Oskar füllte jede Zelle meines Körpers aus. Meine Gedanken waren durchtränkt von ihm, ich atmete ihn. Über meine Liebe zu diesem Mann habe ich mich selbst vergessen. Ohne es zu merken. Vor allem dachte ich, ihm erginge es nicht anders. Dass diese Liebe auf Gegenseitigkeit beruhen würde. Wie dumm. Ich war blind vor Liebe. Wenn ich jetzt zurückblicke, kann ich nur über mich selbst den Kopf schütteln. Nein, ich ekle mich regelrecht davor, wie schwach und erbärmlich ich gewesen bin. Aus Liebe zu diesem Egoisten."

Abrupt stand Kyle auf, wandte sich der Fensterfront zu. Ohne ihn anzusehen, redete er weiter.

„Anfangs war der Sex mit ihm von meiner Unsicherheit geprägt. Er hat es jedoch verstanden, mir sexuelles Selbstvertrauen einzuflößen. Unser Zusammensein wurde immer besser, gewaltiger, explosiv. Er hat mich Zustände erreichen lassen, die ich nicht für möglich gehalten hatte. Wir experimentierten, hatten Spaß daran. Die Dosis des sexuellen Kicks wurde ständig gesteigert. Bis Oskar irgendwann Sex zu dritt vorschlug, mit einem guten Freund von ihm. Ich habe nicht eine Sekunde gezögert. Alles hätte ich für ihn getan. Natürlich war ich nervös, versuchte aber, es mir nicht anmerken zu lassen. Als es dann soweit war, bat Oskar mich, mit dem Typen zu ficken, er wolle nur zugucken. Genau das würde ihn anheizen. Ich habe mich darauf eingelassen. Nicht nur einmal. Ab da hatten wir kaum noch zu zweit Sex. Immer kam irgendein Bekannter von Oskar dazu. In wechselnder Abfolge. Meine zaghaften Versuche, ihn davon abzubringen, hat Oskar raffiniert im Keim erstickt. Ich war ihm hörig."

Kyle verzog das Gesicht. Es widerte ihn anscheinend immer noch an, was er damals getan hatte.

Finn schluckte. Sein Hals war trocken, doch er konnte nicht von seinem Bier trinken. Wie gelähmt saß er auf der Couch und versuchte zu begreifen, was er gerade hörte. Das Bild, das Kyle von sich zeichnete, passte überhaupt nicht zu dem Mann, den er kannte.

„Zum Glück bin ich geheilt worden von dieser Pest namens Liebe!“ Kyle spuckte die Worte regelrecht aus. Als würden sie so abscheulich schmecken wie die Erinnerung an damals. „Es war nach einer dieser Sexeskapaden. Ich war fertig. Körperlich und seelisch. Der Typ, der sich an mir befriedigt hatte, war grob gewesen und leider mit einer unglaublichen Ausdauer geschlagen. Ich hatte mir so gewünscht, dass Oskar eingreifen würde, mich von diesem Ekelpaket befreien würde, aber nein. Er saß die ganze Zeit dabei mit diesem feinen Lächeln auf den Lippen.“ Kyle packte sein Weinglas und trank in hastigen Schlucken, knallte es dann auf den Tisch.

„Sie dachten wohl, ich würde fix und fertig auf dem Bett liegen und nichts mehr mitkriegen. Das Laken war aber so eklig verschmiert und hat nach diesem Typen gestunken, ich wollte ins Bad. Die beiden waren im Wohnzimmer, die Tür nur angelehnt, als ich durch den Flur getappt bin. Da saßen sie, stießen mit einem sündteuren Whisky in ebenso sündteuren Gläsern an und der Widerling hat sich darüber ausgelassen, dass Oskar nicht zu viel versprochen habe und ich jeden Cent wert gewesen sei. Wann er mich wieder buchen könnte. – In dem Moment musste ich ins Bad rennen. Ich habe mich so heftig erbrochen, dass ich dachte, mein Magen kommt mit raus.“

Finn hatte plötzlich ebenfalls einen schalen Geschmack im Mund. Das konnte doch nicht wahr sein!

„So wie du aussiehst, Finn, glaubst du mir wohl nicht. Ich kann es dir nicht verübeln. Ich konnte es selbst kaum glauben. Damals. Oskar, dieses miese Stück Scheiße, hat mich verkauft. Wie eine billige Hure.“

Kyle lachte abfällig. „Nein, billig war ich nicht. Ich habe nachgeforscht, später, nach der Trennung von Oskar, als ich das Ausmaß dieses Menschenhandels begreifen wollte. Oskar hat an mir richtig viel Geld verdient. Ich bin damals vom vermeintlich siebten Himmel in die unterste Etage gefallen, in meine ganz persönliche Hölle. Es war eine schlimme Zeit. Ich habe mich vor mir selbst geekelt, habe mir die Schuld daran gegeben, dass ich so naiv war, dass mir das passieren konnte; ich war zutiefst verunsichert. Wieder hatte mich ein Mensch heftig enttäuscht, von dem ich dachte, ihm nahezustehen, schlimmer noch, er hat mein Vertrauen missbraucht.“ Kyle lehnte sich im Sessel zurück, starrte an die Decke. Die Arme hatte er auf die Lehnen gelegt.

Finn hätte ihn gerne getröstet. Nicht mit Worten, die waren in solchen Situationen nicht seine Stärke, sondern mit Gesten. Aber dafür fühlte er sich zu befangen.

Ehe die Stille zwischen ihnen unangenehm wurde, sprach Kyle weiter. „Damals ist irgendwas in mir kaputt gegangen. Vielleicht aber auch nicht. Vielleicht hat es mich stärker gemacht, weniger angreifbar. Meine Liebe zu Oskar hat sich jedenfalls in Hass verkehrt. Ich wollte es ihm heimzahlen. Mit allen Mitteln. Selbst wenn es auf meine Kosten ging. Das war mir egal. Jedenfalls fasste ich den Entschluss, ihm seine ‚Kundschaft‘ auszuspannen, sie zu bedienen und das fette Geld selbst einzustreichen. Denn genau da würde ich ihn treffen können, dachte ich mir. Beim Geld. Das war seine einzige große Liebe. Die Gefühle für mich waren nur gespielt gewesen. Reine Fassade, um mich zu manipulieren.“ Kyle breitete beide Arme aus, deutete in den Raum hinein.

„Hier, sieh dich um. Mein Plan ist aufgegangen. Ich habe mir als männliche Edelnutte den Grundstock für meinen beruflichen Erfolg in ehrbaren Geschäften erarbeitet. Mir geht es gut. Vielleicht sollte ich Oskar sogar dankbar sein, dass er mir so früh die Lektion erteilt hat … dass Gefühlsduselei schwach macht. Es geht immer nur ums Geld. Wenn man das mal begriffen hat, kann man sich darauf einrichten und sich behaupten. Man wird nicht mehr unangenehm überrascht oder überrumpelt. Das komplette Leben ist ein Geschäft, alles hat seinen Preis. Und wenn man nicht aufpasst, zahlt man. – So, das war jetzt die unrühmliche Geschichte des kleinen Karl S-Punkt. – Karl ist tot, es lebe Kyle!“

Finn gefiel der zynische Zug, der jetzt in Kyles Miene zu sehen war, gar nicht. Er griff nach seiner Bierflasche und trank einen großen Schluck. Statt sie abzustellen, nibbelte er an dem Etikett herum.

„Was ist? Hat es dir die Sprache verschlagen?“ Der herausfordernde Ton in Kyles Stimme war nicht zu überhören. Warum ging er in Verteidigungsstellung? Hatte er sich seine vermeintliche Schwäche immer noch nicht verziehen? Er würde jedenfalls nicht darauf rumhacken. Wie absurd.

„Ich denke nach. Ist ’ne ziemliche Story.“

„Du glaubst mir nicht?“

„Doch, natürlich glaube ich dir. Warum solltest du mich anlügen? Du hättest mir ja gar nichts zu erzählen brauchen. Ich bin ja schließlich nur … dein Nachbar.“

Kyle runzelte die Stirn. „Eigentlich dachte ich, wir wären mehr als das. Freunde."

„Ja, so hat es sich angefühlt, aber ich war mir nicht sicher, ob du das auch so siehst. Du hast nie was gesagt."

Kyle lachte auf. „Muss man das sagen? Ich dachte, das wäre klar."

„Doch, manche Dinge muss man aussprechen." Finn lächelte. Ein warmes Gefühl durchströmte ihn. Freunde. Sie waren also tatsächlich Freunde. Erst jetzt, als er es gehört hatte, als Kyle es verbal bestätigt hatte, wurde ihm bewusst, wie wichtig ihm das war, wie sehr er sich danach gesehnt hatte. Denn Kyle irrte sich. Nicht alles hatte mit Geld zu tun. Die besten Dinge im Leben konnte man sich nicht kaufen, die bekam man geschenkt. Wenn man Glück hatte. Freundschaft zum Beispiel.

Kapitel 44 – Kyle

Drei Wochen später

Er bereute es nicht, von Oskar erzählt zu haben. Ganz im Gegenteil. Irgendwie fühlte er sich befreit und Finn hatte genau so reagiert, wie er erhofft hatte. Mit Schweigen. Alena hätte ihn auseinandergenommen, alles analysiert, tausend Mal durchgesprochen, ihn mit Fragen gepiesackt und Vermutungen aufgestellt und alle seine Handlungen auf die Defizite in der Vergangenheit hin überprüft und sie eventuell darauf zurückgeführt. Aus gutem Grund hatte er ihr nie von Oskar erzählt.

Finn war anders. Er konnte auch einfach nur zuhören. Trotzdem hatte sich etwas zwischen ihnen verändert. Subtil nur und er hätte es nicht zu benennen gewusst, aber es war da. Unter der Oberfläche, sehr nah. Und es war gut. Ihr Zusammensein war irgendwie gelöster geworden. Finn erschien ihm sicherer. Auch wenn er vorher nicht unsicher gewirkt hatte. Wie auch immer, er genoss die Anwesenheit von Finn.

„Hey, warum grinst du so zufrieden vor dich hin?“, fragte Finn. Er hängte die Hose, auf die er nur einen kurzen Blick geworfen hatte, zurück auf den Kleiderständer.

„Ich war in Gedanken.“

„Ach, beim letzten Schäferstündchen?“ Finn bückte sich und stöberte in einem Regalfach, in dem dunkelblaue Pullis gestapelt lagen.

„Nein, die gibt es nicht mehr.“ Er strich mit der Hand über den Stoff eines Seidenhemdes.

„Wie? Gibt es nicht mehr? Was soll denn das bedeuten?“ Finn richtete sich auf und starrte ihn an. Seine Stirn war gerunzelt.

„Na, genau das, was ich gesagt habe. Ich habe mein Hobby ‚Luxuscallboy‘ an den Nagel gehängt. – Hier, die Hose solltest du mal anprobieren.“

Finn legte den Kopf schief, musterte ihn. „Du meinst das ernst“, stellte er fest. „Wie kommt das?“ Automatisch hatte er die Hose entgegengenommen, schenkte ihr aber keine Beachtung. Seine Konzentration lag auf ihm. Auch etwas, das er an Finn schätzte. Er machte keine halben Sachen. Man bekam ihn ganz oder gar nicht.

„Keine Ahnung. Ich will einfach nicht mehr.“ Er zuckte mit den Schultern. Genauso war es. Ein Psychologe hätte ihm vielleicht das Warum erklären können, vielleicht war das ein Zeichen dafür, dass er endlich mit der Vergangenheit und dem Kapitel Oskar abgeschlossen hatte. Was immer es war, ihm war es egal. Er hatte keinen Spaß mehr daran, seinen Körper zu verkaufen und Sex mit wechselnden Männern zu haben. Und warum sollte er etwas tun, das er nicht mehr tun wollte? Er hatte die Freiheit zu entscheiden, war nicht auf das Geld angewiesen. Ein Luxus, den er schätzte und den er auch nutzte. Alles andere wäre töricht. Nahezu alle seiner Kunden reagierten zwar enttäuscht, einige versuchten, ihn zu überreden, wollten Ausnahmen aushandeln, aber er ließ sich nicht erweichen.

„Aber du hast doch noch Abendtermine.“

Es war ihm gar nicht bewusst gewesen, dass Finn ihn beobachtete. Irgendwie fand er das süß.

„Spionierst du mir nach?“, fragte er in scherzhaftem Ton.

Finn errötete prompt. „Äh, nein, natürlich nicht. … Darf ich jetzt nicht mal mehr aus meinen Fenstern gucken? Ich seh' eben, ob bei dir Licht ist oder nicht. Na ja, und wenn es dunkel ist, habe ich angenommen, du bist bei Kundschaft."

„Das war doch nur Spaß, Finn. Ich gucke doch auch zu dir rüber und weiß, wann du da bist und wann nicht. – Ich bin jetzt abends öfter unterwegs, habe mir ein neues Hobby zugelegt."

„Ja, was denn?" Die Neugier in Finns Gesicht war unübersehbar.

„Du musst mir versprechen nicht zu lachen." Ohne eine Antwort abzuwarten, fuhr er fort. „Also, da gibt es in der Stadt so eine Art bayerische Enklave. Jedenfalls treffen sich die Männer regelmäßig zum Kartenspielen. Zum Schafkopf."

Finn schien es ehrlich zu versuchen. Die Augen weit aufgerissen, presste er die Lippen aufeinander, zog sie nach innen, biss sogar darauf. Das Lachen, das im Bauch entstand und nach oben drängte, ließ seinen Oberkörper zucken, war mächtiger als Finns guter Wille, brach sich Bahn, erst noch dezent als kleines Glucksen, doch schließlich kapitulierte Finn. Er lachte aus vollem Hals, schlug sich auf den Oberschenkel und kriegte sich gar nicht mehr ein.

„Geht's noch lauter?" Kyles Mundwinkel zuckten. Er hatte alle Mühe eine ernste Miene zu bewahren und Finn pikiert anzugucken. „Das ist ein sehr schönes Spiel."

„Und jetzt erzählst du mir noch, dass du dazu eine Lederhose mit Hirschhornknöpfen trägst!" Nur mit knapper Mühe brachte Finn diesen Satz heraus, er lachte noch immer.

„Genau deshalb habe ich dir noch nicht davon erzählt. Ich wusste, dass du mich auslachst.“ Er spielte beleidigt und machte einen Schmollmund.

„Ach komm schon, du Schnulli, sei doch nicht gleich eingeschnappt.“ Finn kniff ihn in die Wange. Das klassische Tante-Erna-Imitat, seine Art ihm zu zeigen, dass er sich wie ein kleiner Junge benahm.

Entgegen seinen Willen musste Kyle schmunzeln. Finn brachte ihn oft zum Lachen.

In Finns Augen blitzte es vor Vergnügen. „Schafkopf.“ Er schüttelte den Kopf. „Ist wie deine Tradinggeschäfte. Eine Mischung aus Können und Glück, nicht wahr?“

„Stimmt und ich bin schon ziemlich gut. Ein richtiges Naturtalent, das kannst du mir glauben.“ Er schnippte eine nicht vorhandene Staubfluse von seiner Schulter.

„Das glaube ich dir sofort. Alles, was du anpackst, machst du gut. – Ich probiere jetzt mal die Hose.“ Die Metallringe quietschten über die Stange, als Finn den Vorhang der Umkleidekabine zuzog.

Kyle starrte auf den dunkelblauen Stoff ohne ihn wirklich zu sehen. Finns Satz *Alles, was du anpackst, machst du gut* rollte in Wiederholung durch sein Hirn. Auch das war Finn. Vom neckenden Geplänkel schwenkte er in tiefste Ernsthaftigkeit um und das in Sekundenbruchteilen. Irgendwie irritierte ihn das immer noch. Diese Unverblümtheit im Verteilen aufrichtiger Komplimente. Anfangs dachte er immer, Finn wolle ihn veräppeln. Aber das war nicht so. Finn sprach einfach aus, was er gut fand.

„Ich weiß nicht … sitzt die nicht zu eng?“ Finn war aus der Kabine getreten und rieb über seine Hüften.

„Dreh dich mal.“

Finn kam seiner Aufforderung nach. Nein, die Hose saß genau richtig. Er hatte Mühe, seinen Blick von dem knackig verpackten Hintern loszureißen. Er musste sich räuspern, ehe er was sagen konnte.

„Sieht gut aus. Die solltest du kaufen.“

„Warum guckst du dann so streng?“ Finns Blick wanderte von seinem Gesicht zurück zum Spiegel. Kritisch musterte er sich erneut. „Ich bin einfach zu fett für die Hose. Sag das doch. Soll ich eine Nummer größer probieren?“

„Auf keinen Fall! Sonst wirft die Hose hier … und hier … und da Falten und das sieht dann bekloppt aus.“ Zur Verdeutlichung fasste er Finn an den entsprechenden Stellen an, ließ seine Hand auf der Hüfte liegen. Noch nie hatte er bei derart keuschen und unbedeutenden Berührungen ein Glühen in seinem Magen verspürt. Er stand hinter Finn, sah über seine Schulter. Im Spiegel trafen sich ihre Blicke. Lösten sich nicht voneinander, endlos, wie es ihm schien. Kyle spürte die Wärme von Finns Körper, roch den zarten Duft, den er verströmte. So nah. Das war der Moment, in dem er sich beinahe zu etwas hinreißen lassen hätte. Doch eine Stimme sprengte den Augenblick.

„So ein Zufall! Hallo Finn.“

Kyle trat einen Schritt zurück, drehte sich gleichzeitig mit Finn um. Der Mann, der sie angesprochen hatte, stand mit strahlendem Lächeln vor ihnen.

„Oh, hallo Daniel, ja, das ist wirklich ein Zufall. Auch auf der Jagd nach Klamotten?“

„Ja, könnte ein Hemd gebrauchen. – Willst du uns nicht vorstellen? Dein Partner?“ Neugierig musterte dieser Daniel ihn. Täuschte er sich oder war dieses Lächeln nicht ganz echt?

„Nein, nein, ich bin nicht Finns Partner, wir sind nur Nachbarn“, stellte er richtig.

Finn wirkte irgendwie überrumpelt. „Äh, ja, genau. Das ist Kyle, mein Nachbar. … Und das ist Daniel, mein Arbeitskollege.“

Sie schüttelten sich die Hände.

„Ja, schön Sie kennenzulernen. Ich habe schon von Ihnen gehört“, sagte Daniel.

Umgekehrt galt das nicht, aber das wollte er Finns Arbeitskollegen nicht auf die Nase binden. Vielmehr fragte er sich, warum Finn noch nie was von Daniel erzählt hatte.

Daniel hatte sich Finn zugewandt. „Also, die Hose darfst du dir nicht kaufen, die ist viel zu eng. Gibt es die noch eine Nummer größer? Oder du nimmst gleich eine Jeans. Chinos passen nicht zu dir.“

„Vielleicht hast du recht.“ Finn seufzte. „Ich habe eigentlich gar keine Lust mehr auf Shoppen. So dringend brauche ich dann auch nichts Neues. Ich ziehe mich wieder um. Also, bis dann, Daniel. Am Montag in aller Frische!“

„Ja, bis Montag. Bleibt doch dabei, mit der Mittagspause, oder?“

„Ja klar. Wie immer. Ciao, Daniel!“ Finn verschwand wieder in der Umkleidekabine.

Wie immer. Diese Worte versetzten ihm einen Stich. Er starrte Daniel hinterher, als dieser tiefer im Laden zwischen den Regalen und Kleiderständern verschwand.

Finn trat aus der Kabine, die Chinohose über dem Arm. „Wo hast du die weggenommen?“

„Wieso? Willst du sie wieder zurücklegen?“

„Ja.“

„Weil Daniel gesagt hat, sie passt nicht zu dir?“ Er presste die Kiefer aufeinander und zwang sich zu einem Lächeln. Anscheinend geriet es verkniffener, als beabsichtigt.

„Ach, komm, sei nicht albern. Ich fand sie auch zu eng. Damit kann ich mich ja nicht mal mehr bücken. Wenn mir der Schlüssel runterfällt, muss ich wie ein alter Opa zufällig vorbeikommende Passanten ansprechen, dass sie mir behilflich sind. Das kannst du doch nicht wollen.“ Finn lachte ihn an. So aufrichtig und mit einer Wärme in den Augen, dass seine schlechte Laune augenblicklich verflog. Stimmte, er war albern. Finn war mit ihm hier und nicht mit Daniel. Trotzdem, so ganz konnte er mit dem Thema noch nicht abschließen.

„Wieso hast du eigentlich noch nie was von Daniel erzählt?“ Er beobachtete Finn genau.

„Ach.“ Finn zuckte mit den Schultern, blickte ihm nur kurz in die Augen und beschäftigte sich scheinbar hochkonzentriert mit dem Etikett eines Pullis. „Hat sich wohl nie ergeben. Da gibt es auch nicht wirklich was zu erzählen.“

Wer's glaubt, wird selig, dachte Kyle und das merkwürdige Ziehen im Bauch kehrte zurück.

Kapitel 45 – Finn

Zwei Wochen später

„Ja?", nuschelte er ins Telefon. Er war tatsächlich auf dem Sofa vor dem Fernseher eingeschlafen. Das Klingeln seines Handys hatte ihn geweckt.

„Hi Finn! Entschuldige, dass ich so spät anrufe, aber … kannst du mich abholen?"

„Kyle? Wo bist du denn?" Finn setzte sich auf, rieb sich übers Gesicht. Das Denken fiel ihm noch etwas schwer.

„Ich bin in der Gleisenaustraße, beim *Roten Hirschen*, wollte mit dem Taxi heimfahren. Hab was getrunken. Aber … ein Taxi nimmt mich nicht mit."

„Wieso?" Jetzt war Finn endgültig wach. „Bist du so besoffen, dass der Fahrer Angst hat, du kotzt ihm ins Auto? Da bin ich auch nicht scharf drauf!" Er lachte.

„Ha, ha, guter Witz, nein, so betrunken bin ich nicht, aber … ach, komm einfach her, dann verstehst du schon. Du musst mich unbedingt abholen. Es ist wichtig."

„Okay, ich komme. Da bin ich ja mal gespannt." Finn beendete das Gespräch und grinste. Was hatte Mister Perfect nur verbrochen? Er hatte ziemlich aufgekratzt geklungen.

Des Rätsels Lösung war offensichtlich, als er in die Gleisenaustraße einbog. Trotzdem konnte er nicht glauben, was er sah. Da stand Kyle und neben ihm ein Schlauchboot. Aufgeblasen. Mitten in der Stadt. Weit und breit kein See, kein Fluss. Um exakt zu bleiben, ein übers komplette

Gesicht strahlender Kyle mit einem beknackten Schlauchboot.

„Was ist das, Kyle?“

„Ein Schlauchboot.“ Noch breiteres Grinsen.

„Okay, zweiter Versuch. Was macht das Schlauchboot hier?“

„Es gehört mir. Ich habe das Schafkopfturnier gewonnen! Das ist der erste Preis!“ Kyles Grinsen hatte inzwischen Flutlichtqualität.

„Aber …“ Finn wusste nicht, was er sagen sollte.

„Ich habe tatsächlich gewonnen, Finn. Gegen Leute, die schon seit vielen Jahren Schafkopf spielen. Ich! Und ich habe noch nie was gewonnen. Das ist so großartig.“

Finn verschränkte die Arme vor der Brust. Atmete tief ein. Und wieder aus. „Okay. Du willst das Ding ernsthaft mitnehmen. Können wir die Luft rauslassen?“

„Das habe ich schon versucht, aber das dauert ewig. Das Boot hat drei Kammern und auch noch die aufgeblasenen Sitze vorne und hinten. Da braucht man eine Pumpe dazu, die die Luft mit Unterdruck raussaugt. Hat mir Peter erklärt. Das ist nicht so einfach. Und bis nach Hause ist es ja nicht weit.“

„Aha. Und du kannst das Ding nicht hierbehalten, bis du dir so eine spezielle Luftpumpe besorgt hast?“

„Nein, das geht nicht. Der Raum ist morgen bereits anderweitig vermietet. Wenn ich das Boot hierlasse, ist es weg. Das geht auf keinen Fall.“ Ein entschlossener Zug hatte sich um Kyles Mund festgesetzt.

„Das Ding ist riesig. Wie sollen wir das in meinen Wagen kriegen?“

„Du bist mir ein schöner Praktiker. Gar nicht! Wir schnallen es aufs Dach." Die Zufriedenheit über seinen vermeintlich genialen Plan troff ihm aus allen Poren. Zusammen mit dem Alkoholdunst, der vermutlich für die Genialitätsbewertung der Idee zuständig war.

„Du hast echt eine Meise. Wie soll das gehen? Wenn uns die Polizei erwischt, wird das nicht lustig."

„Ach, komm schon. Es wird nichts passieren. Niemand wird uns aufhalten. Die paar Meter …"

Er konnte diesem Dackelblick einfach nicht widerstehen. Tief seufzte er auf. „Also gut, pack an!"

Gemeinsam hievten sie das Boot auf sein Autodach. Was etwas voreilig gewesen war, denn nun ließ sich die Kofferraumklappe nicht mehr vernünftig öffnen. Er musste in gebückter Haltung mehr oder weniger reinkriechen, um nach den Gurten zu suchen, die er grundsätzlich dabei hatte. Zwischen leeren Einkaufstaschen, Pfandflaschen, die er hätte längst zurückbringen sollen und dem Paket Klopapier, dass er vergessen hatte, mit in seine Wohnung zu nehmen, wurde er fündig. Da er keinen Dachgepäckträger hatte, mussten sie die Türen öffnen und die Gurte durch den Innenraum führen.

„Wenn das einer sieht, lacht er so lange, bis er sich in die Hosen macht", grummelte er vor sich hin.

Kyle stand ihm mehr im Weg, als dass er ihm eine Hilfe gewesen wäre. Aber seine gute Laune wirkte ansteckend. Außerdem redete er ununterbrochen.

„Du kannst dir nicht vorstellen, wie dramatisch das Turnier war. Niemand hätte gedacht, dass ich zum Schluss auch noch den Bertl schlagen würde. Der Bertl verliert sonst nie. In der letzten Phase des Spiels hatte er schon Schweißperlen auf der Stirn, das kann ich dir sagen und …"

„Stopp, halt mal die Luft an. Bertl, Jürgen, Peter, Eichel, Schellen und Soach, mir schwirrt der Kopf, ich kapier gar nichts mehr. Das erzählst du mir mal in Ruhe. Wir sollten zusehen, dass wir hier wegkommen mit deiner Gummiwurst. Einsteigen!"

„Grrr, ich mag es, wenn du so dominant bist", gurrte ihm Kyle ins Ohr.

„Idiot!" Er knuffte ihn auf den Oberarm, musste aber grinsen.

Die Fahrt war abenteuerlich. Gas zu geben war nahezu unmöglich. Sobald die Tachonadel nur einen Millimeter über die 20-km/h-Grenze kroch, fing das Schlauchboot an zu flattern, zu vibrieren und andere erschreckende Dinge auf dem Dach zu veranstalten, die man ohne Weiteres für einen Stepptanz hätte halten können.

„Meine Güte, da ist ja Nele mit ihrem Bobbycar schneller!" Finn schlug entnervt auf das Lenkrad.

„Fantastisch machst du das. Alles bestens Finn, wir sind doch bald da!" Kyle summte den Song im Radio mit, völlig unbeeindruckt davon, dass sie permanent von anderen Autos überholt wurden und nicht von wenigen mit eindeutigen Wischbewegungen vor den Gesichtern bedacht wurden.

Finn wurde immer nervöser. Wirklich unglaublich, was nachts in kleinen Nebenstraßen noch los war. Als sie endlich vor Kyles Wohnhaus angekommen waren, ohne von der Polizei angehalten worden zu sein, atmete er erleichtert auf. Doch die Freude kam zu früh, wie er sehr schnell merkte. Die eigentliche Tortur lag noch vor ihnen.

„Das Ding kriegen wir niemals in den Aufzug. Das hat bestimmt eine Länge von 3,50 Meter. Wir müssen über das Treppenhaus."

Kyle umrundete das Schlauchboot, das inzwischen auf dem Gehweg vor ihnen lag.

„Ja, das wird wohl stimmen, das mit der Länge. Aber breit ist es höchstens 1,60 Meter. Damit kommen wir auf alle Fälle durch die Türen. Ich schließe auf, Moment!"

Zum Glück hatte die Haustür einen Stopper, den man einrasten lassen konnte und der sie offen hielt. Das Boot war so schwer, dass sie beide Hände brauchten, um es anheben zu können. Die erste, echte Hürde war dann auch die Tür ins Treppenhaus. Sie mit dem Fuß aufzuhalten und gleichzeitig den Bug durch die Türöffnung zu ziehen, brachte Finn gehörig ins Schwitzen.

„Warte, nicht schieben! Das Seil hat sich an der Bodenschiene verhakt. Ich muss das erst losmachen." Finn musste einige Verrenkungen anstellen, um an die Stelle zu gelangen und das Boot wieder zu befreien. Es ging weiter.

Das Treppenhaus war geräumig, doch die Biegungen waren eine einzige Herausforderung.

„Du musst runter mit dem Boot! Ich muss hoch. Wir müssen das Boot hochkant stellen und dann neigen. Dann können wir es über den Handlauf schieben und um die Kurve drehen. … Warte, warte, warte! … Nicht so schnell, sonst machen wir die Außenhaut kaputt … ja, genau so … langsam … und jetzt schieb! … Schiebst du schon? Ich kann das Ding nicht alleine tragen. Hopp, hauruck!" Finn ächzte und stöhnte. Kyle erging es nicht besser. Ein Glück, dass sie niemand hörte. Sie gaben Geräusche von sich wie drittklassige Pornodarsteller in einem noch schlechteren Film. Das war eine elende Plackerei. Nach schweißtreibenden dreißig Minuten – die Finn jedoch drei Mal so lang erschienen – hatten sie das Schlauchboot endlich in Kyles Wohnung bugsiert.

Schwer atmend standen sie davor und betrachteten es. Das Wohnzimmer war zwar groß genug für dieses Gummimonster, aber es wirkte so deplatziert wie eine Ziege in der Oper.

Kyle umrundete das Ungetüm, trat neben ihn und klopfte ihm auf die Schulter.

„Finn, du bist ein echter Kumpel. Tausend Dank für deine Hilfe. Auf dich kann ich mich hundertprozentig verlassen.“ Er umarmte ihn. An ihn gepresst, Kopf an Kopf, murmelte er in seine Haare. „Du bist einmalig.“

Finn spürte über die Haut an seinem Hals das Vibrieren ins Kyles Kehle, während dieser sprach. Eine Gänsehaut überzog seinen Rücken. Erst recht, als Kyle anfing, seinen Nacken zu kraulen. Mit den Fingerspitzen fuhr er ihm durch seine Haare.

„Ich mag es, wenn du so leicht verschwitzt bist. Dann glüht dein Körper, du riechst berauschend.“ Tief sog Kyle die Luft ein, löste sich so weit von ihm, dass er ihm in die Augen sehen konnte. Langsam näherte sich sein Gesicht, er beugte leicht den Kopf, hielt ihn ein wenig schräg. Ihre Lippen berührten sich. Ganz kurz nur, mehrmals hintereinander. Finn hielt still, wie gebannt fühlte er dem Kribbeln nach, das diese flüchtigen Küsse in ihm erzeugten. Kyle küsste ihn wieder und wieder. Beide hatten sie ihre Lippen geöffnet, umfingen einander damit, saugend, verzehrend, brachten schließlich ihre Zungen mit ins Spiel. Zart, tastend, dann zunehmend forscher. Ein Kuss, so leicht wie Sommerwind, der sie doch mitriss. Sie atmeten schwer. Wie zuvor beim Schleppen und doch völlig anders.

Finn merkte, wie er hart wurde. Von Kyle berührt zu werden, von ihm geküsst zu werden, in der realen Welt, nicht nur in seinen Vorstellungen und Wunschträumen, überschäumte sein Denken, benebelte ihn. Er stöhnte auf, als Kyle sich an ihm rieb. Er konnte die Wölbung, die sich in dessen Hose befand, deutlich spüren. Kyle hatte sich mit seinen Händen einen Weg unter seinen Pulli gebahnt, streichelte ihn, ohne dass er mit dem Küssen aufgehört hätte. Mit fiebriger Hast ließ auch er seine Finger über Kyles Rücken gleiten.

So sehr! Er wünschte es sich so sehr. Er bewegte seine Hüften hin und her, griff mit der einen Hand in Kyles Haare, fuhr mit der anderen über seine Pobacke, knetete sie durch die Hose hindurch. Sie stöhnten sich gegenseitig in den Mund, hatten sich immer noch nicht voneinander gelöst, küssten sich, als gäbe es kein Morgen mehr. Diese Gier! Unsäglich. Unsäglich köstlich.

„Lieb mich“, raunte ihm Kyle zu.

Diese Worte brachten Finn zur Besinnung. Er drückte Kyle von sich. „Nein! Nicht noch einmal. Ich will nicht!“

Er machte einen Schritt zurück, brachte Abstand zwischen sich und Kyle. Dieser starrte ihn ungläubig an.

„Aber … natürlich willst du! Das ist doch offensichtlich.“ Er senkte den Blick auf seine Körpermitte.

Ohne hinzusehen wusste Finn, dass dort eine verräterische Beule zu sehen war. Er spürte, wie sich sein Schwanz schmerzhaft gegen den Stoff der Hose drückte.

„Ich … natürlich will ich Sex mit dir, aber nicht so …"

„Was soll das heißen? Nicht so?" Kyle breitete die Arme zu einer fragenden Geste aus, die Handflächen nach oben, zuckte mit den Schultern.

„Das … es ist … ach, ich will mit dir schlafen, weil … weil … egal, aber du …" Finn holte tief Luft. „Wir haben unterschiedliche Gründe und das ist nicht gut."

„Unterschiedliche Gründe? Was soll denn das bitte heißen? Finn, sprich mit mir so, dass ich dich verstehen kann, was soll das?" Kyle war sichtlich genervt.

„Verdammt noch mal! Ich will mit dir schlafen, weil ich dich liebe und du willst doch nur ficken!", schrie Finn, der inzwischen auch die Nase voll hatte. „Das fühlt sich scheiße für mich an, verstehst du? Als wäre ich ein Ding, das man benutzen kann." Seine Stimme war immer leiser geworden. Jetzt wandte er sich von Kyle ab, sprach aber weiter. „Lass uns einfach nur Freunde sein, ohne Sex. Okay?"

Er warf einen Blick auf Kyle. Dieser stand mit herabhängenden Armen einfach nur da und starrte ihn an.

„Gute Nacht, Kyle. Bis morgen." Finn ging an ihm vorbei, zur Tür hinaus und drückte diese sachte ins Schloss.

Kapitel 46 – Kyle

Eine ziemlich ungemütliche Nacht lag hinter ihm. Er hatte kaum geschlafen. Tausend Gedanken waren ihm durch den Kopf gegangen. Und immer wieder, in Dauerschleife Finns Worte *weil ich dich liebe*. Eigentlich hätte er darüber lachen müssen, denn er wusste doch, dass es Liebe nicht gab, dass das nur eine Ausrede für Egoismus war, ein Scheingebilde, um sich bestimmte Sachverhalten schönzufärben. Und doch … diese Worte übten einen Zauber auf ihn aus. Gegen den er sich zu wehren versuchte.

Er hatte den Satz schon oft zu hören bekommen. Manche seiner Kunden hatten ihn hinausgeschrien, kurz bevor sie gekommen waren. Oder hinterher, in glückseliger Umnebelung. Er hatte immer nur dazu gelächelt. War über diese Albernheit hinweggegangen, ohne Erwiderung.

Der harte Strahl der Dusche prasselte auf seinen Kopf. Das tat gut. Er stellte das Wasser ab, seifte sich ein, nahm den Rasierer zur Hand. An manchen Stellen brachte er es einfach nicht über sich, ein Waxing anzuwenden. *Weil ich dich liebe*. Verdammt! Warum musste er so etwas sagen. Ausgerechnet Finn. Er redete nie dummes Zeug, er log auch nicht. Das alles passte nicht zusammen mit diesem bescheuerten Satz. Prompt schnitt er sich beim Rasieren.

Alles, was Finn gesagt hatte, setzte ihm zu. *Du willst nur ficken*, okay, das stimmte schon, er mochte Sex. Er brauchte als Grund nur Lust und die war unbestreitbar vorhanden gewesen. Auf beiden Seiten. Aber Finn – so ein Spinner! – konnte anscheinend Sex nicht von einer Beziehung trennen. Wie absurd. Sex ohne Liebe war für ihn gleichbedeutend mit ausgenutzt werden. So hatte er es gesagt und sicher auch gemeint. Je länger er darüber nachdachte, umso verrückter erschien ihm Finns Einstellung, ja, sie weckte Ärger in ihm. Er spülte den Schaum von seinem Körper, stieg aus der Duschkabine.

„Der hat doch einen Knall", murmelte er ins Handtuch, als er sich abtrocknete. „Einen mega-riesig-übergroßen, bescheuerten Mammutknall", setzte er noch einen drauf. Abgestützt auf das Waschbecken beugte er sich vor und begutachtete sein Gesicht im Spiegel. „Lieber Kyle", sprach er zu sich selbst, „da hat doch der gute Finn exakt das Richtige gesagt: *Lass uns einfach nur Freunde sein, ohne Sex*." Er schnalzte mit der Zunge, nickte sich zu. „Ganz genau, so machen wir das."

Nackt wie er war, ging er in die Küche und brühte sich einen Kaffee. Während er ihn trank, lehnte er in der Türöffnung und blickte ins Wohnzimmer. Da lag es, sein Schlauchboot, in seiner unübersehbaren Pracht. Unweigerlich wanderten seine Gedanken zur letzten Nacht zurück und blieben an dem Punkt stecken, als er Finn umarmt und dann geküsst hatte. Wie gut er gerochen hatte, wie gut er geschmeckt hatte … dieser Kuss! Dicht an seinen Leib gepresst, seine Erregung zu spüren, das war … schön gewesen. Er stellte die leere Tasse ab, klapperte dabei, da seine Hand zitterte. Ah! Er hatte längst einen Ständer. Verdammt. Finn. Wie es sich wohl anfühlen mochte, sich in ihm zu versenken? Komplett, bis zum Anschlag, von ihm fest umfangen zu werden? Er umfasste seinen Schwanz, fing an ihn zu massieren. Die Augen geschlossen hatte er Finns Gesicht vor sich, wie er ausgesehen hatte, mit diesem weichen und doch so gierigen Blick, die Lippen feucht vom Kuss, bereit, ihn erneut aufzunehmen, seinen Mund, seine Zunge … seinen Schwanz. Kyle stöhnte, seine Hand bewegte sich immer schneller, mit der anderen hielt er sich an der Küchenplatte fest, wichste sich hart, beinahe grob. „Finn!“, rief er, als er kam, sich in einem Strahl auf den Boden entlud. Bis sich sein Atem wieder beruhigt hatte, stand er einfach nur da. Dann flüchtete er sich in hektische Betriebsamkeit, putzte die Bescherung auf, säuberte sich, zog sich an. Sorgsam darauf bedacht, nicht zu analysieren, was vorgefallen war.

Er stopfte gerade Hemden in die Trommel der Waschmaschine, als es klingelte. Sonntagvormittag. Wer mochte das sein? Finn sicher nicht und auch für Alena war es viel zu früh. Sollte er überhaupt öffnen? Eigentlich wollte er jetzt niemanden sehen. Mit Bedacht füllte er Waschpulver in das kleine Schubladenfach, stellte die Maschine an. Es klingelte noch mal. Einen tiefen Seufzer ausstoßend, ging er nun doch zur Tür.

„Wer ist da?“, bellte er in die Sprechanlage.

„Ich bin’s, Finn. Darf ich hochkommen?“

Kyles Herz schlug augenblicklich schneller. „Natürlich!“

Er beeilte sich, auf den Türöffner zu drücken. Auf eine erneute Funkstille zwischen Finn und sich war er absolut nicht scharf gewesen, aber er hatte befürchtet, dass es erneut so kommen würde. Wie nach ihrem Sex. Diesmal war es nur ein Kuss gewesen. Vielleicht machte das den Unterschied. Jedenfalls war er neugierig, was ihn gleich erwarten würde.

Die Aufzugtüren öffneten sich. Finn trat heraus, blieb stehen, als er ihn sah. Doch sein Zögern war nur kurz, entschlossen kam er auf ihn zu.

„Ich bin ein Idiot." Als wäre damit alles erklärt, blickte Finn ihn abwartend an. Er hatte rote Flecken auf den Wangen, seine Haare waren leicht feucht. Der Duft seines Duschgels umgab ihn noch ziemlich deutlich.

„Äh, ja? Könntest du das spezifizieren?" Er ging vor Finn her in die Küche. Es roch noch nach Reiniger. „Kaffee?", fragte er und holte nach Finns Nicken zwei Tassen aus dem Schrank. Sie setzten sich an den Bistrotisch, die Metallfüße quietschen über den Boden, als sie die Hocker zurechtrückten.

„Schieß los, Finn."

„Ich habe die ganze Nacht nicht geschlafen. Ich habe nachgedacht."

„Aha. Und das Resultat ist, dass du ein Idiot bist?"

„So ungefähr." Finn schmunzelte. „Du merkst es ja grade selbst. Ich stottere schon wieder rum, statt zu sagen, was ich sagen will. Also …" Er holte tief Luft. „Ich war ein Idiot, dass ich gestern einfach abgehauen bin. Wir hätten miteinander schlafen sollen. Ich war bescheuert, mir dieses Erlebnis entgehen zu lassen." Finns Wangen färbten sich rot.

„Allerdings. Mich hat schon lange keiner mehr mit einem Ständer einfach stehenlassen." Er zwinkerte Finn zu. Ihn amüsierte die Situation, doch wollte er nicht alles unter den Tisch fallen lassen, was ihn die Nacht über beschäftigt hatte.

„Mir ist es tatsächlich lieber, wir lassen das mit dem Sex, wenn du dich ausgenutzt fühlst. *Benutzt*." Er legte besondere Betonung auf das letzte Wort. „Das gefällt mir gar nicht, ehrlich gesagt. Ich habe es nicht nötig, jemanden zu benutzen. Du verstehst, dass ich darauf empfindlich reagiere."

Finns Gesichtsfärbung wurde noch eine Nuance dunkler. Er schaffte es nicht, ihm ihn die Augen zu sehen.

„Ja, das war echt daneben von mir. Ich möchte mich dafür entschuldigen. Ich … keine Ahnung, was da aus mir herausgebrochen ist. Ich … ich muss das endlich in meinen Kopf kriegen, dass man auch ohne Beziehung Sex haben kann. Einfach so, weil es Spaß macht. … Himmel, ich führe mich auf wie ein romantischer Teenager, der Diddlmäuse in sein Tagebuch klebt. So borniert bin ich doch gar nicht!" Jetzt blickte Finn ihn doch an, mit so einem flehenden Ausdruck auf dem Gesicht, dass er lachen musste.

„Tja, die Uhr können wir leider nicht zurückdrehen. Aber vielleicht kannst du dir deine Erkenntnisse bis zur nächsten dementsprechenden Situation bewahren." Er stand auf und räumte die Tassen in den Geschirrspüler.

„Wenn du schon mal da bist, kannst du dir noch mal meinen ersten Preis mit bewundernder Andacht begucken." Er ging ins Wohnzimmer, stellte einen Fuß auf den Rand des Schlauchboots und erhob die Arme zu einer Siegerpose.

„Du solltest unbedingt ein Foto von mir machen. Ich glaube, dieser Moment wirft jetzt schon sein Licht voraus in meine strahlende Zukunft."

Finn kicherte. „Die da wäre? Schafkopfkönig? – Ich glaube, ich bin nicht der Einzige, der 'ne Meise hat."

Kapitel 47 – Finn

Zwei Monate später

„Du hast ja heute eine ekelhaft gute Laune, Finn. Was ist los? Heute Morgen auf Anhieb zwei Socken gefunden, die zusammenpassen?“

Finn hörte auf zu summen. Er wurde den Song nicht mehr los, den er im Autoradio auf dem Weg zur Arbeit gehört hatte. Ein richtiger Ohrwurm. „Ach, ich habe mich einfach schon auf deine kernigen Sprüche gefreut. Du bist einfach die Sonne in meinem tristen Herzen, mein Freund.“ Er konnte dem Hieb, den sein Arbeitskollege ihm verpassen wollte, gerade noch ausweichen.

„Siehst du, du machst sogar nette Bewegungsspiele mit mir. Du bist so gut zu mir.“ Die anderen aus der Truppe stimmten in sein Lachen mit ein. Die Stimmung war perfekt. So machte Arbeit Spaß.

Den wahren Grund, warum er so gut drauf war, würde er seinen Arbeitskollegen natürlich nicht verraten. Er war heute Abend wieder mit Kyle verabredet. Gut möglich, dass sie Sex haben würden. Das wäre das zwölfte Mal seit der Schlauchboot-Kuss-Misere, er hatte natürlich mitgezählt. Sie planten das nicht, manchmal ergab es sich. Und dann war es einfach nur schön.

Am liebsten hätte er täglich mit Kyle geschlafen. Er war so heiß auf diesen Mann! Allerdings musste er zugeben, dass das Warten und die Ungewissheit den Reiz noch erhöhten. Manchmal war er so spitz, dass er allein beim Gedanken an Kyles perfekten Körper hart wurde.

So wie gerade in diesem Moment. Er musste zusehen, dass seine Gedanken eine andere Richtung einschlugen, sonst konnte das jetzt echt peinlich werden.

Der Tag war wie im Flug vergangen. Das war immer so, wenn viel los war und er sich auf eine anspruchsvolle Aufgabe konzentrieren musste. Finn klappte seine Spindtür zu und stopfte sich dann das Hemd in die Hose.

„Hey, Finn, Wochenende, super, nicht wahr? Hast du Lust auf einen Absacker heute Abend?“ Daniel sah ihn erwartungsvoll an.

„Sorry, bin schon verabredet. Vielleicht nächstes Wochenende?“

„Ach, der Text kommt mir bekannt vor.“ Daniel winkte ab. „Wieder mit Kyle, oder? Man könnte meinen, ihr seid verheiratet.“

„Nein, wir sind nur …“

„… Nachbarn, ich weiß“, unterbrach ihn Daniel. Er klopfte ihm auf die Schulter. „Aber ich kann’s ja verstehen. Der Kerl sieht aus wie ein Filmstar, den würde ich mir auch warmhalten, wenn ich die Chance dazu hätte.“

„So ist das nicht. Ich treffe mich gern mit Kyle, weil er wirklich nett ist.“

„Ich bin auch nett.“ Vermutlich war es witzig gemeint, aber Daniels Stimme klang eher empört. Oder verzweifelt. Sein Interesse an ihm hatte anscheinend noch nicht nachgelassen.

Finn konnte durchaus nachvollziehen, wie Daniel sich fühlte. Schließlich hegte er selbst für einen Typen tiefere Gefühle, die dieser nicht erwiderte. Alles wäre viel einfacher, wenn er sich stattdessen in Daniel verliebt hätte. Objektiv betrachtet wäre er genau der richtige Partner für ihn. Ehrlich, solide, aus der gleichen Gesellschaftsschicht, sie hatten gemeinsame Interessen, bedingt durch ihre Arbeit … Die Pro-Liste wies viele überzeugende Punkte auf. Dem gegenüber auf der Kontra-Seite aber der entscheidende Grund stand: dass er nicht in Daniel verliebt war, sondern in Kyle. Und das war für Finn ausschlaggebend. Es wäre Daniel gegenüber unfair gewesen. Dieser hatte jemanden verdient, der ihn aufrichtig liebte und nicht einfach nur nett fand. Gefühle ließen sich nicht erzwingen. Das war ihm schmerzlich bewusst. Er arbeitete immer noch daran, sich an diesen Umstand zu gewöhnen. Dass Kyle ihn nicht liebte. Stattdessen erfreute er sich an dem, was er bekommen konnte und das war nicht wenig. Mehr als Daniel von ihm bekam … Aber das konnte und wollte er nicht zu seinem Problem machen. Damit musste Daniel allein klarkommen.

„Ah, schön, dass du schon da bist. Mach's dir gemütlich, ich muss noch was fertig machen." Kyle lächelte ihn an und verzog sich wieder an seinen Computer.

Finn trat sich die Schuhe von den Füßen und verschwand im Bad. Die Dusche tat gut. Die Arbeit war heute schweißtreibend gewesen.

Er öffnete die Tür des Schlafzimmerschrankes und fand den Anblick seiner Wäsche wieder einmal irritierend. So ordentlich, regelrecht penibel. Es hatte sich als praktisch herausgestellt, dass er ein paar seiner Klamotten hier deponierte. Kyle gab sie gemeinsam mit seinen Sachen zu seinem Wäscheservice und so empfingen Finn seine T-Shirts und Jeans' feinst säuberlich gebügelt und gefaltet. Ein nie gekannter Zustand. Finn war sich sicher, dass dieser Anblick seiner Mutter die Freudentränen in die Augen getrieben hätte.

Als er fertig angezogen ins Wohnzimmer kam, hatte Kyle seine Arbeit beendet, machte eben den Computer aus.

„Wo soll ich heute Essen bestellen? Beim Italiener oder dem neuen Koreaner?“, fragte Kyle.

„Hm, meinst du nicht, wir sollten mal selbst kochen?“ Finn war es unangenehm. Das Essen bezahlte nahezu immer Kyle. Auf Dauer hätte er sich den Lieferservice gar nicht leisten können.

Kyle sah ihn entgeistert an. „Du immer mit deiner Abenteuerlust. Du weißt doch, dass ich sogar Wasser anbrennen lasse. Meine Küche ist nur zur Deko da.“ Er zwinkerte ihm zu. „Außerdem haben wir heute etwas viel Wichtigeres vor.“

„Ja, was denn?“ Finn hoffte, nicht allzu lüstern auszusehen. Was ihm anscheinend nicht so recht gelang.

„Nein, nicht das. Guck gefälligst anders. So kann ich nicht mit dir reden.“ Ein fettes Grinsen überzog dennoch Kyles Gesicht. Sie setzten sich beide auf die Couch, mit Abstand zwischen sich, aber einander zugewandt.

„Guck mal aus dem Fenster. Winter, Schmuddelwetter, kalt, genau der richtige Zeitpunkt, um den Sommerurlaub fürs nächste Jahr zu planen. Was hältst du davon, wenn wir gemeinsam wegfahren?“

Finn starrte ihn an. Sortierte die Wörter, die da gerade in seinen Kopf gepurzelt waren und irgendwie keinen Sinn ergaben. Urlaub, gemeinsam mit Kyle? Das … wäre bestimmt schön. Aber, er musste sich verhört haben.

„Ich meine, wenn du nicht willst, kannst du das ruhig sagen, war jetzt nur so eine Idee von mir“, fügte Kyle hinzu. Er präsentierte dazu sein unverbindliches Lächeln, ein Gesichtsausdruck, den er bisher nie in Bezug auf ihn verwendet hatte. Das war der „Dich-geht-es-gar-nichts-an-was-ich-denke“-Blick, eingewickelt in freundliche Höflichkeit.

Finns erster Impuls war Ärger. Nicht über den Vorschlag, sondern über diese Miene. Aber dann begriff er. Kyle versteckte sich! Hinter seiner gut antrainierten Fassade. Er hatte anscheinend eine andere Reaktion als Schweigen und Starren erwartet und war ein wenig eingeschnappt. Ein Grinsen stahl sich unweigerlich auf Finns Gesicht und wurde immer breiter.

„Das ist eine grandiose Idee! Ich wollte schon immer mal mit dir in Zwickau zelten gehen.“

„Oh, an so etwas Anspruchsvolles hatte ich eigentlich nicht gedacht. Ein Fünf-Sterne-Hotel auf den Malediven würde mir schon reichen.“ Erleichtert lachte Kyle auf.

Die Schockstarre war von Finn gewichen, die Begeisterung für die Urlaubsplanung hatte rote Flecken in sein Gesicht getrieben. Er konnte ihr Brennen spüren.

„Dir ist schon klar, dass wir die Urlaubspläne auf meinen Geldbeutel ausrichten müssen und nicht auf dein fettes Konto? – Okay, ich will ja mal gar nicht so sein. Ich erhöhe von Zelten auf Jugendherberge.“

„Aber nur, wenn ich im Stockbett oben liegen darf.“

„Du darfst dir sogar deine Hello-Kitty-Bettwäsche mitnehmen."

„Du frecher Rotzbengel! Wird mal wieder Zeit, dass ich dir Manieren beibringe."

Kyle stürzte sich auf ihn und eine wilde Rangelei begann. Kyle versuchte ihn zu kitzeln. Seit er herausgefunden hatte, dass es da ein paar empfindliche Stellen bei ihm gab, versuchte er ihn immer genau da zu attackieren. Musste er nämlich erst mal lachen, ließen seine Kraft und Gegenwehr rapide nach und er war leichte Beute für Kyle.

Diesmal bekam er sehr schnell Kyles Hände zu fassen und drückte sie von seinem Körper weg. Schwer atmend kniete Kyle halb über ihm, presste ihn mit seinem Gewicht tief in die Sofakissen.

„Wenn ich dich jetzt küsse, wird es weder etwas mit dem Essen noch mit der Urlaubsplanung." Kyle räusperte sich, seine Stimme war rau.

Finn blieb vollkommen reglos. Er sah in Kyles Augen die gleiche Leidenschaft, die er auch verspürte. Würden sie ihr nachgeben? Sein Schwanz schwoll an, drückte gegen die Jeans.

Langsam beugte sich Kyle zu ihm herab, küsste ihn hauchzart auf die Lippen und ließ dann abrupt von ihm ab.

Er musste seine ganze Selbstbeherrschung aufbieten, sich nicht auf Kyle zu stürzen. Mit geschlossenen Augen lag er einfach nur da und wartete, dass sich sein innerer Aufruhr wieder legte. Gleichzeitig genoss er den süßen Schmerz, den dieses unerfüllte Wollen in ihm auslöste. Er würde beim nächsten Sex so dermaßen explodieren! So viel, wie sich inzwischen angestaut hatte. Er stöhnte auf.

„Koreaner oder Italiener?“ Kyle hatte sich so weit entfernt wie möglich an das Regal gelehnt, das Telefon in der Hand. Die Brüchigkeit seiner Stimme zeigte, dass er ebenfalls mit seinen Trieben kämpfte.

„Italiener. Und ich will nicht fliegen.“ Finn setzte sich auf, entschlossen, genauso beherrscht zu sein wie Kyle. Sie würden zusammen essen und den Urlaub planen. Das konnte klappen. Er musste nur jede Berührung mit Kyle vermeiden, auf Sicherheitsabstand achten.

Kapitel 48 – Kyle

„Was macht Finn heute?“, fragte Alena.

„Er ist bei seiner Schwester. Nele hat Geburtstag“, antwortete Kyle. Er hätte auch mitkommen sollen, Svenja hatte ihn extra angerufen und eingeladen, aber die Aussicht auf das Gekreische ließ ihn absagen. Er mochte die Kinder, aber nicht, wenn sie an Geburtstagen mit Zucker gedopt und von den Geschenken aufgepeitscht waren. Dieses Erlebnis hatte er einmal mitgemacht und damit war sein persönlicher Bedarf bis ans Lebensende gedeckt. Er hatte das Geschenk Finn mitgegeben und war sich sicher, dass das für Nele das Wesentliche sein würde und nicht seine Anwesenheit. Er musste grinsen. Süß war sie ja schon, die kleine Maus.

„Oh, das muss ich mir merken. Dann werde ich zukünftig genau drei Mal im Jahr die Chance haben, mit dir auszugehen. Immer dann, wenn die Nichten und Neffen von Finn Geburtstag feiern.“ Sie zwinkerte ihm zu. Mit der ihr eigenen Anmut griff sie zum Weinglas.

„Übertreib doch nicht so!“ Er stützte die Ellbogen auf den Tisch und legte die Fingerspitzen aneinander.

Alena zog eine Augenbraue in die Höhe. Sie trank einen Schluck, stellte das Glas ab und antwortete erst dann. „Seit du mit Finn zusammen bist, hattest du jedenfalls keine Sekunde Zeit für mich.“

„Ich bin nicht mit Finn zusammen! So ein Quatsch! Wie kommst du nur auf so etwas?“ Während des Sprechens hatte er seine Arme ausgebreitet, die Handflächen nach oben. Das signalisierte seine Empörung, wie er nun feststellte. Er bereute, seine Gesten nicht besser unter Kontrolle gehabt zu haben. Prompt kam die Replik.

„Jetzt geh doch nicht gleich so hoch! Wie würdest du denn das bezeichnen? Du verbringst nahezu deine komplette Freizeit mit Finn, ihr habt Sex miteinander, nächstes Jahr fahrt ihr sogar zusammen in den Urlaub … also für mich sieht das nach einer handfesten Beziehung aus."

„Völliger Nonsens. Finn und ich sind nur Freunde. Der Sex ist ohne Bedeutung, das ist einfach nur Spaß. Finn weiß das. Und warum sollten wir nicht Zeit miteinander verbringen, wenn wir uns sympathisch sind? Das tun wir beide ja auch und da hast du noch nie behauptet, dass wir eine Beziehung hätten." Das Wort Beziehung sprach er derart verächtlich aus, dass er automatisch das Gesicht vor Widerwillen verzog.

Alena legte ihre Hand auf seine, beugte sich leicht vor.

„Kyle, beruhige dich. Du verdirbst uns noch den Abend. Ich sehe, was ich sehe und das ist Glück. Kyle, du siehst so glücklich aus, wie ich dich noch nie erlebt habe. Ich freue mich doch einfach nur für dich. Nenn es, wie du willst. Mir ist das egal. Aber du solltest dich irgendwann fragen, ob es Finn auf Dauer auch egal sein wird." Ihre Stimme war warm und einfühlsam, ihr Blick nicht minder.

Der Kellner trat an ihren Tisch heran. „Haben Sie schon gewählt?"

Dessen freundliches Lächeln hätte Kyle normalerweise erwidert, aber er war zu aufgewühlt. Er ließ Alena den Vortritt und leierte dann seine Bestellung mechanisch herunter. Als der Mann gegangen war, hakte er bei Alena nach.

„Was meinst du damit? Was wird Finn auf Dauer nicht egal sein?"

„Deine Unverbindlichkeit. Deine Unfähigkeit, dir deine eigenen Gefühle einzugestehen und sie dann offenen Herzens mit Finn zu teilen."

„Von was für Gefühlen sprichst du, um Himmels willen? Sympathie und Freundschaft?" Ärger wallte in ihm hoch.

„Du Idiot brauchst nicht auf mich wütend zu sein! Das Defizit liegt allein bei dir. Du hast eine Scheißangst, dir einzugestehen, dass du verliebt bist. Wobei ich überhaupt nicht begreifen kann, warum das so ist. Vielleicht hältst du das ja nicht für männlich, aber da täuschst du dich, mein Lieber. Nichts ist männlicher als die Größe, zu sich selbst zu stehen, in allen Bereichen." Alena war ebenfalls wütend geworden.

Das konnte er deutlich an der steilen Falte auf ihrer Stirn erkennen. „Ich bin nicht verliebt", presste er hervor. Ihm war heiß geworden. Das war die Wut, die sich in ihm anstaute. Alena hatte nicht das Recht, so einen Schwachsinn zu behaupten, ihm Dinge zu unterstellen, die schlicht nicht zutrafen.

„Ah ja? Da beobachte ich aber etwas völlig anderes. Tu mir nur einen Gefallen, Kyle. Du musst es mir gegenüber nicht zugeben, was in dir vorgeht. Ich sag dir das jetzt, weil mir an dir und Finn liegt. Überlege dir genau, wie du dich fühlen würdest, wenn Finn aus deinem Leben verschwindet. Und irgendwann wird er das tun, das kann ich dir versichern. Das hält nämlich niemand auf Dauer aus, was du mit ihm machst. Du lässt ihn am ausgestreckten Arm verhungern. Indem du deine Gefühle leugnest. Du trittst seine Zuneigung mit Füßen, wertest Finn ab. Degradierst ihn zu einer verschmerzbaren Figur auf einem Schachbrett. Denk nach, ist er das? Ist Finn für dich austauschbar? Ersetzbar?“ Sie lehnte sich zurück, verschränkte die Arme vor der Brust.

„Du irrst dich. In allem. Niemand ist verliebt, weder Finn noch ich. Es ist alles geklärt zwischen uns, Finn weiß, woran er ist und ich auch. Wir sind beide frei. Und ich möchte jetzt nicht mehr über das Thema reden.“ Er presste die Lippen aufeinander und war dankbar, dass die Vorspeise schon serviert wurde.

Alena hatte es tatsächlich geschafft, sich anderen Themen zuzuwenden. Im Laufe des Essens war seine gute Laune wieder zum Vorschein gekommen und sie hatten viel miteinander gelacht.

Jetzt jedoch, als er alleine in seiner Wohnung saß, kehrte die Erinnerung an die Diskussion zurück. Finn würde heute nicht mehr zu ihm rüberkommen, das hatte er schon angekündigt. Beide hatten nicht gewusst, wann sie letztendlich nach Hause kommen würden.

Was wäre, wenn Finn nie mehr zu ihm kommen würde? Alena mit ihren nervigen Fragen! Es war doch normal, dass er ihn vermissen würde, schließlich waren sie gute Freunde. Was wäre, wenn Finn sich verlieben würde? Eine Beziehung mit einem anderen Mann anfangen würde? Diesem Daniel vielleicht …

Er hätte Alena erwürgen können! Sie hatte ein Gedankenkarussell in Gang gesetzt, dem er nun ausgeliefert war.

Kapitel 49 – Finn

„Was ist das?“ Kyle blickte ratlos auf das Gebilde in seiner Hand.

„Das kommt auf deinen Blickwinkel an.“ Finn amüsierte sich köstlich über Kyles Gesichtsausdruck. Er hatte ihm das Ding überreicht, kaum dass Kyle ihn in die Wohnung gelassen hatte. Er ging an ihm vorbei ins Wohnzimmer.

„Ah, okay, welche Sichtweisen stehen denn zur Auswahl?“ Kyle knetete seine Unterlippe.

„Die Pragmatische zum Beispiel. Sie sagt dir, dass du einen Haufen Altpapier und Abfall in der Hand hältst. Oder die Empathische. Sie drückt aus, dass dir damit die Wertschätzung einer nunmehr Dreijährigen geschenkt wurde.“

„Das klingt gut. Also, Letzteres. Das nehm’ ich.“ Er drehte das Ding rundherum. „Ich weiß, ich bin ein Banause, aber ich hätte jetzt gesagt, das ist eine leere Klopapierrolle, die bunt bemalt und beklebt wurde. Mit …“ Er beugte sich näher heran, „… Luftschlangen und Stofffetzen.“

„Nele hat gesagt, das ist ein Raumschiff. Sie hat es dir innen drin richtig gemütlich gemacht, schon gesehen?“

„Stimmt, das steckt Watte drin. Mit Flüssigklebstoff und … Moment, ich halte das mal ins Licht … eingestreuten Glitzersternen. Das ist aber schön. Bin wohl schon auf dem Rückweg und hab ein paar Sterne eingesammelt.“

„Ich werde ihr erzählen, wie hingerissen du warst.“ Finn freute sich ehrlich. Er hätte nicht gedacht, dass Kyle sich mit dem *Kunstwerk* so eingehend beschäftigen würde.

„Ich hätte jetzt gesagt, das da …“, er fuchtelte mit dem Finger herum, „… das ist eine getrocknete rote Bohne. Und hier noch eine weiße. Was meinst du?“

Finn reckte den Hals. „Eindeutig Hitzereflektoren, für den Wiedereintritt in die Erdatmosphäre. Das Mädchen meint es gut mit dir.“

„Ja, ganz anders der Onkel dieses bezaubernden Kindes. Der haut mir immer Dinge um die Ohren, die ich gar nicht hören will.“ Kyle zog die Augenbrauen nach oben und blickte gespielt pikiert.

„Du wirst doch nicht schon wieder mit deinem bescheuerten Schlauchboot anfangen!“ Finn schmunzelte. „Eigentlich bist du doch ziemlich froh, dass es nicht mehr im Wohnzimmer herumgammelt. Außerdem hast DU mich nach meiner Meinung gefragt, was beschwerst du dich?“

„Ja, aber manche Menschen hätten das etwas feinfühliger ausgedrückt als du. Die Worte ‚Spinner‘ und ‚potthässlich‘ hättest du nicht unbedingt verwenden müssen. Ich habe eine empfindsame Seele, das hat mich schon getroffen.“ Kyle schniefte. Schlurfte zum Regal, stellte dort Neles Bastelarbeit ab und kam mit hängenden Schultern zurück.

„An dir ist echt ein Schauspieler verloren gegangen. – Was gibt’s heute zu essen?“

„Du denkst aber auch immer nur an das eine.“ Kyle schüttelte den Kopf, immer noch in seiner Rolle des Märtyrers.

„Stimmt, aber Hunger habe ich trotzdem.“ Finn zwinkerte ihm zu.

„Wenn das so ist …“ Kyle gab seiner Stimme einen lasziven Klang. Wie ein Raubtier schlich er auf ihn zu. Finns Herz fing augenblicklich an schneller zu schlagen.

„Das Essen habe ich schon bestellt, aber bis es kommt, können wir uns ja schon eine Vorspeise gönnen.“ Kyle ließ seine Hand vorschnellen, packte ihn im Schritt.

Finn keuchte überrascht auf. Er hatte einen Kuss erwartet. Kyle knetete seinen Schwanz durch den Stoff seiner Hose hindurch. Finn konnte nicht anders. Er schloss die Augen, genoss die raue Behandlung. Ein Stöhnen entkam ihm. Mit einer Hand hielt er sich an Kyles Schulter fest. Der Druck wurde stärker, die Hose zu eng. Er hob die Lider, sah Kyle dabei zu, wie er die Knöpfe öffnete. Und hineinfasste. Seinen Schwanz kurz pumpte und tiefer glitt, seine Hoden fest umschloss. Kyle drückte kurz zu, ein Schmerzimpuls durchfuhr ihn, er keuchte auf. Die Anspannung wich jedoch sofort, da Kyle ihn nun zart massierte. An den Hoden, am Damm. Eine Stelle, die ihm, so behandelt, regelmäßig eine Gänsehaut bescherte. Auch jetzt kroch dieser wohlige Schauer über seinen Rücken.

Es klingelte an der Tür, Kyle ließ von ihm ab.

„Du kannst mich doch nicht hier so stehen lassen?“ Finn blickte Kyle entgeistert nach.

„Du siehst doch, dass ich es kann“, erwiderte Kyle ungerührt und ging zur Haustür. „Außerdem hast du doch Hunger. Das ist das Essen“, rief er über die Schulter zurück.

Kyle sprach mit dem Boten, bezahlte, trug die Tüten in die Küche. Schranktüren klappten, Geschirr und Gläser klirrten, eine Flasche wurde entkorkt.

„Kommst du?", rief Kyle ihn. „Und mach dir vorher die Hose zu." Er begann, eine Melodie zu pfeifen.

Finn atmete tief durch, schüttelte den Kopf. Unglaublich, der Kerl.

Als er die Küche betrat, empfing ihn Kyle mit zwei gefüllten Sektgläsern in der Hand. Schlagartig überfiel ihn das schlechte Gewissen etwas vergessen zu haben. „Gibt es heute was zu feiern?", fragte er vorsichtig.

„Ja, meine erfolgreiche Rückkehr aus den Weiten des Alls."

„Ach, und ich dachte, du wärst gestern mit Alena hier in der Stadt essen gegangen."

„Uns war nach Abwechslung zumute."

Finn grinste. Also war alles in Ordnung. Kyle tat einfach manchmal unerwartete Dinge. Er freute sich auf das Essen und hoffte darauf, dass es später noch mehr von dieser speziellen *Vorspeise* geben würde.

Kapitel 50 – Kyle

Der Abend mit Alena hatte wirklich den Effekt einer Weltraumreise gehabt. Zumindest seinen Geist hatte sie in luftleere Weiten geschossen und er war immer noch dabei, ihn mühsam zurückzuholen.

Eine sonderbare Stimmung hatte sich in ihm breit gemacht, die ausschließlich mit dieser albernen Frage zusammenhing, ob er auf Finn verzichten könnte. Ersetzbar, hatte es Alena genannt. Vermutlich war jeder Mensch ersetzbar. Warum auch nicht? Er selbst doch genauso. Trotzdem konnte er es nicht lassen, sich vorzustellen, ein Leben ohne Finn zu führen. Er war sich ziemlich sicher, dass er das könnte. Ohnehin zählte nur das Hier und Jetzt. Müßig, sich mit Hypothesen abzugeben. Sollte es einmal so weit sein, dass Finn kein Teil seines Lebens mehr war, konnte er sich immer noch Gedanken darüber machen. Im Moment sah es nicht danach aus, dass das so bald geschehen würde.

Er sah Finn tief in die Augen. Dort fand er ein Schwelen, das pures Begehren ausdrückte. Das konnte er inzwischen sehr gut einschätzen. Das traf sich sehr gut. Er hatte heute vor, mit Finn zu spielen.

Als dieser sich über den Geschirrspüler bückte, um seinen Teller einzuräumen, schlüpfte er hinter ihn, fasste ihn an den Hüften, rieb sich an ihm. Ein Wunder, dass der Teller überlebte, so wie es klirrte! Finn richtete sich auf, er hielt ihn noch immer fest. Sachte ließ er seine Hände unter den Pulli gleiten, streichelte Finns Bauch, fuhr hoch zur Brust. Er küsste ihn in den Nacken, mehrmals, atmete tief seinen Geruch ein. Tastete über die Schlüsselbeine, spürte mit einem Finger der Kuhle unterhalb der Kehle nach. Ein zarter Biss in den Nacken, dann leckte er darüber, schmeckte den Hauch des Salzes, der Finns Haut anhaftete.

„Vertraust du mir?", flüsterte er.

„Ja", kam es von Finn, mit rauer Stimme.

Er löste die Umarmung, fasste ihn an der Hand und zog ihn mit. Wortlos folgte Finn ihm.

Im Schlafzimmer angekommen, entkleidete er Finn. Sehr langsam. Er genoss es, den Körper zu betrachten, Einzelheiten zu studieren und die Eindrücke in sich aufzunehmen, mit den Fingern über die Haut zu gleiten. Finn ließ ihn gewähren. Und es ließ ihn nicht gleichgültig, wie sein Schwanz bewies. Er nahm an Länge und Dicke stetig zu.

Aus dem Nachttisch holte er ein schwarzes Tuch. „Ich möchte dir die Augen verbinden. Ist das ein Problem für dich?"

Finn schüttelte den Kopf, schluckte hart.

Den Knoten zog er nicht zu fest. Der Stoff sollte nicht auf die Augen drücken. Es ging nicht darum, Finn zu beherrschen, sondern seine Sinne auf das Fühlen zu fokussieren. Und selbst unbeobachtet zu bleiben. Das bedeutete Freiheit für ihn, sich keine Gedanken machen zu müssen, was auf seinem Gesicht wohl zu lesen sein würde. Er führte Finn zum Bett. „Leg dich bitte hin."

Wortlos kam er seiner Bitte nach.

Kyle gönnte es sich, Finns Körper, der vor ihm ausgestreckt lag, einfach nur zu betrachten. Ihm gefiel sehr, was er sah. Kräftig, gesund, sehr männlich. Und das ultimative

Attribut der Männlichkeit, Finns Penis, reckte sich immer weiter empor. Fasziniert sah er zu. Was auch immer gerade passierte, geschah in Finns Kopf. Und hatte mit ihm zu tun und Finns Vorstellungen, was gleich mit ihm geschehen würde. Ja, Finn vertraute ihm. Diese Erkenntnis machte seine Kehle eng. Völlig unerwartet.

Mit den Fingerkuppen strich er über den Spann des rechten Fußes, hin zu den Knöcheln, das Schienbein hinauf. Beim Knie stoppte er, nahm die Hand weg. Ohne den Blick von Finns Körper abzuwenden, zog er sich aus. Längst war ihm die Hose zu eng. Zu lange hatte er sich schon vorgestellt, was er heute tun würde. Seine Sehnsucht stillen. Und zwar so ausgiebig, dass es für ewig reichen würde.

Er legte sich zu Finn auf das Bett, schmiegte sich an seinen warmen Körper und streichelte ihn. Am Hals, an den Schultern, auf der Brust, beugte sich vor, küsste ihn auf den Mundwinkel. Links, rechts, auf die Oberlippe, auf die Unterlippe, dann auf beide. Finn erwiderte den Kuss, öffnete die Lippen. Ihre Zungen berührten sich, trennten sich wieder, stießen erneut vor. Ein Spiel, das immer leidenschaftlicher wurde, je länger sie es spielten. Normalerweise küsste er gar nicht so gerne, aber mit Finn war es anders. Stimmig. Er sehnte sich danach. Warum auch immer. Nicht analysieren, einfach genießen, war seine Devise. Und das tat er. Erst als seine Lippen und seine Zunge pochten, beendete er das Küssen. Einen Moment lag er einfach nur ruhig da, ebenso Finn, der vermutlich gespannt wartete, was kommen würde. Mit einem Finger fuhr er über Finns Haut. Erst über die Lippen, das Kinn, den Hals. Ganz leicht nur.

Möglich, dass es Finn sogar ein bisschen kitzelte. Aber er hielt still.

Er umkreiste die Brustwarzen, die sich längst aufgerichtet hatten, konnte nicht widerstehen, sie zu küssen und darüber zu lecken. Langsam fuhr er mit der Handfläche über Finns Bauch. Wie wunderbar er sich anfühlte! Weich und fest zugleich. Er konnte sich gar nicht daran sattsehen, an dieser sahnig-hellen Haut. Mit beiden Händen strich er über die Leisten, Finns Schwanz reckte sich ihm entgegen. Tief ließ er ihn in seine Mundhöhle gleiten.

Finn stöhnte auf. Vermutlich zu halben Teilen aus Überraschung und vor Erregung.

Kyle bewegte mehrmals seinen Kopf auf und ab, lutschte und saugte und genoss das samtene Gefühl dieser unglaublich zarten Haut. Er musste sich zwingen, aufzuhören. Finn sollte noch nicht kommen. Sein Plan sah anderes vor. Allerdings trieb ihn seine eigene, übermäßige Erregung dazu, die Reihenfolge seines Planes augenblicklich umzustellen.

Er stieg vom Bett und öffnete die Nachttischschublade, entnahm ihr ein Kondom und das Gleitgel. Geschickt rollte er das Gummi über Finns Schwanz, nicht ohne vorher noch mit dem Daumen über die Eichel zu streichen und Finn damit ein Keuchen zu entlocken.

Als er den Plug aus seinem Hintern entfernte, konnte er nicht verhindern, tief einzuatmen. Ein Schauer durchrieselte ihn. Seine Hände zitterten leicht, als er Gleitgel auf Finns Schwanz verteilte. Er kletterte zurück aufs Bett, stellte sich mittig über Finn, beugte die Knie. Langsam senkte er sich herab, zuckte zusammen, als er Finns

Schwanzspitze an seinem Anus spürte. Doch er hatte sich mit dem Plug gut vorbereitet, konnte Finn ohne nennenswerte Probleme in sich gleiten lassen. Den Druck und leichten Dehnungsschmerz begrüßte er, sie verursachten ihm eine wollüstige Gänsehaut. Finns langgezogenes Aufstöhnen beflügelte ihn zusätzlich.

Als Finn bis zum Anschlag in ihm steckte, hielt er eine Weile still. Schloss die Augen, konzentrierte sich einzig auf das Gefühl, das sich in ihm ausbreitete. Intensität. Eine Welle, die sich physikalisch ausdehnte, von seinem Hintern ausging, seinen Magen überrollte und wie ein Knebel seine Luftröhre emporkroch. Mit einem tiefen Stöhnen entließ er diesen Druck aus seinem Mund, spürte die Anspannung, die seinen kompletten Körper erfasst hatte. Sparsam bewegte er sich, hob seinen Oberkörper millimeterweise empor. Sank wieder herab. Hoch und wieder runter. Immer ein bisschen weiter. Ließ Finns Schwanz ein Stück aus sich herausgleiten und nahm ihn wieder zur Gänze auf. Er steigerte den Rhythmus, gemächlich, strammer, immer schneller, getrieben von Leidenschaft. Er stöhnte, Finn stöhnte, alles zog sich in ihm zusammen.

Ruhig. Eine Pause. Er biss die Zähne aufeinander, schloss die Augen, Schweiß stand auf seiner Stirn. Es kostete ihn große Mühe, sich nicht zu bewegen.

Finn wand sich unter ihm. „Mach weiter!“, presste er hervor, stieß ihm seine Hüften entgegen. Mit aller Kraft.

Kyle versuchte ihn niederzudrücken, doch das Zucken Finns reichte aus, ihn mitzureißen, in einen Strudel der reinen Ekstase, der ihn zwang sich zu bewegen, Finn zu reiten; jeder Gedanke verdrängt von diesem überwältigenden Verlangen, dem Wunsch nach Erlösung. Der Punkt war nicht mehr weit entfernt, er merkte es, er stöhnte seine Lust hinaus, immer lauter, ließ sich gehen, fallen, hineingleiten in dieses Gefühl der puren Hingabe.

Finn schrie auf, langgezogen, die Hände in das Laken verkrampft.

Kyle bewegte sich weiter auf und ab, einmal, zweimal, pumpte seinen eigenen Schwanz. Mit starrem Blick fixierte er die Spitze, sah, wie er abspritzte, das Sperma auf Finns Bauch explodieren ließ. Ein Schwall, ein zweiter, ein Schrei wie ein Grollen, tief aus seinem Inneren, brach sich Bahn.

Schweratmend saß er auf Finn. Betäubt von diesem Ereignis. Das viel besser gewesen war als alle seine Fantasien.

Er befand sich in einer Kirche, allein. Warum? Wo waren die anderen? Er konnte sie hören. Schmerz durchfuhr ihn, dort, wo er auf blankem Hartholz kniete. Ächzend erhob er sich. Lange musste er in dieser Stellung ausgeharrt haben, denn seine Beine waren eingeschlafen. Er musste sich festhalten, um das Gleichgewicht nicht zu verlieren. Noch konnte er seinen Beinen nicht trauen. Als er sich umdrehte, sah er, dass die Kirchentür offenstand. Mühsam bewegte er sich darauf zu. Die Stimmen wurden lauter. Er hörte Lachen, Rufe, Jubel, viele Menschen. Die Sonne blendete ihn, kaum dass er über die Schwelle getreten war. Nur langsam konnte er Einzelheiten erkennen. Zentral in seinem Blickfeld: eine Kutsche. Daniel und Finn standen davor, lachten, winkten in die Menge, schickten sich an, einzusteigen.

„Nein!“, wollte er schreien, doch kein Ton kam über seine Lippen. Auch bewegen konnte er sich nicht. Keinen Millimeter, aber er musste Finn doch aufhalten. Ihn hindern einzusteigen. „Bleib stehen!“, flehte

er innerlich, doch es half nicht. Die beiden Männer stiegen ein und fuhren davon. Zu spät, er war zu spät …

Kyle riss die Augen auf. Dunkelheit umgab ihn. Er hatte nur geträumt. Die Panik fiel von ihm ab. Sein Herzschlag beruhigte sich, nach Bestätigung suchend griff er zur Seite. Nichts, kalt und leer. Gleißend durchzuckte ihn der Schreck. Finn war weg! Ruckartig setzte er sich auf, machte das Licht an, sprang aus dem Bett. In diesem Moment öffnete sich die Badezimmertür und Finn trat ins Schlafzimmer.

„Oh, habe ich dich geweckt? Das wollte ich nicht."

„Du bist da." Die Erleichterung machte ihn ganz schwach, es fühlte sich an, als wären seine Knochen plötzlich zu Gelee geworden. Er legte sich hin. Finn schlüpfte zu ihm unter die Decke. „Was hast du? Ich war nur kurz auf der Toilette. Hast du schlecht geträumt?"

„Ja! Ein Albtraum, echt schlimm." Er rutschte nah an Finn heran, legte einen Arm um ihn, küsste ihn auf den Hals. Die Wärme und sein Geruch beruhigten ihn augenblicklich.

„Willst du erzählen?" Wie warm sich Finns Stimme anhörte.

„Nein, alles ist gut. Ich habe den Traum schon vergessen. Bleib einfach bei mir." Er machte die Augen zu und schlief bald darauf ein.

Kapitel 51 – Finn

Drei Wochen später

„Ich bin ganz sicher, dass ich keine Lust mehr habe! Und wenn wir nicht sofort irgendwohin gehen, wo ich sitzen kann und was zu trinken kriege, schmeiße ich mich auf den Boden, strample mit den Beinen und schreie wie am Spieß. So wie Nele letzte Woche." Um seine Worte zu bekräftigen, stampfte er mit einem Bein auf.

Kyle hob beschwichtigend die Hände hoch. „Okay, du hast gewonnen. Das war mit einem Kleinkind schon peinlich genug. Und ich würde dir zutrauen, dass du das tatsächlich machst."

„Du tust gut daran, mich ernst zu nehmen, großer Mann!" Finn imitierte einen klischeebeladenen Westerndarsteller.

„Ja, und erinnere mich bitte daran, dass ich mit dir und Nele erst dann wieder etwas gemeinsam unternehme, wenn die junge Dame 18 geworden ist."

„So etwas Ähnliches habe ich auch zu meiner Schwester gesagt, woraufhin sie mir bescheinigt hat, dass ich ein jämmerliches Weichei bin."

Kyle lachte. „Ja, das passt zu Svenja und Teufel noch eins, ich fürchte, sie hat recht. Mir ist es echt ein Rätsel, wie sie es rund um die Uhr mit gleich drei solchen Rackern aushält und noch nicht in der Klapsmühle gelandet ist. Da können wir beide echt nicht mithalten." Er hielt ihm ein taubenblaues Hemd hin. „Sicher, dass du das nicht doch noch probieren möchtest?"

„Absolut sicher!“ Finn zog erbost die Augenbrauen zusammen. Seine Einkaufstüten waren bereits prallvoll, das waren vermutlich mehr Klamotten, als er zu Hause im Schrank hatte. Einen Mangel an Geduld konnte ihm wahrlich keiner vorwerfen, aber genug war genug.

„Uh, mit dieser Stimmlage könntest du Stahlbleche schneiden. Schon mal ausprobiert auf der Arbeit? Könnte sich als praktisch erweisen.“ Kyle grinste schäbig.

„Blödmann.“

„Ich mag es, wenn du so unanständige Wörter zu mir sagst“, gurrte ihm Kyle ins Ohr und lachte dann laut.

Finn konnte nicht anders und lachte mit. Wie gerne hätte er Kyle jetzt einfach umarmt! Aber auch wenn sie dann und wann zusammen in die Kiste stiegen, berührten sie sich sonst nie. Schon gar nicht in der Öffentlichkeit. Er vermisste das sehr. Tief seufzte er auf.

„Was ist los, Finn? Du guckst plötzlich so traurig.“ Kyle musterte ihn mit diesem klaren Blick, der sich so anfühlte, als dränge er durch bis auf die Knochen.

Nichts, hätte er geantwortet, aber das war nicht nötig.

„Das gibt es ja nicht! Jetzt treffen wir uns schon wieder beim Klamottenshoppen. Hi Finn, hallo Kyle.“ Daniel hatte ein Hochleistungslächeln aufgesetzt.

Finn wusste genau, dass es unecht war. Kyle war für Daniel ein Stachel im Fleisch, das merkte er immer wieder an den Kommentaren, die ihm auf der Arbeit entschlüpften. In einer merkwürdigen Form der Selbstgeißelung wollte Daniel immerzu von Kyle sprechen, Näheres über ihn erfahren. Ihm wurde das zunehmend unangenehm und ein Zusammentreffen der beiden hätte er am liebsten vermieden.

„Hallo Daniel, ja wirklich, echt ein Zufall. Aber wir sind für diesmal fertig, waren auf dem Sprung."

„Schade, dann wollt ihr mir wohl nicht beratend zur Seite stehen." Er seufzte theatralisch auf. „Du hast es echt gut, Finn, dass du Kyle hast. Das ist das schwere Los eines Singles. Ohne Partner ist man immer auf sich alleine gestellt."

Finn hatte schon den Mund geöffnet, um etwas zu erwidern, doch mehr, als Atem zu holen schaffte er nicht, da Daniel bereits weiterredete.

„Ach, entschuuuldige", er dehnte das Wort und führte es damit ad absurdum, „ich will keine unwahren Behauptungen aufstellen. Kyle ist ja nicht dein Partner, sondern nur dein Nachbar." Das Lächeln, das er nun aufsetzte, war süffisant und ein Spur gehässig und zeigte damit deutlich, was er dachte: *Mich willst du nicht und ihn kriegst du nicht. Das ist deine Strafe.*

So gemein hatte er Daniel bislang nie erlebt. Vor Verblüffung blieb Finn erst einmal die Spucke weg. Er konnte ihn nur anstarren.

Da trat Kyle neben ihn und legte einen Arm um seine Schultern. „Da musst du etwas falsch verstanden haben, Daniel. Natürlich sind wir ein Paar. Schon eine ganze Weile. Und daran wird sich hoffentlich so schnell nichts ändern, denn Finn ist das Beste, was mir je passiert ist." Er wandte sich ihm zu und küsste ihn mitten auf den Mund. Ruhig und völlig entspannt.

„Und jetzt müssen wir wirklich los. Viel Spaß noch beim Einkaufen." Kyle fasste nach seiner Hand, verschränkte die

Finger mit den seinen und griff mit der anderen Hand ein paar der Taschen.

Völlig benommen schnappte sich Finn die restlichen Tüten und ließ sich von Kyle aus dem Laden ziehen. Als sie ein Stück die Fußgängerzone hinabgegangen waren, blieb Finn stehen.

„Du kannst mich jetzt wieder loslassen, Kyle. Wir sind außer Sichtweite."

Kyle wandte sich ihm zu und blickte ihn an, mit tiefem Ernst in den Augen. „Nein, Finn. Das, was ich gesagt habe, meine ich ernst. Wir sind ein Paar. Schon längst. Ich habe nur so getan, als wäre das nicht so. Aus … aus Feigheit. Gerade eben … ich war so eifersüchtig. Ich wollte nicht einmal, dass der Kerl dich ansieht." Kyle schluckte, wandte kurz den Blick ab, sah gequält aus. Aber als er weitersprach, blickte er ihn wieder an. „Weil er Manns genug wäre dir zu sagen, dass er dich liebt. Das tropft ihm aus allen Poren." Er machte eine Pause, forschte in seinen Augen. Vielleicht fand er, was er suchte. „Ich habe schon länger Angst. Vor meinen Gefühlen, davor, auf dich verzichten zu müssen. Es schien mir irgendwie logisch, dass ich dich nicht verlieren könnte, wenn wir gar nicht zusammen wären. Absurd, nicht wahr? – Gerade eben habe ich begriffen, dass mir das nicht genügt. Ich will alles. Dich, rundum. Mit allem, was dazu gehört."

„Du meinst das wirklich ernst."

„Ja."

Schweigen breitete sich aus, hüllte sie ein. Es war offensichtlich, dass Kyle wartete. Darauf, dass er jetzt angemessen auf diese Liebeserklärung reagierte. Denn genau das war es gewesen: Kyle hatte ihm seine Liebe erklärt. Zu Füßen gelegt. Unfassbar. Finn schluckte den Kloß, der sich in seinem Hals gebildet hatte, mühsam runter.

„Okay, du romantischer Spinner. Dann müssen wir noch mal in den Laden zurück."

„Wieso das denn?" Kyles war ehrlich entgeistert und das amüsierte ihn.

„Na, damit wir dir die gleichen Sachen kaufen. Wie sollen wir denn sonst zukünftig anständig im Partnerlook rumlaufen können?"

„Du bist der wundervollste Idiot, der mir je begegnet ist!" Kyle lachte auf, riss ihn an sich und küsste ihn, dass ihm die Luft wegblieb.

Epilog – Kyle

Sechs Monate später

Der Wind peitschte ihnen den Regen waagerecht entgegen, die Tropfen fühlten sich auf der Haut wie Nadelstiche an. Die völlig durchnässten Klamotten erschwerten jede Bewegung.

„Das Wetter hält auf alle Fälle … Ich bin mir absolut sicher … Es wird nicht regnen“, presste Kyle hervor.

„Jetzt hör schon auf mich nachzuäffen. Meine Güte, ja, ich habe mich geirrt. Das habe ich doch schon längst zugegeben. Und mich dafür entschuldigt.“ Mit eingezogenem Kopf hastete Finn weiter.

„Ich habe dir noch gesagt, dass das Wetter in der Bretagne schnell umschlagen kann“, nörgelte Kyle weiter.

Finn blieb stehen, drehte sich zu ihm um. „Was bist du bloß …“ Er stockte bei Kyles Anblick. „Ach du liebe Zeit! Dir ist nicht einfach nur kalt, du bist am Erfrieren! Deine Lippen sind schon völlig blau!“ Echte Sorge machte sich auf Finns Gesicht breit. Er legte einen Arm um ihn und tatsächlich, ihm wurde ein klein wenig wärmer.

„Ist nicht mehr weit bis zum Ferienhaus. Tut mir echt leid.“ Jegliche Gereiztheit war aus Finns Stimme verschwunden.

Wenn er nicht so erbärmlich schlottern würde, hätte er vielleicht die Kraft für ein Lächeln aufbringen können. So schmiegte er sich einfach eng an seinen Freund und ließ sich mitziehen. Wie lange sie unterwegs waren, konnte er nicht sagen. Ihm kam es wie eine Ewigkeit vor und er war mehr als erleichtert, als er das Schieferdach ihres Häuschens hinter einer Düne erkennen konnte.

Finn fummelte den Schlüssel ins Schloss. Etwas, das er mit seinen zitternden Händen nicht geschafft hätte.

„So, du ziehst dich sofort aus und duschst so heiß wie möglich. Ich mache inzwischen das Feuer im Kamin an. Dann kriegen wir dich schon wieder aufgetaut. Mann, das erinnert mich aber gewaltig an was!" Finns breites Grinsen beantwortete er nur mit einem Augenrollen. Er trat sich die Schuhe von den Füßen und verschwand im Bad.

Als er aus der Dusche stieg, war der ganze Raum in Dampfschwaden eingehüllt. Er hätte gerne länger unter dem entspannenden Strahl stehen wollen, aber Finn sollte noch einen Rest warmes Wasser abbekommen. Auch wenn dieser nicht so eine Frostbeule war wie er.

In ein dickes Handtuch gehüllt, betrat er den Wohnraum. Tatsächlich prasselte bereits ein Feuer im Kamin. Dessen magnetische Wirkung war unbestreitbar. Er setzte sich auf die Couch, zog die Beine hoch und steckte sie unter die Decke, die dort lag.

„Hier, ich habe dir gleich noch einen Tee gemacht. Keine Kamille." Finn zwinkerte ihm zu. Irgendwann hatte er ihm davon erzählt, dass er Kamille nur für Sitzbäder verwendete. Sie hatten Tränen gelacht. Auch jetzt zog sich Belustigung über Finns Gesicht.

„Vielen Dank, Finn. Jetzt sieh zu, dass du aus den nassen Klamotten rauskommst."

„Hast du Angst, dass ich mir sonst den Tod hole? So fürsorglich kenne ich dich gar nicht", neckte ihn Finn.

„Nein, ich möchte einfach nicht, dass du noch weiter den Holzboden volltropfst.“

Finn lachte. „Dann bin ich ja beruhigt. Ich dachte schon, du fängst jetzt an romantisch zu werden.“

Pfeifend verschwand er im Bad.

Das nächste Mal mussten sie vor dem Buchen unbedingt abklären, ob die Dusche groß genug war. Diese hier war so mickrig, dass es absolut unmöglich war, sie zu zweit zu benutzen. Da entgingen ihnen einige schöne Momente. Er mochte Sex unter fließendem Wasser sehr gern. Seine Gedanken machten sich selbstständig. In eine sehr eindeutige Richtung. Er war verrückt nach Finn, konnte nicht genug von ihm bekommen. Aber es war mehr als nur die Gier auf seinen Körper. Es war dieser Drang, Finn zu befriedigen, ihm Lust zu schenken, all diese wunderbaren Geräusche aus ihm herauszulocken. Zu erleben, wie vertrauensvoll er sich ihm hingab, zuließ, dass er ihn sah, in seinen schwächsten Momenten, wenn er ihm die Kontrolle über seinen Körper überließ. Aber etwas fehlte noch. Bisher hatte er es noch nie angesprochen.

Wie hypnotisiert blickte er in die Flammen, doch der Bann war sofort gebrochen, als sich Finn in sein Blickfeld schob. Nackt. Er schluckte hart. Es gab vermutlich keinen Quadratzentimeter Haut, den er noch nicht mit Fingern, Lippen und Zunge erforscht hatte. So sahnig, wie sie aussah, erschien es ihm jedes Mal, als könne er sie schlürfen.

Nur für mich, dachte er und staunte, wie wichtig ihm das war. *Mein Finn.* Allein der Gedanke, dass ein anderer Mann ihn so ansehen und berühren könnte wie er, verursachte ein Ziehen in seinem Magen.

Er streckte die Hand aus, Finn kam seiner stillen Aufforderung nach, trat näher. Mit den Fingerspitzen glitt er über den Bauch, spürte der Muskulatur nach, die sich fest unter der weichen Haut abzeichnete. Als er über die Leiste strich, erschauerte Finn. Seine Finger streiften die Schamhaare, rutschten tiefer, sanft umfasste er die Hoden. Er blickte hoch in Finns Gesicht, wollte seine Reaktion sehen, als er seinen halbsteifen Penis in den Mund nahm. Finns Lippen formten ein lautloses ‚O', er sah ihm unverwandt zu, wie er ihn blies, die Erektion zu voller Größe brachte. Mit beiden Händen umfasste er Finns Po, hielt sich an ihm fest. Reizte ihn bis zu einem bestimmten Punkt und hörte dann auf. Feucht glänzte der aufgerichtete Schwanz vor seinem Gesicht. Finns enttäuschtes Aufstöhnen hätte ihn beinahe dazu gebracht, weiterzumachen. Aber nein, so schnell wollte er Finn nicht befriedigen. Der Weg dorthin war viel zu schön.

Er stand auf, ließ Decke und Handtuch von seinem Körper gleiten. Mittlerweile hatte das Feuer den Raum aufgeheizt.

„Du bist so unfassbar schön", flüsterte Finn und sah ihn an, als wollte er ihn mit den Augen aufsaugen. Staunen lag auf Finns Gesicht. Immer noch. Er hatte sich längst noch nicht sattgesehen an ihm. Kyle hoffte, dass das noch lange so bleiben würde.

Sie umarmten und küssten sich, ihre Erektionen rieben aneinander. Puls und Atmung beschleunigten sich, er wühlte in Finns weichen Haaren, presste sich an ihn, begehrte ihn so sehr, dass er meinte innerlich zu zerplatzen. Irgendwann lösten sie sich voneinander, außer Atem, noch hungriger als zuvor.

„Heißer Sex auf dem Bärenfell vor dem Kamin?“, fragte Finn.

Kyle blickte kurz nach unten. „Das ist ein Flickenteppich, kein Bärenfell.“

„Wäre mir gerade ziemlich egal.“

„Zu hart. Wir sind keine fünfzehn mehr.“

„Ich bin froh, dass du das so siehst. Dachte, ich müsste mal etwas Romantik ins Spiel bringen. … Was wünschst du dir, Kyle?“

Wie oft hatte Finn ihn das schon gefragt? Er liebte ihn dafür. Unbestreitbar, er kam auf seine Kosten wie noch nie zuvor. Einen bestimmten Wunsch hatte er jedoch nie geäußert. Weil er wusste, dass es Finn auf diese Weise noch nie getan hatte. Er hatte ihn einmal gefragt warum. *Weil ich noch keinem genug vertraut habe,* war Finns Antwort gewesen.

„Warte, sag nichts, ich weiß, was du dir wünschst“, sprach Finn weiter. Ohne ihn aus den Augen zu lassen, ging er zur Couch, legte sich rücklings hin, schob die Kissen unter sich zurecht. Dann ließ er die Beine auseinanderfallen, entblößte sich ihm aufs Intimste.

Kyle spürte, wie sein Schwanz zuckte, sich die Lust in ihm zusammenballte und er nach Erlösung gierte. Trotzdem blieb er stocksteif stehen, zwang den Blick weg von Finns Anus, hoch in sein Gesicht. Seine Stimme war belegt, als er fragte: „Bist du sicher?“

„Ja, absolut. Lieb mich, Kyle.“

Meine Güte! Ja, das würde er tun.

Epilog – Finn

Sein Herz klopfte wie verrückt. Vor Lust, vor Gier, aber auch vor Angst. Es war so albern, er liebte Kyle, er vertraute ihm, er wünschte sich, von ihm genommen zu werden, ihn endlich in sich zu spüren und trotzdem … tief in ihm steckte ein Funken Angst. So oft war er schon kurz davor gewesen. Er kam sich lächerlich vor. Erst recht, weil Kyle ihn noch nie gedrängt hatte. Dabei wollte er es so sehr.

Kyle legte sich zu ihm auf die Couch. Sie war breit genug, dass sie bequem nebeneinander Platz fanden. Kyles Erektion drängte sich an seine Hüfte. Er schloss die Augen, konzentrierte sich auf die Küsse, die Kyle auf sein Gesicht hauchte. Auf die Schläfe, das Jochbein, auf die Lippen. Gleichzeitig begann Kyle ihn zu streicheln. Den Hals entlang, über die Schultern, auf der Brust. Er war so überreizt, dass er es fast nicht aushalten konnte, er ächzte. Sein Schwanz schmerzte, so geil war er inzwischen.

Kyles herb-frischer Geruch hüllte ihn ein, als er sich über ihn beugte. Vom Beistelltisch griff er sich das Gleitgel, drückte sich eine Portion in die Hand, fasste ihm zwischen die Beine. Kühl spürte er das Gel an seinem Eingang, gleich darauf den Druck von Kyles Finger. Automatisch verkrampfte er, zwang sich jedoch sogleich locker zu lassen. Die Berührung war ungewohnt, aber nicht unangenehm. Im Gegenteil. Scheinbar mühelos glitt der Finger in ihn hinein. Als Kyle in vor und zurück bewegte, keuchte er auf. Ja!

Nicht lange und Kyle nahm einen zweiten Finger hinzu. Er gewöhnte sich schnell an den Druck, war entspannt und so spitz, dass sein Denken aussetzte. Alles in ihm konzentrierte sich auf seine Mitte.

„Mach!“, presste er hervor. Sein kompletter Körper zitterte, er konnte nicht mehr warten, brauchte die Erlösung. Kyle entzog ihm die Finger, glitt zwischen seine Beine, die er anwinkelte, um genug Platz zu schaffen. Fasziniert sah er zu, wie Kyle seinen Schwanz mit Gleitgel einrieb und dann die Spitze an sein Loch drückte. Dieser Anblick kickte ihn.

„Ja!“, rief er aus und Kyle schob seinen Schwanz ein Stück in ihn hinein. Er riss die Augen auf, diesen starken Druck hatte er nicht erwartet, begleitet von einem feinen Schmerz. Beides schoss ihm das Rückgrat entlang, ließ etwas in seinem Kopf explodieren, laut stöhnte er auf.

„Zu viel?“, fragte Kyle augenblicklich, mit besorgtem Ton.

„Nein! Scheiße, nein … das ist so … mach weiter!“ Er begrüßte den Druck, die Dehnung. Hatte bis zum jetzigen Zeitpunkt nicht gewusst, dass Schmerz ihn geil machen konnte. Aber genau das tat er. Und wie! Nichts existierte mehr, nur noch sein Arsch und sein Schwanz. Alles andere verschwand in einem Nebel, rückte von ihm ab, war ihm egal. Er wollte gefickt werden. Jetzt, hart, wild.

Kyle schob sich weiter in ihn hinein, fing an sich zu bewegen, vor, zurück, suchte einen bestimmten Punkt, fand ihn.

Sonst war er immer sehr beherrscht beim Sex, erlaubte sich höchstens ein Keuchen, ein Seufzen, doch jetzt waren alle Schranken niedergerissen. Finn stöhnte auf, laut, langgezogen. Mit jedem Stoß von Kyle, immer mehr, bis er irgendwann seine Lust hinausschrie. „Ja, ja, ja!"

Der Orgasmus überrollte ihn, machte ihn wehrlos, bewegungsunfähig. Mit weit aufgerissenen Augen sah er zu, wie Kyle kurz nach ihm kam, wie sein Gesicht sich in Ekstase verzog, als er sich in ihm entlud.

Aneinandergeschmiegt lagen sie da und sahen dem brennenden Holzscheit zu, wie es in sich zusammenfiel und zu orangeleuchtender Glut wurde. Das Knistern, das es dabei von sich gab und ihr Atmen waren die einzigen Geräusche, die zu hören waren. Der Sturm hatte sich schon wieder gelegt.

„Finn?", fragte Kyle irgendwann in die Stille hinein.

„Ja?"

„Könntest du mal was Romantisches sagen?"

„Wieso?"

„Damit ich dich in Zukunft damit aufziehen kann und ich nicht Gefahr laufe, jetzt doch noch etwas Rührseliges von mir zu geben."

„Ach, mach ruhig. Würde mir jetzt sogar gefallen."

Kyle richtete sich auf, starrte ihn entgeistert an. „Scheiße, ich habe dir doch das Hirn rausgefickt!"

„Hm, ich bin ja kein Fachmann, aber besonders romantisch hat das jetzt nicht geklungen." Finn grinste.

„Blödmann!" Kyle schob die Unterlippe vor, als wäre er ernsthaft beleidigt, konnte damit sein Schmunzeln jedoch nicht ganz verdecken.

Finn zog ihn zu sich, küsste ihn und glaubte tatsächlich zu hören, dass Kyle zwischen zwei Küssen *Ich liebe dich* flüsterte.

DANKE!

Simon Rhys Beck – für deine rundum großartige Unterstützung.

Petra Bethe – für das Mutmachen und Zuhören.

Helga Buß – für das Testlesen, Korrigieren und deine wertvollen Ratschläge.

Anna Schuster und Karin R. – für das Begleitlesen und eure Geduld.

Ohne euch würde es dieses Buch nicht geben.
Knapp an Worten, aber im Übermaß empfunden – meine Dankbarkeit für eure Hilfe.

Leseprobe:

Cardeno C.
The One Who Saves Me

Andrew ließ sich aufs Bett fallen und schwieg eine Zeitlang. „Hast du es schon getan?", fragte er schließlich.
„Ob ich es schon getan habe?", wollte Caleb ungläubig wissen. „Da gibt es sicherlich einige wichtigere Dinge, die wir besprechen könnten – soziale Stigmata, familiäre Konflikte, die Arschlöcher in der Schule und auch über die politische Situation – aber was kommt aus dem Mund des hochgebildeten, angehenden Arztes? Ob ich es bereits getan habe? Was für ein Arzt bist du denn?"
Auch wenn die Hitze in seine Wangen schoss, wollte er sich nicht abwimmeln lassen. „Bis jetzt noch gar keiner. Ich muss immer noch ein ganzes Jahr auf die medizinische Fakultät. Also hast du?"
Dieses Mal war es an Caleb zu erröten. „Nein", gab er letztendlich leise zu. „Aber es ist nicht so, dass ich es nicht wollen würde", stammelte Caleb. „Ich weiß, dass wir eigentlich gleich alt sind, aber es ist nicht so, als wäre ich schon auf dem College so wie du. Ich bin gerade erst mit der Highschool fertig geworden."
Andrew stand auf und kaute nervös auf seiner Unterlippe. „Ich hab auch noch nicht", gestand er. „Also *es gemacht* meine ich", fügte er unnötigerweise noch hinzu.
Caleb rollte erneut mit den Augen. „Ich weiß, was du gemeint hast, Andrew", sagte er und ließ seine Augen weiterwandern. Wie lange er das wohl tun könnte, ohne dass

sie einen Schaden davon trugen? Er überlegte, ob er Andrew fragen sollte, aber es gab Wichtigeres zu klären.
„Aber du willst es gerne tun?“
„Was tun?“
Ein erneutes Augenverdrehen folgte. „Sex haben. Oder wie ihr Mediziner sagt ‚es tun‘.“
„Mit dir?“, stotterte Andrew.
„Ja, mit mir. Siehst du hier sonst noch jemanden?“
„Lass deine Augen endlich da, wo sie hingehören, Caleb. Ich versuche dir zu folgen, okay?“
„Entschuldige“, flüsterte Caleb und fühlte sich plötzlich schüchtern und unsicher. Er sah auf den Boden und rieb mit der Spitze seines Schuhs über den harten Holzfußboden. „Es ist nur so, dass ich in ein paar Monaten aufs College komme und da würde ich ungern als Jungfrau hingehen. Ich weiß, dass ich zuerst noch ein bisschen abnehmen muss. Wahrscheinlich bist du gar nicht an mir interessiert …“
Andrews Arme schlangen sich um Caleb, bevor dieser den Satz beenden konnte. „Für mich bist du perfekt“, wisperte er ihm rau zu. Das vertraute Gesicht seines Freundes kam näher und Calebs Atem stockte. Er würde seinen ersten Kuss bekommen. Er schloss die Augen, spitzte die Lippen und neigte den Kopf.
„Au!“ Andrews Ausruf ließ Caleb die Augen wieder öffnen. Während er seinen Kopf nach links gedreht hatte, hatte Andrew sich auch nach links gewandt. So kollidierten nun ihre Nasen und nicht ihre Münder.
Caleb gackerte los. „Entschuldige.“

„Ist schon okay", sagte Andrew und rieb sich die Nase. „Bleib einfach ruhig stehen. Ich will, dass es perfekt wird."
„Okay." Caleb stimmte zu und bewegte sich keinen Millimeter mehr und dann spürte er plötzlich zarte Lippen auf den seinen. Die Luft wich aus seinen Lungen und sein Herz fühlte sich an, als würde es gleich aus seiner Brust springen. Seine Knie wurden weich und konnten sein Gewicht kaum noch tragen. Und er hoffte sehr, dass Andrew das leise Wimmern, das er nicht mehr zurückhalten konnte, nicht hörte. Der erste Kuss führte zu einem weiteren. Calebs Lippen öffneten sich unter Andrews Zunge, die um Einlass bat. Als sie sich das erste Mal richtig schmeckten, verloren sie all ihre Hemmungen. Finger und Hände kämpften mit Stoff und Knöpfen. Ihre Hüften rieben verzweifelt aneinander und innerhalb von ein paar Minuten vergrub Caleb seinen Kopf an Andrews Nacken und schrie seine Erlösung hinaus, während er sich in seine Unterhose ergoss. Er wäre zutiefst erschrocken über diesen Kontrollverlust gewesen, wäre ihm Andrew nicht wenige Sekunden später gefolgt.
„Wow." Andrews Stimmer war voller Ehrfurcht.
„Ja!"
„Ich glaube, ich mag Sex." Die zweideutigen Worte wurden durch die zitternden Hände, die atemlose Stimme und den immer noch steinharten Schwanz Lügen gestraft.
Caleb hob eine Augenbraue, verzichtete aber darauf, Andrew auf seine Tiefstapelei hinzuweisen. All seine Unsicherheiten seinem Körper, seiner Erfahrung, eigentlich allem gegenüber waren überflüssig. Er waren nur er und sein bester Freund. Der Mensch, dem er am meisten ver-

traute, der Mann, von dem er wusste, dass er nie auf ihn herabsehen würde. Diese Sicherheit war unglaublich befreiend.

„Ich weiß, dass ich noch ziemlich unerfahren bin.“ Calebs Augen funkelten, als er sprach. „Aber ich bin mir ziemlich sicher, dass wir keinen Sex im eigentlichen Sinne hatten. Oder zumindest sollte da noch mehr kommen.“

Andrew rieb seine Wange an Calebs und errötete. „Ähm, ja. Als angehender Arzt kann ich deine Vermutung bestätigen.“

„Als angehender Arzt, hm?“, fragte Caleb, schlang die Arme um Andrews Schultern und blickte seinen besten Freund liebevoll an.

„Oh, ah, ja.“

„Hm. Meinst du, die Informationen, die du während dem Studium gelernt hast, können mit denen mithalten, die ich in einem Schwulenmagazin gelesen habe?“

Andrew schluckte. „Ein Schwulenmagazin?“

Caleb fand den sprachlosen und knallroten Andrew unwiderstehlich. Aber das war er eigentlich immer. Zum Teufel, er hatte gerade herausgefunden, dass er Andrew Thompson III. zum Anbeißen fand. Er ließ seine Lippen über Andrews Kiefer wandern und flüsterte ihm dann leise ins Ohr. „Hm.“

„Wir könnten uns, ähm, abgleichen, wenn du magst“, bot Andrew an.

„Meinst du etwa das *Ich zeig dir meins und du zeigst mir deins*-Spielchen?“ Calebs Hand legte sich auf Andrews Steifen und drückte zu.

„Das wird der beste Urlaub aller Zeiten“, stöhnte Andrew.